DUKU

读库

2205

主编　张立宪

新 星 出 版 社　NEW STAR PRESS

DUKU
读库

特约编辑 杨 雪
装帧设计 艾 莉
图片编辑 黎 亮
助理美编 崔 玥

特约审校：黄英｜吴晨光｜马国兴｜李英子｜刘亚｜潘艳

旧城少年 · 飞花丨左马

目录

苏格兰来的洋大夫

朱石生

科克伦当了十六年的医生，这十六年来他一直是在给中国人治病。

一

他本是个洋人，却有个唐风浓郁的名字：科龄。

当然，他出生的时候，名册里登记的不是这个名字，而是托马斯·科克伦（Thomas Cochrane）。他是来中国之后才换了这个名字。那么在他改名之前，我们还得把他叫作科克伦。

科克伦出生在苏格兰。苏格兰构成不列颠王国的北半边，居民说的也是英语，但“正宗”的英国人，也就是英格兰人，说到那北半边，都不觉得那算英国人。他们会强调说那是“苏格兰人”。“正宗”英国人对这些北方人另眼看待，倒不是因为那里的男人穿苏格兰裙。男人穿裙子算不得怎么出格，古罗马士兵也穿裙子，打起仗来可不含糊。

苏格兰人被专门划出来，是因为大家觉得那儿的人特别有个性。

这或许不能算偏见。英伦三岛当初是凯尔特人的地盘。四世纪前后，英格兰人的祖先盎格鲁、撒克逊和朱特部族跨海来到岛上，把凯尔特人赶到北边的苏格兰高地，两边分开过日子。后来说英文的人也来到高地居住，带来了新的血液，但凯尔特人的基因浓度总还是比别处高，这就在此地人民的性情方面留下了一串印记。苏格兰人的个性是倔强，坚忍，一旦决心做什么事，九头牛都拉不回来。

或许不是每个苏格兰人都这样，但科克伦肯定是。传说中的苏格兰脾性，他几乎样样齐备。

科克伦当了十六年的医生，这十六年来他一直是在给中国人治病。但说来有趣，中国之旅并不是他自己的主意，那个决定做出之前，他连中国在东边还是西边都不清楚。他是稀里糊涂被一股大浪送到了中国，谁都没想到的是，后来他竟会为这片土地耗费这么多心血。

苏格兰西边有条克莱德河，河边有个小镇格林诺克，那是改良蒸汽机的瓦特出生的地方。1866年11月12日，本故事的主人公托马斯·科克伦也在这个小镇出生。

科克伦的父亲老科克伦在镇上开着一家杂货店。格林诺克是个港口，往来船员如流水。船员钱不多，有点闲钱还多半都花在了酒馆里，所以老科克伦的店铺也就是勉强维持着。境况平平，码头的风气也谈不上清纯，这样的家庭似乎不像养成好青年的所在，但老科克伦是个特别虔诚的基督徒，早早就用心劝导孩子科克伦，希望他长大以后进神学院，做个传教士。这份熏陶似乎打下了根基，科克伦八岁那年，一个叫穆迪的巡回牧师来到镇上。穆迪的布道水平是很高的，但八岁的孩子没法听懂那些教理，倒是布道结束，大家唱赞美诗，小科克伦注意到里面一句歌词："晚了，你的哭泣，来得太晚。耶稣曾经路过，此时却已远去。"

科克伦说，听到这句歌词，他忽然悲从中来，从那天开始，他决定为耶稣献身，这辈子就没改变过心志。

或许耶稣觉得有大志的人应该经历磨炼。科克伦十三岁那年，父亲突然去世，除了那个惨淡经营的杂货店，身后没任何遗产。作为孩子里的老大，科克伦一夜间从少年变身成年：他必须辍学打工，挣钱养家。疯狂寻觅了一个星期，他在一个糖商那里找到一份活，每天工作十小时，年薪十英镑。这点薪水不够养家的，于是他白天在糖商处做小工，晚上跟母亲一起打理杂货店。买主大多是水手，有时候船老板会订购整篮子的食物，科克伦就扛着硕大的篮子，踩着晃晃悠悠的跳板送到船上，一路还得小心避开各种绳索、箱子和盆盆罐罐。

苏格兰人的血液，加上这样的少年经历，让科克伦形成一种近乎偏执的倔强。人家做事喜欢挑最轻松的，他却偏偏挑最难的那件。

有一天，他读到一本书，叫作《决志》，是基督教福音宣传家福斯特写的。读完之后他很受激励，有心加入教会，但不想做牧师。他的宗教信念主要是用在自己身上，律己很严，却不喜欢去劝化别人。如果做职业牧师，每个星期至少需要布道三次，这让他有点发怵。他跑去跟教会的人打听，教会执事告诉他，有一种医疗传教士，不需要布道，而是到海外去，以行医助人的方式感化民众，传播福音。科克伦觉得这正中下怀。

不过，走这条路得先学医，医学院要求还挺高，必须先有足够的基础教育，包括拉丁文和化学等等，才能参加入学考试。科克伦十三岁辍学打工，这些东西都没学过。他挤出时间和一点零钱，到夜校去补课。预习和复习的时间都是见缝插针，但凭着努力加天分，化学课一个班五十多人，他的成绩竟然排第一。这样的表现很拿得出手，等他到格拉斯哥大学参加面试时，考官完全认可他的资质，也同情他的家境，跟他说：如果你能凑够一百英镑学费，而且能保证在校期间每周付得起一英镑的食宿费，我们就收你。科克伦知道，对于医学院，这可以说是极优惠的条件，但他工资微薄，那个摇摇欲坠的杂货店也只是勉强管饭。他咬着牙对考官说，容我想想办法。

好在他是苏格兰人。不能削减给家人的供养，他就从自己的伙食里省钱，最后攒下来三百五十英镑，进入格拉斯哥大学医学院学医。多年之后回想这事，他依然觉得不可思议，不知道自己怎么省出这笔钱的。

他喜欢读书，学医的时候，医学教科书已经是个巨大的阅读任务，但他还是挤出时间读其他的书，于是读到了戈登的一本游记，说的是在苏丹的见闻。戈登看到苏丹基督徒甚少，喟然长叹：这些黑人部落是福音的处女地，亟待开拓，但只有真正的使徒才愿意去这种艰苦地方，因为真正的使徒能放弃一切俗世的欲求。上帝若有召唤，他甚至乐于死去。可惜这样的使徒实在太少。科克伦从来没敢自命为使徒，但他觉得戈登在苏丹做了四年总督，奋力铲除当地盛行的奴隶买卖现象，后来自己也死在苏丹，这样的人跟使徒也差不多。或许因为这份敬仰，读到戈登的感言，他腔子里热血涌动，认定苏丹是“地球上最需要帮助的地区”，而自己有义务到那里去帮助人们。

但他不知道怎么才能去，就找教会打听。

他找的是伦敦传道会。这个教会，论体系属于基督教公理会，跟科克伦一家人属于同一个宗派，协会成员态度比较开明，愿意跟不同宗派的组织合作，这让科克伦感觉很投缘，于是1896年他从医学院毕业，就立即请求加入协会。负责招收新人的委员会却有点疑虑，他们觉得格林诺克码头鱼龙混杂，近乎黑道世界，那地方长大的孩子，不大可能成为一个肯奉献的教徒，倒是很可能成为一个混混。科克伦这一年已经三十岁，他看出委员会的疑虑，但没生气。年龄和阅历都让他足够沉稳，他心平气和地告诉委员们，自己怎么从夜校开始补课，图书馆的管理员怎么为自己推荐好书，当医生的街坊怎么辅导自己的学习，教会的朋友们怎么帮他分担劳作，他多少个夜晚熬到下半夜才睡觉，最后在二十六岁那年考入格拉斯哥大学医学院……

委员会被说服了，科克伦成为传道会会员。他立即提出到苏丹去。

不巧的是，此时英国跟苏丹的穆斯林政府正在打仗，当地局势凶险，政府禁止教会往那里派人。委员会主席倒是有个想法，但大多数人听到这想法都要踌躇，甚至断然拒绝。主席预料这个话题谈起来会有阻力，于是先清了清嗓子，然后小心措辞："科克伦医生，您愿意考虑换一个岗位做事工吗？"

科克伦说："我愿意考虑主席的提议，但我有一个条件：请把我送到最需要帮助的地方。"

主席松了一口气，委员会所有成员都松了一口气。有这句话，接下来就很好谈。主席说："是的，有个地方非常需要帮助，那是中国北方的漠南蒙古。"

就这样，委员会给科克伦准备了开往中国的船票。

二

船票不是一张，而是两张。科克伦已经有了未婚妻，是黑头发的护士格蕾丝。委员会预料这档海外事工会很艰难，最好让科克伦把婚事办了再上路，免得日久生变，于是1896年12月，教会为两人行了婚礼。

要到地球的另一边去了，但这对新婚夫妇对那个地方一无所知。科克伦匆忙阅读了一些早期传教士写的中国游记，又临时学了几句汉语，别的就只能去了之后看着办。

传教士没仆人，东西得自己扛，他们斟酌体力，准备了一个大衣箱，几个小柳条箱，格蕾丝尽量多往箱子里装东西，《圣经》和宣传资料是必须带的，然后是衣服、床单、蚊帐、药品、小家具。大件填不下了，格蕾丝又往缝隙里塞黄油、蜡烛、炼奶、糖，能塞多少塞多少。

1897年1月9日，这对年轻的夫妇登上“普鲁士号”海轮，从南安普顿起航。六个星期之后来到上海。

他们的目的地是朝阳，当时属直隶。若是论航线的便利，应该是坐船到天津，然后从天津走陆路去朝阳，但那个季节天津港依然结冰，他们只能先到上海再想办法。在上海，一位前辈牧师帕克给他们讲述了许多当地风情。帕克说，走陆路不安全，遇到土匪的可能性很大，应该尽量走海路，先坐海船到营口。营口本地有民船，能把他们送到渤海湾西岸的锦州湾，从那里到朝阳只有一百公里的陆路，这就把风险减到最低。科克伦夫妇决定照此行事。

4月，渤海湾解冻，他们俩坐轮船来到营口。仲春的风依然凛冽，格蕾丝穿着大衣还是不停发抖。科克伦一身英国套装，头上戴的却是中国货，那是他新买的一顶带耳罩的满洲棉帽。码头上一片繁忙景象，老板们站在商船上呼喝，苦力们扛着箱子上上下下，俄罗斯皮货商跟本地猎户讨价还价，喝醉的水手走错了船被赶下来。一队穿着绗缝长袍的人路过，是射箭比赛回来的旗人。

一阵寒风吹过，格蕾丝冷得厉害，下意识地抓住科克伦的胳膊。她发现四周飘过来的异样眼光，于是猜到，按本地风尚，自己这个动作很不得体。因为这个念头的提醒，她接下来注意到，码头上看到的全都是男人。看来本地女人是不能走出家门的。

俩人昨天刚到此地，趁着天还没黑，科克伦从一堆破破烂烂的帆船里挑了一个，说好了价钱。现在他们站在码头等那条船。船来了。是一条木帆船，十米长，船帆上污渍斑斑，船头画着两只硕大而瘆人的眼睛。如果在英国，这样的船可能会被人劈开做燃料，但这是科克伦能找到的最好的船。

夫妇俩上了船，有苦力把箱子扛到舱里。船家似乎平日里就住在船上，一个隔间充作厨房，窗缝里飘出呛人的油烟，油烟味里夹杂着动物粪便的味道。科克伦把目光移向船尾，看到另一个隔间里有鸡和猪。一只公鸡从圈里冲出来，一个光脚的船夫在后面追。他抓住公鸡，砍掉鸡头，把鸡血滴进海里，众船夫跪下磕头，嘴里念念有词。科克伦跟格蕾丝说，这应该是祭拜海神保平安的仪式。

一个船夫把科克伦夫妇带到他们的船舱，舱里黑黢黢的，入口没台阶，他们要顺着一块跳板滑下去。科克伦个子不高，但还是没法在里面站直身子。舱底铺着树枝和稻草，那就是他们的床，宽度是一米多一点，如果一个人想仰睡，另一个人就必须侧躺。船一起航，水手就过来用一块木板把舱门盖上，里面顿时一团漆黑。格蕾丝小声说，我们好像是躺在一口棺材里。几分钟之后他们发现，睡棺材的体验固然丧气，其实大可忽略，真正可怕的是稻草里那些臭虫。他们给咬得全身刺痒，到处抓挠，一刻都停不下来。科克伦边挠边安慰格蕾丝：咱们离目的地只有一百公里，十二小时能到。忍一下就好了。

夜里，海上突然起了风暴，破旧的帆船不敢在这种天气航行，只能躲避到一条小河的入海口。甲板上有水手小声说话，口气紧张。科克伦竖起耳朵听，依稀听懂了几个词，大致意思是说，附近这一带的海盗特别猖狂。

第二天风暴平息，他们重新上路，刚离开港湾，就看到一条海盗船在后面紧追。船家拉满风帆狂逃，船身咯吱作响，似乎随时可能散架。好在海盗船也足够破旧，速度并不比他们的船快，但海盗们很有毅力，远远跟在后面，总不肯放弃。船家被追得偏离了航线。待到终于摆脱海盗，船已经在海上漂了五天。好处是因为日夜担心海盗袭扰，科克伦夫妇几乎忘了身上那些臭虫的叮咬。

第六天，船家按例再次烧香拜神。科克伦肘膝着地，把自己当人梯，让格蕾丝踩着自己的肩背爬出舱门，自己也跟着爬了出去。从船舷上，他们已经能看到远处的海岸，但景象并不吸引人。那片苍茫灰暗的地平线，似乎跟月球的地貌区别不大。

船终于抵岸，夫妇俩也得以告别舱里的臭虫。箱笼都抬下来之后，他们雇了一辆小马车，然后开始另一轮全新的体验。这种马车跟欧洲的马车完全不是同一个时代的产物，没有弹簧减震，也没有软垫，乘客盘腿坐在硬木底板上。头顶有个席棚可以遮阳，但挡不住风沙，上路不到半个小时，两人浑身上下蒙了厚厚一层灰土，“看上去就像两袋面粉”。

那时候的道路没有什么工程设计，大致就是前人在大地上走出来的印记，有土墩，有碎石，有深深浅浅的车辙。有时候连这样的道路都绝迹。但冬季许多小河干涸，车夫会把河床当道路，遇到河滩的碎石或是枯枝也懒得躲避，似乎对车轮的抗撞击能力很有把握。科克伦回想起来，曾经读到一位英国传教士写的中国游记，说坐这样的马车，要想舒适一些，可以先弄一捆稻草铺在底板上，再把自己行李里的被子和厚实的衣服取出来铺上，然后把枕头立在两侧和后方，把容易震碎的财物放在枕头围成的保护圈里。最后，拿起自己的手杖，跟在车旁步行。这当然是一位诙谐作家的春秋笔法。科克伦夫妇没有步行。他们坚守在车里，任凭浑身骨骼在肌肤之下左冲右突。车身侧面的布帘随风飘荡，时时能瞥见外面的景象。道路两旁是一望无际的田野，有农夫戴着巨大的草帽在地里干活。有些农夫听到车轮声响，抬头扫探，发现车里坐的是两个高鼻深目的洋人，便露出惊讶而戒备的神情。

格蕾丝的困惑不断加深。在苏格兰，她看到过一些带中国风景的瓷器，那上面有绿油油的田野，黄灿灿的水鸟，风景桥点缀着蜿蜒小溪，诗人在松树下啜茶，让人觉得那就是传说中的东方天堂。而眼下，车窗外的景象一片灰黄，村舍破败，偶尔看到一台水车，也远不如画里那么可爱。那头牵动水车的小毛驴，瘦得似乎随时可能倒下。

小马车走到朝阳得好几天，晚上免不得要住宿。客栈房间一晚上两个铜板，科克伦进门打量一番，感觉房间不值这个价。夯土墙，泥巴地面，茅草屋顶，房梁上的尘土太厚，跟蜘蛛网一起垂挂下来，在微风中轻轻晃动，看来墙壁在漏风。木格子窗上蒙着一层纸，能挡风，但挡不住寒气，也挡不住闲汉的眼睛。谁打算夜里偷窥某个房间的景象，只需用舌尖蘸些唾液去舔窗纸，就可以无声无息地撩开一个小孔。房间角落有个大瓦罐，里面浸泡着某种蔬菜，科克伦打开罐子闻了闻，猜想里面的东西已经泡了十年以上。靠窗是一溜土砖砌就的平台，科克伦知道那是炕，东北人睡觉的地方。隔壁响起铁器碰撞的声音，科克伦探头看看，是客栈老板在厨房做饭。老板棉袄上有斑斑点点的光亮，目测是多年积淀的油渍。灶台不仅管做饭，后面还有个通道引出热气，用来给炕加温。通道密闭不好，炕砖的缝隙里不停冒黑烟，科克伦夫妇给熏得眼泪汪汪。老板回头看到，咧嘴大笑，问：“两位烤煳了没？”

晚饭是两碗面条，一盘带几粒碎羊肉的煎豆腐，味道古怪，但他们俩又累又饿，有东西填肚子就很满足。炕桌上没刀叉，摆在碗边的是两双摸上去有点发黏的筷子。他们抓住这两根木棍，试了几次，总没法把滑溜溜的面条给挑起来，只好忘掉家乡礼仪，端起碗凑到嘴边，用筷子把面条往嘴里拨拉，好歹吃完了那碗面。放下碗，格蕾丝几乎是哭着说：我现在什么都不需要，就需要一张床。

然后他们倒在炕上，盖上棉被。炕上没有铺稻草，这让格蕾丝很欣慰，对丈夫说，没稻草就不会有臭虫，我们终于可以睡个安稳觉了。十分钟之后，她发现自己高兴得太早了。被褥，炕上，整个房间里，到处都是跳蚤。臭虫在他们身上留下的包还没平息，一批新的鼓包又涌现出来。

第三天出了个小岔子。清早他们从客栈出门，跟车夫会合，准备出发。科克伦感觉跟车夫算是有点熟悉了，就想试试聊天。他只突击背过几句汉语口语，生疏得很，好容易吭吭哧哧憋出几个词，不料车夫忽然大怒，跳下车对着他们吼。从表情看，车夫是在骂人，但说话不停卡壳。原来车夫是个结巴，以为科克伦这么说话是在恶意模仿自己。科克伦打算道歉，但他的汉语实在太弱，不知道怎么表达。车夫骂了一通，驾着马车绝尘而去。科克伦只好重新找了一辆车。

一个星期之后，大路前方的地平线上，隐约出现一溜城墙的剪影。车夫很兴奋地吼出一个词，这个词科克伦能听懂：“朝阳！”颠得人腰椎变形的旅程终于要结束了，科克伦感到一阵轻松。

马车再走了几百米，城墙的细节逐渐能看得分明，于是科克伦心情陡然如铅垂一般下沉。苔藓斑驳的城墙上，每隔一段距离就立着一根杆子，每根杆子顶端插着一颗人头，有些已经皮肉尽脱，只剩骷髅，下垂的颌骨仿佛永远在冷笑；有些似乎是刚刚砍下来的，还带着血迹。路边有个什么东西飘进眼角余光，科克伦撩开窗帘细看，是一堆垃圾，龌龊的污物之间横着一具女婴的尸体，肚子被野狗撕开了。科克伦迅速把窗帘拉上，但已经太迟。格蕾丝脸色瞬间苍白，趴在车窗朝外猛吐。

那时的朝阳是个小镇，清兵入关之后，该镇划归直隶省，但在许多世代里，这地方基本就是片无人管理的大草原。早年在这里活动的是蒙古人，草原土质肥沃，但蒙古人习惯了游牧，不爱耕种。十八世纪开始，越来越多的汉人跨过长城，到这里开垦，地段一点一点扩大，蒙古人就一点一点往后退。到十九世纪末，当地五万人口里，蒙古人只占一成，有少量藏人和朝鲜人，其他都是汉人。二十多年前，一位叫作葛雅各的天主教传教士跑到俄国的西伯利亚传教，遇到东正教势力的排挤，最后被驱逐出境，他放不下海外传教的心思，辗转来到朝阳，在城外找到一处空房。原来的房主多年前放弃了这房子，因为当地人认为此地风水不好，葛雅各把荒屋改建成传教站，还真的让几个村民皈依了基督教。1891年，四十七岁的葛雅各染上斑疹伤寒去世，后来有过一两位传教士试图复兴这个传教站，但那段时间局势动荡，前有金丹道之乱，后有中日甲午战争，复兴努力都半途而废。伦敦传道会派科克伦来朝阳，是希望他能重振这个教区。

既然有这么个传承的宗旨，科克伦夫妇把葛雅各这座院落当作新家，也算顺理成章。

院墙是夯土的，早已残败不堪，别说挡不住随时可能出现的土匪，连溜门撬锁的小偷都能轻松越墙而入。屋子也是泥土结构，炕上有个小桌，屋角几张破椅子，这就是全部家当。格蕾丝毕竟是个新娘。她很花了些工夫，尽量把房子布置得好看一些，窗户上挂了藤编的窗帘，泥土地板铺上草编的垫子，还到外面摘来一些野花做点缀。科克伦去查看了一下做礼拜的小教堂，很简陋，泥墙泥地，糊纸窗户，几条没有靠背的长凳。讲坛上有个木制的十字架，墙上画着一些宗教画，画面不少地方脱了漆。一个上锁的盒子里有一本《圣经》。

早先皈依基督教的村民，看到教堂里又出现了牧师，便都穿上最好的衣服，结伴前来问候。其中一位叫廉义的村民尤其兴奋，当年他因为葛雅各的传道而皈依，此后一直是热心教徒，加上兼通蒙古语和汉语，实际上成为葛雅各的助手，承担了不少布道事工。看到科克伦汉语吃力，没等对方出言相邀就做起了翻译，还提出许多实用建议。他说中国人看到洋人，就算嘴里客气，内心多半还是有点隔阂，但科克伦若是穿一身中国长袍，或许就能减少这种生分的感觉。科克伦认为此言有理，当即置办了一套中式长衫。

本地服装可以冲淡异国形象，而跟人来往免不得要打招呼，那么起个中国名字应该也有些帮助。科克伦请廉义参详，“科”字不妨保留，自古以来“科举”是个进取的表征。“克”字省去，“伦”字读音稍微抻一抻，变成了“龄”，合起来就成了个算得雅致的中国名字：科龄。

那么从这里开始，我们就用这个名字来讲述他的故事吧。

三

葛雅各当年在朝阳建立这个教堂，纯粹是为布道传教。科龄没打算布道，他来是为了给当地人提供医疗服务，所以需要开辟一个诊所。教民们告诉他，教堂后面有个房子，拾掇一下或许还能用。他去看了看，发现那是个废弃的猪圈，泥墙只有半人高，头顶是麦秆铺的棚子，无数破洞透着天光，不透光的地方，时不时可以看到老鼠在里面钻。这问题必须解决，因为蒙古草原的老鼠可能携带鼠疫杆菌。

一番大扫除，再请几位会夯土的教徒帮忙筑墙，有村民带来秸秆重新铺好屋顶，科龄的临时诊所算是建立起来了，这是个多功能单元，候诊室、检查室、治疗室、手术室、药房，一切都在这间房里打理。没有设立住院部，不是不需要，是因为他没钱置办病床。

要在一个陌生的异国乡村行医，第一天应该怎么开始？

一般来说，学习现代医学的人，毕业之后并不会马上开始独立行医，他得先跟着资深前辈一起看门诊，一起到病房查房，在前辈指点下观察临床征象，印证课堂学到的知识，同时不断读书，增补课堂来不及讲述的知识。当代欧美的医学教育里，有个“住院医师”环节，那就是个标准化的“继续教育”机制，让新毕业生有机会跟着老师深造。科龄时代的苏格兰，住院医师制度还不是标准体制，新毕业生得自己找一家医院，跟随前辈做一两年的助手，然后再独立开业。但科龄连这种个人实习都没能经历，他毕业证书墨迹未干，人就已经上了跨洋海船；在朝阳，别说没有老医生，方圆几百里，根本就找不到其他的欧洲人。如果手术出现意外，家属会怎样？周围的村民会怎样？遭受损失的群众会让他偿命吗？他不知道。

上船离开苏格兰之前，科龄匆匆读过一点谈论中国的书籍，比如《马可波罗游记》，他知道中国有很完善的国家管理机构，有丰厚的文学积淀，有非常精致的礼仪教化。待到人在朝阳，他对这些美丽的传说没多少体验，倒是当地的卫生习惯让他吃惊。在整个中国，要想找到公共厕所，必须到通商口岸的外国侨民区。上海当时算最有现代气息的，但即便在这里，出了租界就没有厕所，大小需求都用马桶解决。到了朝阳这样的边陲小镇，连马桶都成为奢侈品。居民什么都往街上扔，随处能看到腐烂的菜叶，带臭味的破布团、粪尿、动物尸体，甚至人体残骸。一些游记作者很夸张地说，走在中国的官道上，几十公里之外就能闻到居民区的味道。下雨的时候，满街都是颜色酱黄、带着腐臭的积水在流淌，但光腚的孩子们跟猪、狗、羊、驴一起在泥水里玩耍，显然没听说过细菌这种东西。他们没法听说，因为他们的父辈也不知道什么是细菌。

水往低处流，低洼之处免不了常年恶臭，有些地方地势稍高，污水流不到，本来有望留下一小片清澈空气，但只要有人发现这种地方，就会找个器皿，把洼地里的污水取来，泼洒到那片高地。他们并不是故意要恶心人。朝阳常常有沙尘暴，那东西一来就是铺天盖地，几乎能填满人的鼻孔，村民往干地上洒水，为的是镇住沙土，减少灰尘，有这好处，就值得忍受那些臭气。实际上，似乎只有外国人会注意那些臭气，本地居民早就没了感觉。

卫生状态几乎还处于荒蛮时代。形成对比的是，国家管理机器建设得非常完善，在科龄看来，或许有点过于完善。当地土匪横行，并不是因为没有法律，实际上官府的刑法很严厉，抓到的匪徒通常会判死刑，执行方法是砍头。衙役用敞篷马车把死刑犯拉到刑场，选一片渗水良好的沙土地，一名助手抓住犯人的辫子往前拽。刽子手很利落地完成分离程序。行刑之地不清场，官府欢迎百姓围观，即便是三岁儿童也会追到刑场看热闹，这让科龄很吃惊。在他的家乡，做父母的看到类似场合，都会死死捂住孩子的眼睛，他们觉得孩童心智还没成熟，过早接触世间的残暴，恐怕会对生命失去应有的敬畏。行刑之后，砍下的头颅会被挂到城墙垛子上示众，尸首则留在现场。他看到过几次行刑，每次从刑场回来，心情都极度低落，久久坐在床边，双手抱头，一言不发。格蕾丝只能婉言相劝："别揽到自己身上。这不是你能掌控的。"

了解朝阳卫生状况之后，科龄有个预感，在这里，病人数量不会少，而且主要会是感染性疾病。

朝阳本地有一些传统医生。那时候的中国没有医学院，行医的人，有些是靠家传技艺，有些是跟师傅学艺，更多的人靠自学，多半是科举考试不中，转而读一些医书，然后就悬壶开业。科龄去跟这些传统医生交谈，知道他们用许多动植物和矿物做药，对这些东西的"药性"有很复杂的理论，但具体的药方大多秘不外传。关于人为什么生病，科龄听到的理论似曾相识，让他想起几千年前古埃及医书的记载。解剖学知识明显落后于西方学界，虽有心肝脾肺肾这些概念，但器官功能的理解几乎全部错误，比如当地医生依然认为心负责思考，而造血的脾脏，他们则认为是负责消化水谷。

当然，这些传统医生不知道细菌能让人生病，不知道粪便会传播霍乱，不知道跳蚤传播鼠疫，也不知道虱子传播伤寒。许多在英国已经几乎绝迹的疾病，在这里依然泛滥：结核，麻风，霍乱，梅毒，伤寒，白喉，贫血，沙眼，甲状腺肿，还有各种寄生虫病。几乎每天都看到患有天花、满身脓疮的儿童。大约三分之二的婴儿出生几个月就夭折，最常见的死因是破伤风和痢疾。虽然没有战争，刀伤和枪伤却并不罕见，因为乡民随时可能遇到土匪袭击。疾病加上天灾人祸，大多数村民不到三十岁就死去。

科龄很想开一些讲座，把自己知道的医学新知识说给传统医生们听，但又觉得现在不是时候。他必须尽快开始诊治病人。

十九世纪末，欧洲医学界对于疾病的发病原理，包括细菌学和组织病理学，都有长足进步，药物方面的进展相对缓慢，真正算有效药的，大致就是治疗疟疾的奎宁、治疗心功能衰竭的洋地黄、退热止痛的乙酰水杨酸（阿司匹林）。可用的药物还不多，不过说到手术能力，西方人早在古罗马时代就已经不错，只是因为出血、疼痛和术后感染这三大障碍，古代能做的手术不多。十六世纪法国医生帕雷摸索出血管结扎术，1846年美国牙医莫顿把乙醚麻醉带进医院，1867年英国的李斯特创建消毒术，至此三个障碍都可以克服。有这个底子，十九世纪病理知识发展之后，医生们也就知道很多病可以用手术解决，比如说，既然知道白内障是因为眼球晶状体病变，失去透明性，而晶状体负责的是聚焦，不是感光，那么把浑浊的晶状体切除，虽然因为聚焦不准，看东西模糊，但毕竟比什么都看不见要好得多，于是晶状体切除就成为治疗白内障的有效手术。

科龄是个新毕业生，若是在家乡，他不会忙着开业，而是找机会继续跟长辈学习。但在朝阳，几乎每天都有各种病人死亡的故事在流传，而他知道，许多这样的病人，倘若由自己来诊治，就很有希望能救过来。

坐地等待不是苏格兰人的性格。他请廉义向附近村庄播散消息，让大家来找他看病。

起初人们对这个洋医生信心不大，来的人为的都是皮肤病之类的小问题。但即便是这样的“癣疥之疾”，他的治疗效果也明显胜过传统医生，何况他的诊治都免费，于是病人渐渐多了起来，重症病人也开始出现。直到晚年，他依然记得在朝阳诊治的第一个危重案例。

那天他跟格蕾丝正在做晚饭，一个年轻农民冲进院子里，见到科龄就赶紧松开辫子，跪倒在地连连磕头，嘴里喊着“大夫救命”。廉义此时不在身边，科龄的中文水平有限，但从年轻人的比画很容易看出来，他妻子遇到了难产，情况很严重。科龄抓起产科急诊包，跟着年轻人上了马车，颠簸一个小时之后来到农夫家里。农夫的妻子躺在炕上，极度衰弱，连挣扎的力气都没有了。一个产婆在炕边转圈，手里晃动一炷香，嘴里念着什么咒语。科龄看着产婆那件肮脏的围裙，仿佛看到无数细菌在飞舞。他把产婆推到一边，拿氯仿麻醉剂给产妇吸入几口，然后取出产钳，开始操作。

婴儿很快取出，母子都渡过了难关。科龄在斜阳下走出房门，产妇一家人送出门来，跪在地上不停地说“大夫好心人”。

那以后，他的重病人越来越多。有些人拄着拐杖，家境好的会坐轿子，家境中等的请人背着来，或是用独轮车运来，但最常见的担架是门板。当地民居的房门是两叶的，打开的门板往上一端就可以取出来。把病人放到门板上，盖上一床棉被，两根绳子套住门板两头，一根杠棒穿过绳圈，挑夫们就这么抬着病人，跋涉几十里来到诊所。

传统医生时代，病人的记忆里几乎没见过药到病除的案例，所以百姓对于看病不太踊跃，通常都是等到只剩一口气，才会抱着最后一线希望，找医生试试运气。科龄的名声让他们增强了信心，愿意来的人多了一些，但他们还需要考虑经济问题。科龄看病不收钱，如果病人需要留在诊所过夜观察，科龄也免费提供食宿，但抬病人的挑夫是要收辛苦费的。如果路途遥远，中间需要投宿，住宿费和伙食费也要由病人家属来掏。因为这种种顾虑，病人送来的时候，往往已经病入膏肓，就算有药也无力回天。如果治疗需要几天才能完成，科龄多半没那个机会，那些挑夫需要赶回去干活，最多只愿意在诊所等一两天。遇到这样的情况，科龄明知这病人现在回去肯定会死，也只能看着他们离去。

吸毒是另一个让科龄揪心的难题。吸鸦片在当地很流行，科龄到病人家里出诊时，常常会看到已经重病在身的病人，躺在炕上没法起身，嘴里却依然叼着烟枪吞云吐雾。

鸦片数千年前在中东和近东出现，地中海周边地区长期把它用作镇痛止泻的药物。这些地区的医疗服务很早就有政府控扼，对于药物发放有相对严格的管制，加上强烈的宗教理念，几千年里鸦片成瘾没有构成大面积社会问题。如果能严格管理，控制依赖性，鸦片确实有药用价值，鸦片的天然有效成分是吗啡，后来人工合成的类似物有芬太尼和美沙酮，这些药物现在依然是世界卫生组织推荐的镇痛药。但鸦片毕竟是有成瘾性的药物，若是缺乏有效的管控制度，一旦流入民间，很容易带来健康和社会问题。明朝时候中国有鸦片出售，但价格昂贵，只有富豪可能吸食，因为消费能力的天然限制，那时鸦片的祸害范围不大。十八世纪初，清朝雍正期间，鸦片流传范围有扩大趋势，清廷于是明令禁止吸食鸦片，可惜收效甚微。十八世纪末，英国东印度公司为抵消购买中国茶叶带来的贸易赤字，在印度廉价购买鸦片，然后向中国强力倾销。货源增加伴随价格下降，明朝时“等价黄金”的鸦片，现在开始走入寻常百姓家，滥用鸦片很快成为严重的社会问题，随后就是清廷的禁烟和两次鸦片战争。

战争付出了惨重代价，可惜市场的吸引力太大，中国的进口商设法从各种渠道寻找货源，本地农民也已经学会自己种植罂粟，两次战争没能拦住鸦片销售量的增长，也没能消灭民间的吸毒行为。这就是科龄到朝阳之后看到的景象。

科龄深知滥用鸦片的危害，但他也知道英国奸商们干过什么。他没法指责这些烟民糊涂，只能把责难转向自己，在心底向上帝祈祷，希望他在天上的主能发慈悲，让此地的官府有效制止吸毒，让此地的人民自觉弃绝鸦片。

科龄每天都挤出一点时间学习汉语。这是个跟印欧语系完全不同的语种，不容易掌握，读音和书写的分离更增加了学习难度。好在教他汉语的廉义很耐心。当医生的需要跟病人谈论身体，廉义便从身体名称入手。诊所没有病人的时候，廉义用手指着自己身体的某个部位，然后另一只手在空气中挥舞，“写”出表达那个部位的汉字，嘴里一遍又一遍纠正科龄的发音。格蕾丝从里屋看到这场景，觉得很可乐，也很暖心。

半年之后，1897年秋天，科龄的汉语可以应付日常对话，名声也日渐响亮，村民对他很是敬重，这让他有了些自信，于是把诊所的一间房翻修一下，布置成一个简单的手术室，开始给病人做手术。

起初为了慎重，他只做一些头部或是四肢的小型手术，比如骨折复位，或是旧伤瘢痕造成的痉挛。把握增加之后，他决定做白内障摘除。当地白内障发病率出奇地高，而这么一个简单手术就能让病人重见天日，所以他以为病人会踊跃接受治疗。可等他提出建议，却发现病人很迟疑。跟廉义打听之后才知道，原来当地百姓暗中传言，外国人给中国人的眼睛做手术，为的是挖出眼球，拿去涂在那种黑盒子（照相机）里，让那盒子能“摄取”人形。传消息的人厉声告诫，大家千万不能让洋鬼子碰自己的眼睛。廉义到处走访，耐心地跟村民解释，所谓挖眼睛涂黑盒子是恶毒的谣言。

镇上有个村民是白内障晚期，已经完全失明，廉义跟他说，新来的洋大夫能让他重新看见。那人抱着孤注一掷的心思，跟着廉义来到诊所，但听到科龄拿起手术刀的声音，忽然吓坏了，站起来往外逃。倒是他的几个朋友比他淡定，拽着他说：你本来就瞎了，就算把你眼睛挖了，又会怎样？那村民似乎觉得这话有道理，于是重新坐下，完成了手术。科龄给病人的眼睛蒙上敷料，用绷带固定，然后让他回家休息。伤口基本愈合之后，科龄让病人坐在诊室，先拉上窗帘，因为刚刚复明的人不能接触太强烈的阳光，然后他给病人揭开绷带，把一只手举到病人脸前。

他一辈子都忘不掉病人脸上泛起的华光。病人激动得不知道说什么好，只是来来回回重复一句话："我看见了，我看见了……"

诊所的病人越来越多，病人没有排队的习惯，全都挤在他身边，把化脓的创口或是挠破的疥疮杵到他鼻子下面。村民常年不洗澡，身上味道强烈，虱子和跳蚤更是常年带着走。但科龄已经学会控制自己，不但不退避，连眉毛都不会扬一下。有些病人家在附近，若是天气好，很多亲友会跟着病人来看热闹，所以院子里总是有很多人，诊室里的人在看病，院子里的人在聊天，嗑瓜子，下棋，打麻将。

葛雅各在朝阳的时候，廉义一直充当助理牧师的角色，科龄虽然重新入住这个教堂，却并不打算讲道，于是这成了廉义的工作。在西方，教堂是星期日做弥撒，但那时候的中国没有周末休憩的惯例，自耕农在农闲季节可以歇着，靠薪资吃饭的人，若不是在衙门做官，则只有过年的时候才可能休息几天，所以廉义是在星期日晚上做弥撒。晚上来的人毕竟不多，他必须在平日里找机会，只要诊所院子里有村民聚集，那就是布道的好时候。他的讲道没经过教会学校培训，完全是自学成才，通常就是挑一些《圣经》故事做一番本土化的修改，用说书的方式讲给村民听。但他口才极好，村民很爱听，等他讲完故事，村民总是大声嚷嚷："再说一个。"

在朝阳安居之后没几天，科龄注意到格蕾丝的新状况。当初她在马车上呕吐，并不单单是因为看到那个女婴尸体。妻子已经怀孕了。

1897年9月21日，他们的第一个孩子埃德加出生，是科龄自己接生的。若是在英国，产科医院能给产妇提供很多医疗照顾，朝阳没这个条件，科龄只能尽力而为。孩子刚生下来时眼睛是蓝色的，接着很快变成了黑色，这让村民很高兴。他们说这孩子跟了本地水土，所以眼珠子会变黑，黑眼珠看起来漂亮多了。这让科龄意识到，尽管他们夫妇穿着中式服装，尽管他们对村民非常和蔼，尽管他治好了许多病人，但他们俩的"洋人"外貌没法改变，而这总还是让本地人觉得生分。

科龄没责怪他们。他知道当地流传着许多关于西方传教士的阴暗故事，比如挖出人眼和人心做药。文化差异总让人产生疏离感，异乡人尚且可能被排挤，何况来自万里之外的异国蛮夷。这种对"非我族类"的排斥感，从部落时代延续至今，一两代人的接触未必就能消除，朝阳的村民只要看到洋人，总不免有点警惕，然后又滋生出种种猜忌。科龄跟格蕾丝一直谨言慎行，不敢到户外写生，也不敢到山里考察地质，生怕引起误会，带来不必要的麻烦。再说，村民的警惕也不能说毫无道理。科龄不是专职传教士，不做布道，但他的使命是以行医彰显基督教的慈善，希望借此感化百姓，引人皈依。每次有病人感谢他，说他是大好人，他都会说，是耶稣教导我如此行事。有这样的言行在，村民自然觉得，他跟那些在教堂讲道的传教士也没多大分别。

作为虔诚的教徒，科龄内心确实盼望看到有人皈依基督教，但这个不是他的工作，而是廉义的工作。廉义的讲道虽然不依古格，却适合中国民情，几年下来，竟然也真的招纳了几十个信徒。这让科龄高兴，却也必然让一些村民侧目。

在西方，很多个世纪里，行医是教会人员的副业，而根据教义，行医即行善，行善就不应该收费，至少不应该主动索要费用。直到中世纪晚期，许多人依然坚守这个信念。客观地说，这做法能守得住，一个很重要的缘故在于，在那个时代，当医生基本靠自己领悟，几乎不需要什么专业培训，学业方面也就没多少开销。若要给病人发些药物，问题也不大，传统药物主要是草药和天然矿物，到野外走一圈就差不多能凑齐。十九世纪之后，真正有效的药物虽然不多，可毕竟有了一些，而且这些药是需要靠专家提炼的，比如奎宁和乙酰水杨酸，这就得花钱买。在朝阳，科龄给病人看病不收钱，发放的药物几乎都是自己掏钱购买。刚开始这做法还能撑得住，病人一多，费用压力就越来越大。科龄的东家，伦敦传道会，只给他提供四十英镑的年薪，没有任何活动经费，日子长了，到底没法维系。无奈之下，他只好调整政策，诊费还是不收，但病人若是家境还行的，多少会收一点药费。

每日就诊病人数继续增多，科龄终于忙不过来，就在朝阳找到一个叫刘亦的小伙子做助手，每天带着他看病人，做诊断，处理创伤，配制药物，同时讲讲相关的解剖学和生理病理学知识。但周遭需要治疗的病人实在太多，即使一天看一百个，也还是有大量积压。这让他很着急。格蕾丝劝科龄面对现实，毕竟大多数病人并不是那么危重，今天看不了，可以明天看。即便有些病人终于等不到那一天，也是没办法的事。谁都知道，这一带方圆几百里，只有他一个懂得现代医学的医生。科龄明白格蕾丝是对的。他看到过一些传教士写的调查报告，这时候的中国，每天有四万人因为各种疾病死亡，他再怎么努力也是杯水车薪。

他想，要是能建立一所医学院就好了，在本地培养出现代医生，然后建立跟西方条件相当的医院，那就能帮到更多的病人。

之前并不是没人想到过这一点，可惜形格势禁，各种努力都是浅尝辄止。1830年代，美国传教士伯驾曾经以带徒弟的方式，即兴培训过一些中国学生做助手，另外有一些传教士开办过很初级的培训班，但没有正式的招生和考核程序，上课时间也是有一搭没一搭。

科龄想的不是那些，他想开办一个正式的医学院，一个学历得到官方承认的大学，而且应该有附设的教学医院。

可是，朝阳显然不是个办医学院的地方。这里连小学都没有。他只能把想法埋在心底。

四

十九世纪的最后几年，中国华北地区天灾频仍。1876年大旱持续三年，死亡人数大约一千万，饥民易子而食；1887年黄河决堤，造成中国历史上最大一次洪灾，死亡人数大约一百万。这是十九世纪华夏地区最大的两次灾情，死亡数千至数万的中小型天灾更是难以计数。雪上加霜的是，此时的清政府日薄西山，救济能力贫弱，大批农民变成饥肠辘辘的无业游民，其中不少人干起劫掠勾当。科龄在日记里也有这方面的记录。1898年，朝阳城里频频遭到土匪袭击，富人被绑票，耳朵或是眼皮被割下来送给家属，勒索赎金。如果到时候没看到钱，就再从肉票身上切下另一处皮肉，送给家属当作勒索信物。如果最后还是拿不到钱，就用文火把肉票慢慢烧死。肉票若是女性，折磨方式更骇人听闻，以至于科龄不忍在日记里描述。

衙门有少许官兵，但纪律涣散，训练极差，虽然配备了火枪，却完全没有准头，他们守在城垛上放枪，土匪骑着蒙古马，径直冲进射程里，很嚣张地左冲右突，完全不需要担心被射中。科龄起初感叹官兵无能，没多久他发现，官府并不仅仅是无力弹压匪徒，匪首早就买通了底层官员，让他们对匪帮活动眼开眼闭。当然，这事如果穿帮，那些底层官员也吃不消，所以他们都知道该怎么做：从匪徒那里拿到孝敬，转身就孝敬自己的上司，于是大家心照不宣。

局势越来越乱，科龄自己敢面对最可怕的后果，却不能让太太和孩子遭罪。他想找车把家人送到更安全的地方，比如营口。但朝阳城里已经找不到车，能逃的人早就逃走。官府为避乱，每天中午就关闭城门，科龄的传教站是在郊外，城门关闭，他连那几个肉鸡官兵的保护都没有了，所以看到第一批匪徒闯进院子的时候，他并不觉得很意外。

匪徒头目骑在马上，穿着一件绗缝棉袄，上身披着牛皮护身，腰带上插着好几把刀。科龄夫妇站在诊所门前，格蕾丝怀里抱着埃德加。匪首扫了他们一眼，一边甩动手里的大刀，一边说："弟兄们今儿心情好，可以少要一点，给一千两银子，咱立马走人。"

一千两银子大约相当于一万英镑。科龄一年能从伦敦传道会拿到四十英镑，除基本生活所需，剩下的他都用来买药给病人了，别说一千两，他连十两银子都拿不出来。科龄彬彬有礼地跟匪首解释，他没有银子，屋子里没有任何值钱的东西。

廉义本来不需要介入，但他一直陪着科龄夫妇，没有逃走。听到匪首的勒索，他也站出来，说这位洋人是个穷医生，他给人看病不收钱的。

匪首吐了口唾沫，冷笑着说："谁都知道洋人有钱。我们两天之后回来拿钱，没钱就准备吃皮肉之苦吧。"说完拨转马头，哗啦啦驰出院门，众匪徒策马紧随其后，搅起一股黄尘。

他们一晚上没睡。格蕾丝抱着埃德加不敢放下，科龄跟廉义用木棒加固院子的大门，其实他们也知道这没什么用，最多能让匪徒延迟三分钟进门。

还算运气好，第二天城里来了一队官兵，是上面派来加强防御的援兵。外来的官兵对本地匪徒会认真剿灭，抓捕了一批匪首，城墙的杆子上增加了若干人头。余下的匪帮躲进了山里。

匪患暂时平息，但科龄有新的挑战：格蕾丝又怀孕了。不久，科龄做产前检查时，听到两段胎心共鸣。这么个兵荒马乱的时节，格蕾丝竟然怀上了双胞胎。

现在科龄需要更多时间照顾格蕾丝和埃德加，而教务方面的工作量也在增加。廉义的布道很见功效，朝阳和附近一带基督徒人数增长到三百五十人。伦敦传道会终于承认这个站点需要增加人手，1898年底，牧师利德尔来到朝阳，负责教区的布道和其他宗教事务。次年9月，利德尔的未婚妻谢丁也来跟他相聚，两人在上海办了婚礼。

1899年，增援的官兵离开，朝阳地区的土匪又开始活跃。科龄出诊时曾经遇到匪徒追赶，他赶着马车狂逃，刚好来得及躲进一家客栈。客栈老板是有经历的人，改建的院墙十分坚固，竟然挡住了那股匪徒。但那以后，科龄不得不减少远距离出诊的次数。他不想让怀孕的格蕾丝在异国成为寡妇。

科龄是通科医生，能处理一般的生产，但双胞胎是高危生产，他开始为这个担心。很幸运，天津有位比利时医生萨维尔，是资深产科专家，她从教会通报渠道得知双胞胎的消息，就写信给科龄，建议他们到北戴河去，她可以在那里为他们接生。科龄大喜过望，把手头一些工作暂时移交给利德尔，然后带着格蕾丝和埃德加坐马车出发。

当时的北戴河是个渔村，只因为景色优美，不少欧洲人在那里修建度假别墅，夏天就到这里避暑，举办欧洲风格的体育和音乐活动，因为这样的氛围，社区各种服务很接近欧洲水平。1899年8月，双胞胎顺利出生，一个叫罗伯特，一个叫托马斯。格蕾丝哺乳有点跟不上两个孩子的需要，必须增加人工喂养，这在朝阳难以办到，于是科龄延长了在北戴河的停留时日。朝阳的日子太苦，格蕾丝身体一直不太好，北戴河温和的气候，相对丰足的营养，以及安全宁静的气氛，让她的健康明显改善。若不是深知丈夫职责所在，格蕾丝真希望再也不用返回朝阳。

他们毕竟还是回到了朝阳。来迎接的利德尔看到格蕾丝神情凝重，猜想她为刚出生的孩子担心，就告诉他们，镇里来了一队新的增援官兵，捕杀了上百名土匪，残余匪帮逃亡到北方草原，目前城里很平静。但科龄感觉到一种变化，现在他若是到镇上走动，追在身后滋扰的闲汉越来越多。早先这些人只是窃窃私语，现在他们大大咧咧地嘲弄："我说，你还要讲道哪？省省吧，你马上就讲不了喽。"

科龄知道敌意的来源，这些年天灾不断，百姓对天灾来源有各种说法，大多是几千年前就有的老套，比如谁惹怒了龙王爷，但今年有个新说法，说是这些高鼻深目的洋鬼子带来了灾祸。他起初希望只是个别心胸狭隘的游民这么想，但很快就发现，这样的见识已经渗入普通百姓心里，几乎成为本能。那天，几位镇上的居民来看望出生不久的双胞胎，埃德加的眼珠是黑色的，而罗伯特和托马斯的眼珠都是蓝色的。一个村民的孩子看到双胞胎的蓝眼睛，张嘴念出一句民谣："眼睛蓝，天大旱。"

那孩子的母亲很"懂事"，迅速抬手扇了孩子一个耳光，让他住嘴。其他人尴尬地看着地面或是窗外，不知道怎么圆场。村民的掩饰太笨拙，科龄于是明白，这民谣不是"极个别人"的无聊贫嘴，而已经是一股渗入民间的暗流。但他还是跟村民们说，没关系，我知道你们并不是真的这么想。

村民离开之后，格蕾丝没法摆脱内心的委屈："他们为什么会这么说？我们不是一直在帮助他们吗？"

科龄只能尽力安抚妻子，虽然他自己都觉得这些话苍白无力。

格蕾丝是带着焦虑回到朝阳的，接下来的消息似乎在印证她的焦虑。1899年12月31日，英国牧师布鲁克斯前往山东平阴县的传教站，路上遇到一群武装群众袭击，被砍掉了头颅。

科龄的工资是用英镑支付，每次拿到工资，他需要到南边找个有对外贸易的口岸城市，在银行里把英镑换成银块，回到朝阳，再到银铺把银块兑换成铜钱。需要出远门看病人时，他按中国人的做法，把一串铜钱捆在腰间。1900年春，他赶着马车去看一个病人，距离很远，当天无法赶回家，只能回程路上找个客栈投宿。客栈又脏又暗，跳蚤横行，屋子里满是黑烟，还有油烟味和尿味。他又饿又累，无心计较，就坐到炕上等晚饭。这时他听到隔壁有两个男人说话。

"诶，店里有个洋鬼子。"

"我看到了。不过，这人黑眼睛，扎辫子，会不会是汉人？"

"不可能。我闻到他身上有洋鬼子的奶味，特别冲。洋鬼子爱洗澡就是因为这个。"

"管他呢，皇上很快就会除掉他们。"

"干吗等皇上动手？咱现在就勒死这家伙，他那袋子挺沉，肯定有货。"

两个男子没料到的是，此时的科龄中文已经非常好，能听懂他们全部对话。

科龄不敢再等晚饭，蹑手蹑脚溜出房间，去到院子，上了马车就逃。逃出十多里路，找到一条隐蔽的小山沟，就钻进去，在车里哆嗦了一夜。好在那两人并没追来，第二天他安全回到朝阳。

1900年春，耕种时节到来，但雨水不肯来。地方民众向龙王求告，基督徒向上帝祈祷，都没看到功效。一滴雨都没落下。民众开始骚动。对外国人的憎恨日益明显。有人说洋人带来旱灾，有人说他们偷婴儿做药，有人说他们在井里下毒，有人说他们施妖法，在居民门上贴咒符，让屋主无端横死。有激愤的演说家在市面大声呼吁，宣称必须杀光洋人，天才会下雨。科龄听人提起一个叫“义和团”的民间武装，攻击对象不是官府，而是洋人。或许他们想杀的是传教士，科龄只行医，并不布道传教，但义和团成员似乎并不打算区分这种细节。

起初科龄没太在意，或许朝阳跟外面世界过于隔绝，他感受不到雷暴之前的威压。他觉得这个新出现的组织也就是武装的游民，跟被官兵赶到北方草原的游民没多大区别。1900年5月，他收到天津上级传教站的信，局面比他想象的要严重得多。义和团的活动完全不受官方限制，甚至有更糟糕的谣言，说慈禧太后会直接把洋人交给他们处理。科龄接到的指示是立即撤离朝阳，而且要避免坐马车。马车目标过于暴露，路上随时可能遇到麻烦，他们该做的是尽快找到最近的铁路线。锦州在修一条运煤的铁路，他们可以先赶到那里，然后坐火车去到某个通商口岸，到了口岸就足够安全，即使局势继续恶化，从口岸返回英国也很方便。

但要到锦州，他们还是得先坐马车穿过八十多公里的乡村道路，这些路上随时可能遇到民间武装，可能是一般的流寇，也可能是专杀洋人的义和团。

利德尔的太太此时怀孕到了晚期，行动艰难。科龄很犹豫，打算找衙门提供护送，但几位基督徒很快带来消息，衙门步军统领邀请义和团武师进城向官兵传授武功和金钟罩法术，士兵在镇中心一块空地上日夜操练。显然，衙门指望不上。

6月9日，一群武装百姓闯进传教站，脖子上扎着红布条，科龄听人说那是义和团成员的标志。来人抢走了他们认为值钱的东西，好在没杀人，但科龄现在明白了，撤离的事不能再拖延。他让利德尔送两家的太太和孩子去锦州，动身之前问问上教堂的人，最好能请家里有武器的教徒随行护佑，他自己则留在朝阳。科龄想留下保护其他教堂会众，凭他多年在坊间感受到的尊重，觉得有自己在场，那些武装民团应该会有所收敛。

晚上，科龄自己一人坐在屋子里，忐忑不安。如果利德尔他们路上遭遇民团，会发生什么？最近有太多非常血腥的消息，他不敢往下想，只能不停祈祷。

第二天一早，廉义和刘亦赶到传教站，看到科龄趴在椅子上睡着了。他们很吃惊，问科龄为什么还没走。科龄说了自己的理由，但立即被两人驳回。义和团的怒火针对的就是外国人，你老人家站在这里，只会让他们火气更大，可能杀掉所有的教徒。

科龄终于醒悟。他收拾了一点细软，穿上中式便服，从柜子里拿出一顶毡帽，但立即知道不合适。这帽子形如贝雷帽，任谁扫一眼就知道是洋人物品。柜子里还有一顶在本地买的皮帽，他把皮帽放到柜顶，开始焚烧不能带走的文件，包括教会文件和病人病历。

晚上，几位基督徒村民来送行，扶他上马。夜里九点，他悄悄上路，小心避开镇中心，那里有官兵和义和团成员在操练。那天是农历五月十四，月光让他可以顺着镇边的冷僻小路潜行，但也让他难以完全藏匿身影。刚走出城门，就听到一声枪响，一颗子弹从头顶呼啸而过。他本能地抬手扶着帽子，发现匆忙之中犯了个错，戴到头上的不是本地皮帽，而是那顶苏格兰毡帽，这让人远远就能看出他的外国身份。他尽量伏低身子，拼命催马狂奔，好歹甩掉了追兵，然后上桥跨过大凌河，沿着山间小路向东南逃。

临近拂晓，马疲惫不堪，他找到一处坟地，把马拴在一棵松树上，然后躺在泥地上睡着了。

醒来时已经红日高悬，他把行囊挂到马鞍上，准备继续赶路，忽然看到一座坟堆后面走出来一个人，接着一个又一个，就像平地冒出来似的，总共二十多人在他身边围成一圈，每个人都在脖子上系着红布条，手里拿着各种武器，有大刀，有梭镖，看起来像戏台上的人物。但科龄知道这不是戏班子，他是遇到了同在坟场露宿的义和团成员。

科龄抬头看着太阳，在心里做最后的祈祷。

忽然，人群里走出来一个中年汉子，把他的苏格兰毡帽抬起一点，仔细打量了一下，然后转身说："我认识这人。他是好人。"

围在周遭的人并没因此变得和善，倒是看那汉子的眼神也带了敌意。

汉子转头对科龄吼道："快上马，快走！"

科龄跳上马背，纵马狂奔。他听到那些人在争吵，在咒骂那个保护他的汉子，但没人追来。他在心中感谢那人，虽然他想不起来那是谁，或许是自己治疗过的病人，或者是病人的家属？

继续往前走，离朝阳越来越远，若是再遇到麻烦，不可能还有熟人救援。他不敢长时间休息，白天在烈日下赶路，晚上也催马前行，几次在马背上睡着，差点坠落。

第二天，他来到锦州铁路线，一眼就看到了利德尔带领的队伍。格蕾丝到这之后拒绝再走，坚持就在紧靠大路的地方等待，让丈夫容易找到他们。

铁路还没对民众开放，但运材料的工程车已经可以在铁轨上穿梭。工程队长让他们上了一辆工程车，来到营口，再乘坐轮船抵达上海。这个一度繁华的城市，现在挤满了避难的外国人，满城流传着各种恐怖新闻。

科龄和利德尔两家人几乎是空手逃难，还好伦敦传道会的中国总部就在上海，得知消息之后，给他们提供了一些衣物和现金。一行人原打算在上海将养生息，但科龄忽然发高烧，伴有血尿，显微镜检查证实那是恶性疟。当时已经有奎宁，一般的疟疾可以很快控制，但恶性疟不是一般的疟疾，即便有药物治疗，病死率还是高达三分之一。好在此时的上海集中了许多传教士医生，也有一批经验丰富的护士，在他们的照料下，科龄挺了过来。等他康复到足可旅行，协会安排了船票，让他回国休养。

1900年8月28日，他们一家抵达家乡格林诺克。

五

科龄的妈妈很希望这一家子从此留在苏格兰，但科龄有自己的想法。暂时从繁忙的行医里摆脱出来，他那个在中国开办医学院的念头没见消损，反倒更是坚定。

有点讽刺的是，1900年的风波让他备受煎熬，却也给他带来了机会。动乱之中，北京四所教会医院全被捣毁，需要重建，伦敦传道会经过讨论，决定派科龄到北京，恢复前辈传教士医生雒魏林建立的京施医院。科龄接到通知，立即有了个想法：既然要重建医院，为什么不可以为这个新医院增加教学功能？朝阳城偏远荒凉，不像个能建大学的地方，北京可是都城，在中国，很难找到比这里更理想的校址。

1901年9月9日，科龄乘坐“胶州号”跨洋海轮前往上海。雒魏林，那位建立京施医院的传教士，当年也是伦敦传道会派到中国的。科龄需要先去上海的传道会中国总部报到，传达一下伦敦总会的复苏计划。

这次他是只身上船，格蕾丝和孩子们没有同行。伦敦那边认为中国局势未卜，慈禧对外国人的态度会不会改变，无从预测，最好让科龄先去探路。

六个星期的航行中，科龄开始思考创建医学院的具体细节。有太多的问题需要解决，由外国人在中国办医学院，这是史上头一遭，慈禧太后会同意吗？官方会承认学院颁发的学位吗？从哪里能聘请到教师？需要聘请多少？经费肯定是大问题，很可能需要寻找其他团体的援助，找谁呢？1900年那场风波之后，中国人对西方人有多信任？会有人伸出援手吗？外国商行通常更有经济实力，但北京的商行比南方那些口岸城市少得多。何况，科龄在中国的经历一直限于朝阳，跟这些商界人物从来没有交往。

船到上海，科龄立即去传道会总部，跟执事们讨论了一下重建规划。1901年10月31日，他乘船到天津，再走陆路抵达北京。

1901年的北京，主体依然保留着明清都城的风貌，但有些街区已经有外国使节和传教士常驻，在那里会看到现代化的迹象。街道干线由泥土路变成柏油路，住宅用电灯照明，带减震系统的西方马车取代了传统的板车，城里甚至能看到几辆汽车。从朝阳来到北京的传教站，科龄感觉像是经历了一场时间旅行，从中世纪直接跃入工业时代。

但若是离开外国人驻地，到平民区看看，科龄发现北京的肮脏不亚于朝阳，有些地方甚至更糟，因为京城人更多，制造的污秽也就更多。城里大部分地方是贫民居住的平房，屋顶是残破的瓦片，各家门前的公共地面总有一堆垃圾，小巷里随时可能踩到粪便。煤是居民的主要燃料，空气中充斥着黑霾，再加上说不清来路的各种臭味，对于初来乍到的欧洲人，呼吸本身就是一场搏斗。乞丐无处不在，看到衣冠整齐的人就围上去，若是不给钱，他们就长时间、长距离追讨，除非是被巡捕驱散。讨来的钱可能用来买吃的，也可能用来买鸦片。晚上随便找一片空地倒下就睡，若是饿死或是冻死，本地盘的乞丐会接手他身上的“财物”——缺边的碗，霉迹斑斑的衣服，可能还有个油腻的褡裢——然后把尸身推到路边的沟里。这种无主尸首似乎并不罕见，路过的人都不会多看一眼。

京施医院由伦敦传道会北京分会打理，代表北京分会迎接科龄的是一位华人医生，叫李小川。李医生没有读过医学院，但他皈依基督教之后，给传教士医生做过三十年的助手，多年的经历加上理论补习，已经足可独立行医。义和团进北京时，有朋友劝他在家里摆一些中国传统神像，烧一炷香，借此掩盖基督徒身份，他不愿这么干，于是几次遭到追杀，好在每次都侥幸逃脱。

跟科龄见面之后，两人来到京施医院的遗址。医院前身是个佛寺，门前当街有两根柱子，近二十米高，是当初挂旌幡的旗杆。义和团曾试图烧掉这两根柱子，没成功，但房子都被烧毁了，拿得动的东西都被劫走，剩下的家什全被砸烂。看着满地狼藉，李医生叹了一口气："京施医院办了四十年，我们治疗过的病人超过一百万，现在成了这个样子。"

科龄目光越过断壁颓垣，看到远处有黄色的琉璃瓦。李医生告诉他说，那是紫禁城里的宫殿。慈禧太后就住在那里面。

皇太后是个值得关注的人。科龄来北京，带着自己的梦，建立医学院的梦，这个梦想能不能成真，皇太后的看法很重要。但眼下他有更迫切的任务，就是把眼前这片瓦砾堆恢复成一所医院。

一个横在眼前的难题是，他请不起施工队。伦敦总会每年只提供十多英镑的活动费用，那最多能买一些办公用品，房子问题怎么解决？他在废墟里四处转，转到后院，发现倒塌的马厩紧挨着院墙，墙外有个粮仓，里面没东西，似乎闲置着。科龄去找物业主人打听，业主听说科龄在找地方重建医院，很痛快地说，反正房子也是闲着，你们随便用，不用给钱。

粮仓很破旧，让科龄想起朝阳的那个猪圈，一样的残败，一样的茅草屋顶，屋顶里一样有许多老鼠。李医生召回老医院里的几位勤杂工，把房子整理好，用作门诊部。科龄用那点可怜的经费，加上自己的工资，买了一些药品和一些器材，买不起的东西就试着自己拼。做细菌培养的孵化箱是饼干罐改制的，下面用酒精灯加热，一个普通温度计塞进罐子里，根据读到的读数手工调整温度。

粮仓改建完成后，那个马厩也要利用起来。烧毁的主要是屋顶和门窗，墙壁主体还在，把墙补补，从其他废墟里捡一些材料，重新做了个屋顶，把门窗修好，这就是住院部。

各处清理干净之后，工人们居然还倒腾出一间小房，权当医生宿舍。科龄挂出通知，京施医院恢复免费看病。很快，门外的病人就排成了长队，有小贩，有乞丐，有吸鸦片破产的流浪汉，他们身上永远有臭味，走到哪里就把虱子和跳蚤带到哪里。病人进诊室之后，科龄依照中国风俗，首先要问"吃了吗"，而答案永远是"好几天没吃一口东西"，于是他从几乎透明的钱包里再抠出几个铜板，每天在诊室里准备一点小米粥或是窝窝头。

冬天很快到来，北京的夜里，气温降到零下二十度，许多乞丐冻伤，溃裂的伤口继发坏疽感染。到了这一步，科龄需要给他们截肢，那就得有手术室。勤杂工拿出本事，又整理好一间小屋，地板是用碎砖临时铺的，没有专用的手术台，勤杂工从残破的家具里拆出木条和木板，自己做了个架子，上面搁一块厚实的门板就可以开张。科龄的日记里说："刚到北京不久开始做各种大手术，效果相当好。"

能给病人做截肢，一般的医生会觉得已经仁至义尽，但科龄看着只有残肢的病人，觉得难受，于是又挤出一点钱，自己用木头做假肢，给那些病人安装好。

极度贫困的人很多，冬季，许多流浪汉难以忍受煎熬，用各种方式自杀。自杀不一定成功，有个吸鸦片耗尽家财的人，用一片剃须刀割喉，气管给割开了，但只出了几滴血，呼吸并不会成问题，因为气管的豁口照样可以让氧气进入肺脏。他等了很久，没死，就找到一口水井，头朝下跳下去，没想到井底没水，只有厚厚的淤泥。冲击力撕开了他的头皮，污泥淹没他半个脑袋，口鼻却还露在外面。朋友们找到，把他拖上来，看一脑袋的血，就给抬到科龄的诊室。这时已经是深夜，科龄忙了一天，几乎站着就能睡着，但他打起精神，给病人清创止血，缝合头上的豁口。他边缝边想，在朝阳，刘亦就可以做这种处理，如果我能办起医学院，培养出一批批新的刘亦，那能救助多少这样的病人？

半年下来，他逐渐熟悉了这个都城，对大环境的安全也更有把握，于是给伦敦传道会写信，请他们安排船票，把家人送过来。到了港口，“只要问北京城里的科龄，就能找到我”。然后，作为一个耿直的苏格兰人，他提醒协会，按规定，所有海外服务人员的家属，每年应该有一笔津贴，“格蕾丝已经有五年没领到津贴，三个孩子一次都没领到过”。

协会补发了欠款，安排了船票，让格蕾丝带着孩子们来到北京。

1902年春天的一个早晨，科龄走过景山附近一条街，身后传来马蹄狂奔的声音。他回头看，一辆失控的马车向他冲过来，车夫正用力勒紧缰绳，那马被勒不过，往路旁略一挣挫，骤然停下，车里的人猝不及防，被惯性甩下马车，踉跄了几步，摔倒在科龄脚下，一顶帽子滚到路边。

科龄迅速打量一下对方，看到这人穿的有丝绸有皮草，显见得身份富贵，于是他忽然注意到，那辆马车是皇族的款式。科龄扶起这位贵公子，拍打他衣衫上的尘土，然后帮他拾起路边的帽子。帽子顶上镶嵌着一颗红宝石，似乎是某种皇族成员的标志。科龄把帽子递给对方，按礼节鞠了个躬，说："我是伦敦传道会的科龄医生。您受伤了吗？需要帮助吗？"跌倒的人看了看科龄，分明高鼻深目，却说一口无懈可击的中国话，这很让他诧异。他大概还没从事故里缓过劲来，只摇了摇头，转身回到马车，但上车之前，似乎想起什么，就回身朝科龄点点头，算是表达谢意。

马车离开之后，科龄问一个围观的路人：那人是谁？

路人笑了起来："您居然不知道？那是肃亲王，老佛爷最喜欢的肃亲王。"他们说的是十世肃亲王善耆。

这件事对未来有何影响，科龄无从知晓，也无心揣度。让他心焦的是经费不足，他每年那几十英镑（主要是他的年薪），维持医院的运作已经很吃力，遑论建学校。

命运再一次跟他开了个玩笑。要圆他的办学梦，有两大障碍顶在鼻子尖上：第一，他得进入北京这种大都市；第二，得有钱。让他哭笑不得的是，那场风波不但给他搭上进入北京的跳板，也给他带来了经费。义和团平息之后，庚子赔款的一部分是支付给教会组织，科龄所属的伦敦传道会也获得一些赔偿。协会转交给科龄七千两白银，指定用于重建京施医院。

科龄现在手里有了一笔钱，不过，这笔钱单说重建医院也是严重不足，更不可能往医学院那边打主意。京施医院原来有四十六张床，科龄最初的重建计划是扩展到六十张，但看看手里的七千两银子，只能修改设计，把床位减少到三十。即便如此，钱还是很快用光。他向伦敦总部请求追加经费，但协会拿不出钱。

当然，他不会松懈，更不会赌气，医院的工作他一直尽心尽力。1902年他接诊近两万病人，还在郊外乡村建立了几个医疗站，让村民可以就近治疗。

他也一直记着那位把粮仓免费出借的业主。人家免费是一番好意，但那毕竟是一份产业，科龄不愿常年占人便宜，手头有了点钱，他就去找到业主，把那个粮仓买了下来。

格蕾丝和孩子们过来之后，科龄在一条小胡同里租了一间低矮的平房，环境不是太好，隔壁邻居三天两头殴打妻子，那妻子的个性也不低调，边哭边狂骂。夏天到了，京城空气又变得污浊，胡同里的臭气更是刺鼻，科龄开始担心格蕾丝的健康。好在有朋友伸出援手，把京郊西山的一处平房借给他们，于是格蕾丝带着孩子们在那边常住。科龄每天需要看大量病人，平时还是必须住在城里，偶尔到西山去看望一下。

西山的房子还有个意外的好处：让格蕾丝和孩子们避开了霍乱。

这次霍乱是1899年从印度起源，在印度导致几十万人死亡，疫情沿着海上航线向各地蔓延，1902年来到北京。北京的官员和当地传统医生知道这病能传染，就是《黄帝内经》里说的“皆相染易”，但他们不知道怎么才能阻止这种染易。他们没听说过细菌，不知道卫生跟疾病有什么关系。老百姓自然更不知道，北京居民饮水靠的是路边的水井，而许多百姓还是把街边角落当作方便之所。霍乱病从口入，病菌随大便排出，随地排泄的大便成为载体，轻松把霍乱弧菌送进水井。疫情快速传播，科龄诊所里不断有人倒下。那时候官府不做死亡人数统计，但科龄的一个病人在城门口摆摊，他告诉科龄，单单这一个城门，一下午他就看到有八十具棺材抬出城外。

官员们不知道该做什么，科龄是知道的。几乎半个世纪之前，他的英国同行斯诺医生就已经证实，霍乱能通过被病人粪便污染的井水传播。十八年前，德国医生科赫鉴别出霍乱的根源为霍乱弧菌感染，根据这样的新知识，欧洲国家建立了一套防疫措施，那以后再没出现霍乱流行。这套措施，科龄不用查教科书，直接就可以写出来。但他在北京只是个外国医生，无权对任何人发号施令。怎么才能让官员和百姓听取他的意见？

他想找赫德试试看。

赫德是驻北京的英国海关总税务司监察长，已经在中国待了近四十年，对中国有很深的感情，在高层也很有人缘。他见惯了官场人物的高冷，科龄这种苏格兰人的热情和悲悯让他很动心，他问科龄有何建议。科龄说，若是能及时采取措施，疫情死亡人数至少可以减少一半，我马上起草一份防疫指南，您能不能以公共卫生法令的形式张贴到京城各地？

赫德想了想，说，不行。我在北京城没有这样的权力，不过，我知道有个人有这个权力。他是中国高官，但我认为他很开明，多半愿意促成这件事。

赫德匆匆写了一封信，装进信封，用蜡加盖官印封口，然后递给科龄。

科龄看了看信封，收信人的名字是肃亲王。

赫德觉察到科龄神情有点异样，问：您见过肃亲王？

科龄笑了笑，说：某种意义上算是见过吧。不过没人正式引荐，偶然遭遇而已。

赫德说：找他试试吧。

肃亲王跟科龄的见面很正式，从表情看不出来他是不是认出了科龄，是不是记得那次摔跤的经历。对方不提，科龄当然也不会提。他径直说明来意，简单介绍了细菌导致霍乱的原理，再介绍对应的预防措施。他用欧洲国家的治理业绩做佐证，说明这些措施并不难做到，而且效果也非常好。

赫德识人无误，肃亲王确实思路明晰，很快听懂了科龄说的医学原理，知道眼前这人是控制疫情的关键，那就别耽误工夫，咱马上起草文告。

科龄用通俗语言写下指南，诸如不饮用未煮沸的水，不吃生的蔬菜和未去皮的水果，食物必须充分烹煮，发现腹泻的人及时报官，病人排泄物污染的东西必须焚烧销毁，受污染的环境用石灰消毒等等。肃亲王迅速派人到印刷厂印出文告，加盖官印，全城各处张贴。最初科龄有点担心，这一系列举措在中国闻所未闻，不知道百姓会不会抵触，但结果出乎意料，人们奔走相告，纷纷按照文告指导行事，虽然官方依然没有疫情通报数据，科龄诊所里看到的霍乱病例却明显减少，其他渠道传来的消息也说明情况在好转。已经感染的病人还有继续死亡的，但这一波过去之后，疫情就得到控制。因为反应还算及时，周边的城镇也没再受到牵连。

科龄一夜之间成为北京城里的名人，赫德本来就喜欢他的个性，看到疫情治理的业绩，自然更是服气，特地请他在海关总税务司做医学顾问。他的住房也改善了，伦敦传道会有一间房空闲着，听说科龄那个胡同里的租赁房条件不好，便请他们一家搬到这边住下。这是个两层楼的砖房，在当时的中国属于新式住宅，室内自带厕所，甚至有中央供暖。大院环境也比那个小胡同好，院子里住的人彬彬有礼，他们不再听到邻居的吵闹，连空气都显得清新一些。新的任职让科龄手头宽裕许多，他聘请了一位厨师、一名马夫和一个小厮，来照料格蕾丝和三个孩子。

肃亲王现在把科龄当朋友，隔三岔五请他到紫禁城做客。紫禁城里是一个完全不同的世界，贵族们请他吃饭，用的是象牙筷子，菜肴是乳猪、鳜鱼、松露之类。一顿饭可能有三十道菜。肃亲王亲自给他递点心，那自然是不能回绝的。主人让科龄放下欧洲人的矜持，敞开吃，吃的时候应该大声咂嘴，大声打嗝，这才是享受美食的正道。

饭菜很精美，主人身份很尊贵，但回到诊所，科龄依然给乞丐和小商贩们精心看病。午休时分，他跟这些看病的人吃同一锅小米粥，无拘无束地谈笑，其乐融融。

皇族们请科龄吃饭，为的是促进交情，但请来的是位医生，有需求的时候利用一下，也是人之常情。最初开口的是肃亲王和他家里人。有个啥不舒服，本地医生没能解决，他们就请科龄给看看。待到科龄出手，效果对比太明显，于是越来越多的皇亲国戚来找他。当然，贵族有贵族的身份感，所以来请他的仆人不会说家里有病人，邀请的理由无非是天气很好，请大夫来看看新开的芍药，或是品品一款新茶。进门之后大家鞠躬如仪，例行的客套，有一搭没一搭的聊天，然后，主人仿佛不经意间提起："哦，对了，我有一位姑父这两天身体违和，他现下刚好就在后堂，既然大夫精通医道，或许可以顺便给看看？"

科龄行的是现代医学，虽然二十世纪初的现代医学没法跟二十一世纪比，尤其真正的有效药还不多，但对人体生理学和疾病病理学已经有了很多真正的了解，单凭这样的了解就足以大大改善治疗效果。这对病人来说是好事，却也不免让传统医生觉得不安。好在气氛并不总是这么互斥，有位传统医生的独生子重病，用了各种汤药无效，他没计较面子，径直来请科龄去诊视。科龄治好了他的儿子，他则从此成为科龄的好友。

当然，不会每个人都这么和善。一位高官的正房太太病了，高官把科龄请到王府诊视。科龄伸手准备给这位太太数脉搏，不料对方却往他手上吐了一口唾沫。这让科龄很诧异，她是在表达愤怒？或者只是为人行事有点离奇？那太太一言不发，脸上又敷着厚厚的脂粉，没法看出表情。科龄吃不准，决定还是就此结束诊视。1900年的杀洋人暴动余音在耳，有些敏感的神经最好别去触碰。中国妇女的缠足风俗本是陋习，作为医生，科龄知道那做法对人体摧残有多严重，但他一直避免正面劝阻，也是因为这事卷入了太多的社会因素。来到中国的传教士有不同门派，有些门派很激进，会在当地发表各种公开批评，高调呼吁禁止缠足，但人们并不一定愿意合作，许多汉人妇女反而很愤怒，觉得你一洋人凭什么管我们中国人的事。作为苏格兰人，科龄非常执著认真，作为教徒，他却属于开明通达的一类，不会强行把自己的信念加诸他人。虽然如此，看到妇女身体结构如此扭曲，看到那些缠足造成的骨折和坏疽感染，内心还是很难受，他只能向上帝祈祷，希望人们能尽快意识到这做法有多荒诞，主动放弃这样的陋习。

1903年，科龄的病人更多了，他在城南再增加了一个诊所，方便重病的老乡留宿观察和治疗。他依然没钱办医学院，就借一所教堂做教室，每个星期讲两次医学理论公开课，又在他的马厩病房里带着学生做实践。他的讲义是自己编写的，以英文医学教材做素材，用中国话重新表达出来。讲义需求量很大，不过他没钱付印，每份讲义都是请义工用毛笔誊写。

六

1904年春天的一个夜晚，有人在大院门口敲门。夜间急诊是常事，格蕾丝和孩子们不以为意，继续休息，科龄自己披上外套去开门。门外一个仆人打扮的矮个子提着灯笼，身后有一个高大的黑影。往远处看，街边停着一辆豪华马车。黑影走上前，自我介绍说他叫李莲英，时间很紧，因为他只能趁老佛爷睡觉的时候离开紫禁城，“能不能进里面谈？”

离开苏格兰之前，科龄在一些中国游记里读到过关于太监的故事，但没怎么当真，觉得那就像《天方夜谭》里的故事，有趣，却无非是想象力过于丰富的产物。能在紫禁城出入之后，他慢慢听说了一些圈内人才会谈论的事，于是知道紫禁城里真的有两千多太监。在其他东方国家，太监负责在后宫伺候嫔妃，而在清朝的皇宫，他们还有很多其他杂事要做，清扫整理，维护天坛等等。

不久，太监们也来找他看病，于是他听说了更多的故事，关于怎么“切”的故事。

在苏格兰，科龄学习过睾丸切除术，那是现代医学操作，乙醚麻醉让病人感觉不到疼痛，消毒术避免了感染，血管结扎术避免大量出血。有这些保护措施，术后一个星期，病人伤口就能康复，除了去势本身带来的身体变化，不会有其他后遗症。中国太监经历净身，通常都在孩童时候，父母身处社会底层，放眼望去没有别的前程，就替幼小的男孩选择了这条路。进宫当太监，身份类同宫女或是丫鬟，会失去人身自由，实质上等同于奴隶，只能任人驱使。落到这般境地，谈不上有面子，但对这些父母来说，能活着是最大心愿。孩子若能进宫做上太监，好歹有碗饭吃。

说“有饭吃”，前提是能挺过净身那一关。做净身的刀匠不懂结扎动脉止血，更不懂消毒灭菌，若是生手盲目挥刀，后果很晦暗。当年杨秀清入天京，收集幼童做太监，“所掳幼孩十二岁以下、六岁以上者二百余人阉割之……因不如法，无一生者”。这就是外行盲目操刀的结局。职业刀匠凭着模糊经验，多少能避免一些高风险操作，但总体来说，五个挨刀的孩子还是会死一个。

刀匠行事有一套程序，磨刀费必须先给，通常是六到十两纹银，烧香拜神之后，刀匠把孩子捆牢，然后一手抓握要津，一手挥动弯刀，瞬间削掉所有突出部分，跟着用一根白蜡棒插进残孔，用绳子固定住，再用浸泡冷水的纸捂在伤口上，用布带扎牢，叮嘱说孩子三天内不许喝水。三天之后，孩子若是没因为感染或是其他并发症死亡，刀匠把白蜡棒拔出来，憋了三天的尿液一涌而出，这就算大功告成。

这么粗放的操作，后遗症很多，所有太监都有尿失禁。他们会在裤裆里塞一个棉垫，虽能避免旁人从外面就看到尿渍，却没法掩盖臭味。许多人私下跟科龄说，太监身上的尿臭，隔着十丈远就能闻到。尿道残端没有适当的固定，加上不可避免的感染，让伤口出现不规则的瘢痕，于是堵塞尿路，撒不出尿是常事。遇到这情况，传统医生会用鹅毛管往里捅，偶尔有打通的，但因为不了解尿道的自然弯曲，鹅毛管出入之际，会在尿道内部戳出新的创口，造成新的瘢痕，于是尿潴留进一步加重。这还不是全部。拦腰切断的尿道失去原有的保护性解剖结构，很容易被感染，感染顺着尿道进入膀胱，甚至进入肾脏，炎症本身可能致命。若是不死，慢性炎症常常诱发结石，最后，反复感染会大大增加癌症出现率。

第一个找科龄治病的太监，就是被尿潴留整得痛苦不堪。传统医生没法解决，他抱着姑妄一试的心态来看看。科龄给他用氯仿镇痛，然后用无菌的橡胶导尿管疏通，顺利解决问题。很快，一个又一个太监来找他看病，他的治疗笔记里新增加了若干主题，从肾炎到情绪改变都有。

紫禁城里，太监集团的顶级人物是李莲英，科龄早就听说过不少关于此人的传说。有人说他家太穷，请不起刀匠，他就断然挥刀自宫。有人说他其实根本就没切，他这么得太后恩宠，必定有猫腻，多半是收买刀匠做的假切除。这个说法又引起考证爱好者的质疑，说太监提升之前是要验“宝”的。当初净身后，切下来的物事会腌起来保存着，这叫作“宝”，待到有望提升之际，必须把“宝”给上司检验。李莲英若是拿不出“宝”，他怎么可能升到如今的顶级地位？

科龄对这些茶馆清谈不是太有兴趣，但他知道李莲英的地位。这人位居总管太监，深得慈禧太后宠信。此时的皇帝光绪只是个摆设，掌权的是太后。唠家常的时候，科龄跟格蕾丝说，李莲英对太后有巨大影响力，他若是在太后耳边嘀咕一句，比朝臣的十本奏折都有用。格蕾丝以女性的直觉提出她的建议：既然这样，我们祈祷的时候，也应该请上帝保佑这位总管太监权力稳定。你只是个医生，不大可能有机会跟太后对话，但如今你给许多太监治过病，从这推想，要接触到那位总管太监，希望似乎不算渺茫。他或许腐败弄权，但若是他愿意帮你的忙，在太后那里说一句话，或许能给你的医院带来好处，甚至能圆你的办学梦。

这触到了科龄的要穴。要想建立医学院，经费固然是一直存在的难题，但科龄也知道，即便真有了经费，还有一个大难题需要解决，就是官方的许可。中国这时候有一些半现代化的大学堂，但都是官办的，从来没有西方人在这里建立真正的大学。在刚刚经历过庚子风潮的中华，由自己这样一个西方人来办学校，慈禧会同意吗？格蕾丝的话提醒了他。那以后，他心中隐隐有个期盼：若是有一天，李莲英也来找自己看病，说不定就能借这个杠杆，打通那条天梯。

期盼归期盼，他内心觉得这想法过于狂野，不能太当真。没想到这个晚上，李莲英竟然真的出现在自己的客厅。

跟所有中国官员一样，单看面部表情，科龄猜不出李莲英来访是福是祸。听人说，这是个有生杀大权的人，老佛爷想让谁死，李莲英就给那人送去一根白丝绳。收到这样的丝绳，这人就必须悬梁自尽。科龄把李莲英往书房里让，顺便扫了一眼，李莲英手里没绳，也没别的东西。中国人的衣服没兜，要随身带的东西会放在怀里，他怀里会揣着一根丝绳吗？

书房陈设简陋，一张做检查床的躺椅，一张木桌，几把椅子。桌子上摆着一颗人类心脏的石膏模型，那是科龄在医学院上学时用过的教具。李莲英拿起心脏模型，皱着眉头说："这玩意真的假的？按我朝刑律，私藏人身物事，那是要问罪的。"

科龄愣住了。难道当朝最有权势的太监，深夜到访，就是为盘查一个教学模型？

李莲英忽然哈哈大笑："大夫放宽心，我这跟您说笑话呢。我来可是要请您帮忙。这么晚打扰很是失礼，我也是没办法。已经连着好几天尿不出来。听人说你这方面很有一手，我这就冒昧打扰了。"说完这个，他不再废话，坐在检查床上揭开了衣衫，露出胯下巴掌大的伤疤。

科龄想起那些茶馆里的传言，一个念头闪过：我会不会是整个中国，甚至整个世界，唯一确切知道真相的人？但他没时间多想，现在需要做身体检查。躯体特征符合去势术后表现，皮肤光滑无毛，脂肪积聚，乳房增大。简单叩诊，就能看出膀胱肿胀得有西瓜大小。用小号导尿管做初步探查，证明了他的推测：尿道严重狭窄，推送导尿管遇到的阻力有顿挫感，应该是曾经有人试图用硬物捅开，没成功，却造成新的损伤，于是旧的瘢痕上又长出新的瘢痕。膀胱肿胀是因为尿潴留，必须马上疏通。

他换了一条粗细适合的导尿管，跟李莲英解释了操作过程，然后小心插入导尿管。尿道内的瘢痕显然既厚且乱，导尿管竟然推不进去。科龄知道这情况会激发强烈疼痛，就抬头查看。果然，李莲英疼得满头是汗，在咬牙憋气忍痛，但一直没呻吟，更没发怒。科龄看出这位病人意志刚强远胜常人，虽不发声诉苦，实际上疼痛已经相当严重。这需要动用麻醉术了。

李莲英很爽快地同意了新方案。给病人吸入几口氯仿之后，科龄可以用更大的力度，这次终于让导尿管突破瘢痕区，进入膀胱，顺利导出了几升尿液。李莲英长吁一口气，坐了起来。

科龄把李莲英扶到椅子上，建议休息观察一下，确定无其他并发症再离开，然后给李莲英端来一杯茶。

李莲英有点诧异：大夫怎么自己端茶，为什么不叫仆人？

科龄说：我生活很简单。早先请过一个小厮，后来觉得没必要，就让他回家了。

膀胱排空让人舒畅，三天没喝水的李莲英没急着回去，坐在椅子上慢慢品茶，很和气地谈一些宫内见闻，说老佛爷常常心血来潮，提出的要求让人猝不及防。这些话仿佛抱怨，但李莲英的口气里并没丝毫怨气，倒是处处带着敬重。接着他把话题转向科龄，您怎么想到来咱中国？英国人的日子不是更舒坦吗？为什么要当医生？为什么喜欢给那些脏兮兮的叫花子看病？

科龄小心翼翼地回答，避免提及宗教。眼前这人不是常人，凭他的背景，或许能给自己梦中的医学院搭一座桥，那么最好能跟他维持友好关系，至少维持表面的和气，而宗教话题很容易激发强烈情绪反应，此时为这个生出龃龉，大可不必。何况，坊间传言这位总管太监是主张扶持义和团、清扫传教士的。于是他只简略地说，自己是医生，医生给人看病，并不区分病人的社会地位，哪里病人多，哪里就应该需要医生。

聊了快一个小时，科龄想起李莲英进门之前说的那句话，小心地探问：大人若是出门太久，太后会见怪吗？

李莲英狡黠地笑笑：大夫想必听说过，皇宫里哪儿哪儿都有耳目，谁掉根头发都瞒不过老佛爷。老佛爷当然知道我在您这儿。见怪那不至于，老佛爷和气着呢。

科龄松了一口气，说，那是最好，大人的尿道瘢痕很严重，这次靠着麻药，勉强给打通，但接下来这些瘢痕会部分回缩，休息两天之后，需要用更大的导尿管再扩张一回，这才能确保长期通畅。因为这个，回头还得再辛苦大人来一趟。

太监总管说这个没问题，不过只能晚上来打扰大夫。

科龄猜想那是为了不引人注目，就没多问，只表示无论何时都可以来访。然后交代了一下饮食和休养的注意事项，把李莲英送出门。

第二天，一个仆人送来一尊漂亮的瓷器花瓶，是李莲英的谢礼。

两天之后，李莲英如约回来做追加扩张。看对方谈笑风生，科龄胆子大了一些，就问：有人说大人是自己操刀净身的，不知是否属实？

李莲英不以为忤，笑着说没错，那时家里穷，请不起刀匠，我自己了断的。

科龄说：这很需要勇气。

李莲英摆摆手：日子逼的。大夫或许听过，中国人有句话叫“无后为大”，那是没挨过饿的人才这么说。跟饿肚子比，无后不算事。

科龄一时间心情有些变化，对那些恐怖的传言不再耿耿于怀，倒是对这位经历过贫困的总管太监生出一点同情，或许就因为自己也是从贫困里走出来的吧。他抬手对李莲英胯下虚指一下，说：那儿的伤口愈合良好，在我看来，大人的手法不输行家。说完这话，科龄悄悄在心里对上帝自我分辩：这个不算违心奉承。伤口瘢痕确实很平整，对一个没经过现代医学训练的人来说，那大概可以算顶级作品。

就着这个话题，科龄开始谈英国的医学进步，在那里，霍乱和天花这样的瘟疫已经不再有大流行，百姓平均寿命从三十五岁增长到五十岁；在那里，以前生三个孩子会死一个，现在生十个也不一定会死一个。

看到李莲英兴致盎然，科龄更大胆了，谈起他在漠南蒙古那边的见闻。朝阳的百姓很苦，常常吃不饱，也看不到改善的希望，大多数人活不到三十岁就死了。他看到过有人在诊所外面不远的街上倒毙，不是病死或是被打死，而是饿死的。他看到一个垃圾堆上每天都有弃婴，听人说，有些父母会把活着的女婴带出去扔掉。

李莲英似乎没觉得被冒犯，静静地听他说。

科龄悄悄把话往目标上带：国外有人说中国人是东亚病夫，以我看来，这并不是说中国人先天体质羸弱。英国的治理经验可以作证，许多害苦了中国人的疾病，其实是可以预防或是治疗的。如果能改进卫生习俗，做好污水处理，保证营养，控制传播疾病的动物和虫媒，建立防疫制度，很多人就不会生病，不会死亡。这不仅是百姓安居乐业的大计，也是帝国是否繁荣的根基。

李莲英听到了弦外之音：大夫似乎有话要说？

科龄佩服李莲英的机敏。既然对方是个聪明人，那何妨坦率行事，他开始谈自己的梦，在北京建立一个医学院的梦。他说，西方能让百姓健康飞速改善，让国家更兴旺发达，是因为这些年出现的新医学。若是能在中国开办医学院，让中国学生也掌握最新的医学知识，那么中国也会成为一个健康的国家。就不知道太后让不让创办这样的学校，也不知道能不能筹集到经费。

李莲英沉默有顷，缓缓地说：搁以往，您这想法不靠谱，不过，天道会变。您也知道庚子年那场风波，打那以后，老佛爷看西洋人就不大一样，时不常会请洋人太太到宫里吃茶点。听说老佛爷还跟人问起过宪法是咋回事。

科龄想听到更明确的表态，但总管太监很沉稳，点到即止，然后起身告辞。

科龄想，以后继续找机会吧。

到了大门，李莲英转身说：这样吧，大夫，您给老佛爷写个折子，说说您这想法。我会帮着说话，能不能成，不好说。我尽力。

科龄心跳加快。他听说过许多故事，要求李莲英疏通的人，必须献上厚礼，送礼未必有结果，而不送礼是必定没结果。但信仰决定了科龄不能送礼，他留意看李莲英的神情，看不出有任何索要“好处”的明示或暗示，于是决定不再为此操心。一切交给上帝吧。

如今的科龄能说很流利的普通话，但呈给太后的折子必须用典雅的官话写就，这个他写不出来。好在他出入紫禁城，给不少大员看过病，由此结交了一些能帮忙的朋友，比如内阁学士那桐。

那桐是慈禧太后的本家，官方身份是户部尚书，这样的大员，非经邀请是不能造访的，就算有邀请，按例也会在前厅等几个小时。科龄知道这些规矩，就带着一本书去，准备等候时读几页打发时间。出乎意料的是，仆人刚刚通报，那桐就出来迎接，还按西方风俗跟他拥抱见礼。那桐眼睛发红，告诉科龄，他母亲病笃，正在准备后事，早上刚刚通报各国使节，接下来的一百天里需要服丧，不能处理公务。

科龄听说此前给老太太开药的都是传统医生，就提出到内室查看一下。那桐立即把他领到老太太床边。

症状很典型，科龄略做检查就知道这是肺炎。通常来说，老人患肺炎非常凶险，那个时候没有抗生素，能不能挺过来，就看自身免疫系统。如果细菌抢在免疫反应之前大量繁殖，就算扁鹊再世也无力回天。若是能坚持一个星期，病人免疫反应达到足够强度，则有望战胜细菌。根据那桐描述，老太太已经病了八天，此时免疫系统的反击力量应该已经到位。老人看似比前两天倦怠，实际上是细菌减少之后，免疫系统做出相应调整，于是发热和肌肉疼痛之类炎症反应减轻，所以她的病情实际上是在好转，挺过危机的希望很大。他给那桐分析了这个局势，开了一些减轻痛苦的药物，给女仆交代了照顾病人的要领。

那桐并不很相信科龄的判断，但毕竟有了盼头，于是吩咐家人按大夫所言行事。

两天之后，老太太竟然真的康复，精神矍铄，胃口大开，看起来还能再活好些年。

那桐对科龄的感激之情毋庸赘述，他拿出中试第一百一十二名举人的功底，精心为科龄写就奏章，1904年5月18日呈给太后。

当然，科龄不会把宝只押在一个人身上，他同时游说能想到的所有人脉，这些人也都尽力为他呼吁。至于李莲英跟太后说了什么，科龄无从知晓，但5月26日，慈禧不仅批准了建校请求，还捐助一万两白银。许多高官富商闻讯跟进，待到医学院动工之际，科龄总共获得超过六万两银子。

科龄最大的梦想是建立这个医学院，最主要的业务是行医，但并不是说他从不操心宗教活动。刚到北京，他就注意到本地许多不同的基督教宗派，除了天主教和新教这样的大派，每个宗派下又有许多不同宗派，比如新教有派遣雒魏林和科龄的伦敦传道会，天主教有耶稣会等等。各个宗派各行其是，互不买账。科龄对这种派系局面很反感，曾为此奔走呼吁。让世界各地的宗派摒弃门派之争是不可能的，但既然大家都打着基督名号，他希望能让北京地区的各个教派放下成见，通力传教。他一直没能实现这个愿望，但这次建立医学院的消息传开，京城所有基督教教派都很感兴趣，不仅积极捐款，也试图实际参与运作。

科龄借这个机会提出建议，让伦敦传道会跟京城另外五个教会合作，包括北美长老会差会，美国公理会，美以美差会，英格兰教会华北传教会和伦敦医学传教士会。为体现合作精神，联合会取名协和委员会（The Union Committee）。合作的教派里，科龄所属的伦敦传道会在华时间很长，尤其在医疗方面一直扮演重要角色，于是由伦敦会牵头主理医学院的建设工作。

因为协会的联合性质，这个拟建的医学院就被叫作协和医学堂（The Union Medical College）。

拿到善款之后，科龄在哈德门（即崇文门）那边买下一块地。让他有点不自在的是，紧挨着这块地有一处官府的物业。他觉得教育跟官场最好保持距离，可这里是中国不是英国，英国的政府要迁就民众要求，大清官府的地位却是至高无上的。让官府物业给学校让地方，可能吗？

他小心翼翼地向慈禧提出请求。让他喜出望外的是，慈禧很痛快地同意拆除那座建筑，顺便还把那块地免费赠送给科龄，两边的地合起来有大约十英亩。

从现实需要考虑，基建工程将从教学医院开始，也就是全面复兴京施医院。既然有资金也有地盘，计划书就回到科龄当初六十张床位的设计。

医院完工之后，接下来正式修建医学堂。中国方面的承包商积极扶助，报价非常低廉，几乎没有盈利空间，而建成的医院让科龄很满意，认为那是“中国传教史上独一无二”的漂亮建筑。

1906年2月13日，协和医学堂建成开业。

既然到目前为止慈禧一直很肯帮忙，科龄就生出个想法，请慈禧委派一位中华高官为学校主持开幕式。医学堂毕竟是个“洋学校”，这身份可能让一些人心生抵触，但如果有官方的加持，或许大家更容易接受这样一种新生事物。慈禧再次爽快答应，派来做主持的是那桐，这让科龄加倍开心。北京地方官听说此事，感觉朝廷很重视，于是迅速升级响应力度，组织了大型仪仗队，从紫禁城到医学院的大街沿路设置路障，维持秩序，两边的店铺张挂喜庆横幅。

科龄也没忘记自己的家乡人，他请求英国王室派一个代表团来参加开幕式。建学校属于善事，这时候露露脸，多少能改善一下英国人的形象。

开幕式有诸多朝廷高官和外国代表出席，能容纳三百五十人的大礼堂挤满了人。那桐穿着朝服主持仪式，盛赞科龄是“医学领域里一位杰出的绅士，为了建立这所学堂，他多年努力，耗费心血，终于成就”。那桐对新式学堂颇为看好，预言它为国家带来的好处无可估量，其名声必定会响彻中华帝国。

赫德则代表英国致辞，力陈这一学院的建立意义深远，预测学堂将有世界水平的科研发现，并巧妙地夹带一句对官方的期许：“学校获得政府定期资助必定只是个时间问题。”

开幕式之后是参观，嘉宾们来到解剖陈列室时，科龄颇有点紧张。还好，官府大员们面对那些人体病理样本，并没有明显表示不快。图书馆参观是最后程序，仪式结束，传教士的太太们呈上茶点，会场里欢声笑语，有人赞叹，更有人憧憬。

学堂建起来了，科龄需要解决官方的认定问题。

这是正式的医学院，培养的学生是经过系统训练的现代医生，应该有对得起这种训练的名分。早在1905年学校筹建期间，科龄就致信主理外务的庆亲王奕劻，请求让协和医学堂在学部立案，与官办学堂享受同等待遇，所发文凭加盖官印。每年开学时，学部官员前来参加仪式，以体现官府的支持。奕劻把信转给学部，学部官员为此很费了一番思量。洋人主办的医学堂史无前例，而学堂教授的是新医学，这显然会跟本地的传统医学有所冲突。学部官员斟酌了一年多，1907年7月终于正式发文，同意给协和医学堂立案，也就是地位相当于官办学府，但毕竟不是真正的官办学堂，那就不能给毕业生文凭加盖学部官印。

实际上，教会开办的学校享受官办学堂同等待遇，协和医学堂是唯一的案例。这个决定做出之后，学部发布新的咨文，“嗣后如外国人呈请在内地开设学堂，亦均无庸立案”。因为这个转折，协和医学堂是晚清时代唯一在官府立案的教会学校。

1906年，科龄再次给学部上书，加盖官印若是不可行，是否能略做变通，由学部发文，承认协和医学堂的文凭等同官办学堂的文凭？学部这回批准了他的请求。这是协和医学堂的另一个唯一，其他教会学校都没能得到此种认定。

七

开幕式后不久的一天晚上，科龄正在家里忙医学院教学的筹备工作，格蕾丝笑眯眯地走进书房，对他说：“有个人在门外等着，我猜想你会很乐意去见见他。”科龄来到大门口，看到了刘亦，朝阳诊所里那个跟随他多年的助手。

六年不见，刘亦显得更壮实一些。他们在院子里一棵银杏树下聊了一个晚上，刘亦跟科龄说教会成员的近况，说自己治疗的病人，说他救活过多少人。“多谢您当年教给我的那些知识。”顿了一下，刘亦说，“我这次来，是想进协和医学堂学习，就不知道有那可能不。”

科龄捶了刘亦一下：“当然有可能！”

医学堂的第一次招生有两百人报名，最北的来自奉天（今沈阳），最南的来自福州。考生经历国文、西文、动物、植物、格物、化学等科目的考试，最终录取三十九人，其中包括刘亦。

科龄现在是医学堂的监督（校长）和解剖学教授。另外，京施医院需要一名外科医生，没招募到适合人选之前，这个职位也由他来兼着。同时他还保留海关和几个使馆的医学顾问职位。他当医生的时候就已经忙得不可开交，现在依然一年看两万多病人，教学工作更是压力重重。坚持了多年的日记，这时候也几乎完全中断了。

第一个要解决的问题是招聘教师。英国的医学院已经有多年历史，有完整的运行体制，有大批合格的教授，要建立一个新学校，无非是按现有模板复制一套硬件，再聘请一批教授就可以开业。中国的情况不一样，这里没有现成的医学教授，只能从传教士医生里找人。因为京城各教派的复杂关系，如果找到适合人选，他还得跟候选人所属的组织商谈，征得他们的同意。

语言也是个障碍。科龄在传教事务上主张“本土化”，就是“把教会交给本地人”，在医学教育上他信守的是同样的原则，所以坚持学校应该用汉语教学，而传教士医生们的汉语未必都足够讲课用。于是他募集人选的同时，还在医院里建立汉语学校，给未来的老师做语言培训。

费尽千辛万苦，科龄招募到十四位教师，人数远低于他的理想，尤其如果有教师需要休假就更难以调度，但在当时中国所有的医学堂里，这已经是排行第一的师资力量。

教材是另一个问题。那时欧美有很多现代医学教科书，却没一部被翻译成中文。科龄找到一位懂英文的华人教员谢恩增，让他尝试翻译。但在中国，现代医学是个全新的学科，谢恩增英文不错，医学专业知识就不太够用。好在科龄的汉语已经非常流利，朋友们的说法是，如果你只闻其声，不见其人，肯定想不到是一个“洋人”在说中国话。凭这个功底，他还是挤出不少时间，亲自翻译最急需的教科书。

翻译工作比他想象的困难。很多现代医学概念，在中文世界根本不存在，比如在欧洲，从近两千年前的盖伦著作开始，人体二百零六块骨头就分别有不同的名字，中文古代医书里虽然有一些跟“骨”相关的词，但几乎都没有准确定义，没法沿用，他们就得为所有骨骼构思译名。化学和药理学更是挑战，很多元素名称和化学物质名称，在中文世界闻所未闻，于是他们又得现编词。尽管如此，他和谢恩增的工作进展相当快，1909年，中文版《希氏解剖学》上架，次年他们又出版了《希氏骨科学》。

到现在，医学堂看来已经进入正常运作，但做校长的科龄其实一直在苦苦挣扎。

资金不足是最大的烦恼。筹建期间得到数万两银子，待到校园建成，这些钱都已经用光，那以后官方没有体制化的供给，每年最多在科龄恳请之下拨给几千两白银，组成协会委员会的六个教会能不定期资助一点，加上那桐组织了一批人逐年认捐，大约能凑齐一万两银子，让学校至少还发得出工资，其他开支就必须节衣缩食，往往连京施医院的煤炭费都难以支付。迫于无奈，医学堂只能向学生和职员收取一些住宿费用，而这又减少了生源。

科龄的行医和管理工作本来就足够繁忙，现在还必须四处奔走找经费。1907年，他曾经在日记里祈祷：“我想成为百万富翁，我的天父，为了您的事业，啊，给我钱吧。”

1911年9月，财政枯竭的科龄再次向清廷求助。此时慈禧和光绪都已经故去，清廷可谓奄奄一息，但看到开口的是科龄，外务部和税务部还是各自努力挤出一千两白银，算是聊表心意。当时学校运作一年的费用超过十万，两千两白银属于杯水车薪。不到一个月之后清廷彻底崩塌，于是连这点可怜的资助也告枯竭。辛亥革命之后，中国一时缺乏真正统御全局的政府。当然，官府本来就不是协和医学堂的主要经费来源，但那桐组建的认捐团队就此散去，对科龄是沉重打击。他只好在各个教会以及富商那里游说，能筹多少是多少。就靠这些时有时无的财源，勉力把学校办下去。

客观地说，经费如此紧张，原因之一在于办学标准。科龄以他苏格兰人的执著，坚持学校建设不能打折扣。医学堂是按照英国公立学校的建制来设计，新建的教学楼是两层建筑，设立了化学实验室、外科治疗室、外科病房、内科、眼科等等部门，学制五年，学生们有宿舍楼，在食堂吃饭。刘亦在朝阳乡村长大，第一次看到两层楼的住房，第一次看到窗户上蒙的不是纸而是玻璃，第一次用自来水，更惊讶的是自来水管里居然能流出热水。第一次看到抽水马桶的时候他也很狐疑，愣了很久不知道如何使用。

此时中国法律依然禁止在学校里做人体解剖，学堂老师们只能找变通办法，骨骼可以收集到一些真实的，软组织器官用纸浆模型代替，用一串袜子缝起来模拟肠道，猪的一些器官跟人类的很近似，可以用来教学，效果比不上真实解剖，但课程不等人，目前只能先这么解决。

十六世纪，布鲁塞尔医生维萨里打破禁忌，亲手解剖人体，纠正了无数代代相传的解剖学错误，奠定了现代解剖学基础。有传言说，为获得解剖机会，他不惜盗墓挖掘刚刚下葬的尸体。科龄听说过这些传说，但也只是当作传说。他没想到的是，自己竟然遭遇一个类似案例。

那是学堂开学的第一个学期，一天晚上，科龄作为校长，例行在学校各处巡视，发现学生宿舍楼的地下室有一团若隐若现的亮光，感觉有点蹊跷，就过去查看。开门的是个一年级生，表情慌张。科龄往他身后看去，一口锅架在炉子上，原来这学生在自己做人体标本。

那时清王朝风雨飘摇，管理松散，加之医学体系落后，百姓死亡率极高，北京郊外几乎每天都有新坟，其中不少棺材埋得很敷衍，一阵风雨扫过，薄木棺材往往会露出地表，“野狗撞一下，棺材盖就打开了”。所以这学生不费力就挖到一颗人头，藏在布兜里带回学校，然后躲到地下室，匆匆解剖观察了软组织，现在是打算煮掉皮肉，留下颅骨，以后可以反复查对。

盗掘坟墓毕竟触犯人伦禁忌，学生知道闯下大祸，可怜巴巴地祈求原谅，说课堂上看到的都不是真正的人体，他觉得那样学东西不扎实，想看看真正的人体结构是什么样的。

科龄沉吟了一下，说我这次就当没看见，但不能有下一次，因为这是犯法的。你别跟法律玩游戏。

科龄没对任何人提这件事，后人整理他的笔记才知道这桩公案。

没有解剖学就没有现代医学。协和医学堂的教学困境，把这个问题摆到了官府桌上。所谓“身体发肤受之父母”，流传几千年的旧观念毕竟难以消除，官方为此很犹豫。最终的推动力来自新旧体系的实力对比，接下来的各次瘟疫里，现代医学的优势太明显，采纳“西洋教学”的压力自然日渐增大。1913年，协和医学堂成立七年之后，北洋政府终于修改法律，允许为了教学做人体解剖。

解剖学是一年级的基础课，随后是病理学和临床诊断等等，到了高年级，需要开始实践课。此时的京施医院还不足以支持正规的住院医师培训，但学校尽力而为，老师们带着学生到医院看病人，做治疗。科龄在郊外建立了若干诊所，那也成为学生们实践诊治的附属学堂。

按国际体制，协和医学堂的学生们有体育课，除非大风带来沙尘暴，他们每星期三次到比利时使馆的球场踢足球。初学新技能的青年们兴致盎然，冲得很猛，一根根长辫子在场上飞舞。第二学年，他们还跟京师大学堂的学生比赛，结果零比一输了。科龄安慰他们：这成绩很好。要知道京师大学堂有三百学生，我们只有五十。若是我们踢赢了他们，人家颜面何在？

李莲英经过科龄的治疗，尿潴留问题没再发作。他佩服科龄的医术，而这个苏格兰人的耿直似乎也很对他的胃口，后来的日子里，他时常晚上来科龄家聊聊天。医学堂进入正轨之后，经李莲英安排，让科龄到颐和园觐见慈禧，当面感谢批准和捐款。

那天科龄按日程来到昆明湖边的石舫门外，默诵了一遍准备好的谢辞，然后构思一下如何展开对话。他想，或许可以借这个机会，听听这位老佛爷对西方人到底是什么看法。若是气氛合适，他甚至想介绍一下基督教的博爱思想。

出乎预料的是，还没进门，就有太监跟他交代，按宫廷规矩，他不能开口说话，只能在石舫另一头站立，听一个太监宣读一份文告。科龄只好把所有的腹稿扔到脑后，站在一张欧式地毯上，远眺石舫那一头的老佛爷。文告内容无非是几句嘉许的官话。

整个过程里慈禧没开腔，甚至没正眼看看科龄。

科龄一边听着那些无聊的文句，一边从窗洞往外看，远处能看到西山上的佛塔。有一瞬间，佛塔的顶尖似乎变成了十字架，但他知道那只是自己的幻觉。

1910年底，第一届协和医学堂学生还没毕业，中国东北地区肺鼠疫暴发，意外让学生们经历了一场特别考试。

这场瘟疫，能追溯到的发源地是满洲里，一些猎人从关内到那边捕杀蒙古旱獭。旱獭是会感染鼠疫的，这些新来的猎户不知道回避带病的旱獭，结果有人被感染，而且这批菌株对呼吸道的侵袭力极强，造成的病症是肺鼠疫，能通过病人咳嗽产生的飞沫直接传播给他人。满洲里的俄国当局控制住了大部分病例，但还是有几个病人躲过监管，沿着东清铁路来到哈尔滨。哈尔滨有个傅家甸，是当地中国劳工聚集的地方，卫生条件恶劣，住所极其拥挤，往往十几个人睡在一张炕上，说话的飞沫就能飘进旁人的鼻孔里。这样的环境，为细菌传播提供了高效跳板，让疫情迅速向四周扩散。

朝廷接到奏折，指派外务部右丞施肇基负责应对。

施肇基曾经到国外考察，很清楚国内外医学水平的差距，知道这种情况必须请熟悉现代医学的专家去处理。他找到的专家是伍连德。

伍连德是华裔马来西亚人，到剑桥大学学医，获得医学博士学位，毕业之后回到马来西亚。按学历，他在马来属于佼佼者，但苦于没有英国国籍，只能在地方上找到一份医官的职位。施肇基到南洋考察期间结识此人，就设法说服他到中国工作。伍连德来华之后，具体安排经历了一些波折，最后是在天津的北洋陆军军医学堂任副监督（副校长）。这所学堂跟协和医学堂大约同时期创办，虽然由中国官方建立和管理，聘请的却是日本教授，学习内容是西方现代医学。

接到施肇基的邀请之后，伍连德带着一名学生到哈尔滨。下火车没多久，他意识到情况比早先听说的更严重，急需增派更多专家。有意思的是，面对东北疫情危象，他想到的不是自己任职的北洋陆军军医学堂，而是给施肇基写信，指名要协和医学堂的吉布斯医生前来援助。

吉布斯医生带着四名协和医学堂的医生赶赴哈尔滨，但疫情实在严重，首批驰援的法国医生梅尼自己也染上鼠疫去世。施肇基接到报告，再次向科龄求援。

科龄通知协和医学堂的阿斯普兰和斯滕豪斯两位医生，

暂时放下教学工作，带着一名高年级学生赶赴哈尔滨，协助那里的几个医学团队控制疫情。

1911年1月，中国旧历年临近，许多在东北打工的人纷纷南下过年，虽然哈尔滨的中、俄、日各方卫生管理人员极力防范，还是不断有病人设法上路回家，沿途就把病菌传播给更多的人。1月12日，北京城里出现疑似病例。协和医学堂的高年级学生跟随老师前往调查，在显微镜下看到了鼠疫杆菌，证实疫情确实已渗入京城。随后城里不断有新的疑似病例出现。协和医学堂的韦纳姆、希尔和科马克三位医生紧急呼吁，说服官方设置专门的隔离医院，用来安排可疑病例和接触者，随即制定了防疫策略，包括安排专人系统监控新病例，及时封闭发现病人的客栈，以及隔离和消毒措施等等。十名协和医学堂学生被派往全城各地，代表官方监督实施防疫举措。

他们没有白辛苦。两周之后，京城没再出现新的病例，北京疫情在萌芽阶段就被扑灭。协和医学堂的师生们在这次意外演练中表现出色，很多人从此记住了“协和”的名字。

1911年春，第一期学生学满五年，参加毕业考试，入学的三十九名学生，此时只剩下二十一人，有些是因为学力不逮，也有人是因为付不起学费和食宿费。二十一名考生中有十六名合格，获得官方认可的学士学位，刘亦名列其中。

首届学生毕业之后，科龄跟医学堂的关系逐渐变得僵硬，这跟他的管理方法有关。苏格兰人的执拗让他成为很好的奠基人，但并不是个很好的管理者，对完美的要求，以及急躁的性格，让他跟教职员工关系日趋紧张。这种冲突让他心情苦闷，而他的健康状态也开始滑坡。过去的许多年，面对种种艰难，苏格兰人的倔强让他斗志昂扬，但也不断透支了他的精力。如今学堂建了起来，可以说他一生最大的梦想已经实现，看到首期学生毕业，他也相信学堂从此可以稳定运行，这让他绷紧了十多年的神经略见松弛，处世为人也就多了些淡泊。做管理既然不是自己的长项，何妨就此放手。

那以后，科龄淡出医学堂的管理，虽然保留着一个荣誉校长的头衔，实际的精力则转向了传教领域。

这个转变不是心血来潮。科龄不喜欢布道，但并不是说他对传教事业没有想法。刚到北京时，他曾经试图说服京城几个基督教宗派，让大家放下成见，携手合作。那份努力没成功，他一直心有不甘，现在既然不需要为学校奔忙，这个旧梦又开始涌动。只不过，他思考的不是“如何布道”，而是“以谁为本”。在他看来，当时活跃在中国的各个传教团体，都有一种“主人”心态，只打算做牧羊人，目标是在中国建立传教站，安置外国传教士，由这些传教士做宣道，即便培养出中国的牧师，也必须在国外牧师的指导下行动。科龄认为这是错误的思维模式，他觉得基督代表着人性的善，那么所谓传教，应该是让本土的人民发自内心地接受，而不是居高临下地灌输某些教义。要做到这一点，应该是在本土找到真心接受教义的人，培养他们成为牧师，之后就把一切教会事务交付给他们。

这是个宏大的理想，需要有足够的论证。论证需要时间，好在他现在有时间。

大环境的变化，更把他朝这个方向推了一把。当年他在京城建立的人脉，很大一部分是紫禁城里的人，包括李莲英、肃亲王和那桐。李莲英1911年3月病逝，不必亲历大清的倒台；肃亲王1912年流落日本；那桐虽然依附袁世凯，但此时天下大乱，谁都不知道明天会发生什么，其他旧友也随着清廷的倒台而各奔东西，这让他更有一种曲终人散的落寞。事已如此，不如归去。

1912年，四十六岁的科龄回到苏格兰，跟两位志同道合的传教士建立一个研究会，然后在世界各地调查传教活动，试图改变各宗派海外传教的方略。

八

科龄走后，协和医学堂发生了什么？

多年前，苦于经费紧张的科龄，曾经向上帝祈祷，希望成为百万富翁。上帝没让科龄成为百万富翁，而是从地球的另一边找了一位百万富翁，让他来接手科龄的基业。

1911年中国发生的革命，在形式上推翻了帝制，成立了共和国。出于对亚洲势力平衡的考虑，美国人对这个动向很感兴趣，打算扩大对中国的影响。他们的条件也很有利，当初往中国倾销鸦片这事，他们几乎没参与。鸦片战争中国战败，列强借机以各种方式占据中国土地，美国是唯一没有提出土地要求的国家。后来美国国会又通过决议，率先退还庚子赔款，用于培养青年学子。凭这些作为，在那时的华夏，美国的形象比其他列强要和善。而此时的美国经济发展远超欧洲国家，涌现许多超级大富翁，富翁们的创业过程少不得黑幕重重，但创业成功之后，其中一些宗教情愫浓郁的人就有心做慈善，既可以印证信仰的虔诚，也顺便洗刷一下发家阶段的污渍。

爱做慈善的美国富翁有若干，其中一位是石油大王洛克菲勒。

1913年，洛克菲勒成立以他名字命名的基金会，宣告的使命是“促进全世界人类的福祉”，捐助重点是医学研究。1914年，基金会打算在远东地区建一所现代化的医学院，就派一个四人调查团，考察东亚各地的医学卫生状况，从北边的奉天到南边的马尼拉，两个星期里考察了十七所医学院，九十七所医院。

考察结果很灰暗。尽管这些地方都有一些小型医学堂，或是兼顾一些教学培训任务的医院，但都远远达不到预期目标。中国的院校建设在当时比南亚国家略好，即便如此，几所医学堂培养出来的医学生，加起来也不到四百人，平均摊开去，一百万中国人才有一名现代医生。更糟糕的是，这种资源的分布很不平均，现代医生，无论是传教士医生还是新培养的本地医生，几乎全都集中在通商口岸，大多数老百姓根本无缘得见。而那时候的中国，没有公共卫生机构，没人告诉老百姓应该如何改善卫生、预防疾病，更没有专门的机构接种疫苗。

调查团特地到协和医学堂和京施医院查看，结论也不乐观。学校教学质量难以给高分，因为医学堂的教师都是传教士医生兼任，教学标准远远低于有专职教授的美国医学院；医院设备很落后，在美国已经成为标配的许多部门，比如临床检查实验室、X射线设备、消毒手术室、高压灭菌锅炉，全都阙如，这就不可能提供最先进的医疗服务。

尽管如此，调查团认为，协和医学堂是个很好的候选模板，虽然跟美国比显得落后，跟本地其他几个医学堂比起来却是最完善的；1911年肺鼠疫疫情期间，协和医学堂的表现也证明了师生的实力；它是唯一得到官方资格认证的教会学校，有这个地位，需要跟官方打交道的时候，许多运作会便利得多；从校志来看，学校风气很好，课时有保障，教师们如果到校外参加有偿活动，报酬都转给学校，作为公家收益；最后，它位于都城。虽然此时中国政局依然动荡，但即便有一天北京不再是中央政府所在地，旧都的文化底蕴还是会有利于高等学府的发展。综合这些考量，协和医学堂是整个东亚同类学堂的佼佼者，既然要投入数百万美元，以这样一个机构做基础，肯定比从零开始要好。

洛克菲勒基金会接纳调查团的建议，为此成立洛氏驻华医社（China Medical Board of the Rockefeller Foundation），开始商谈收购。

科龄此时已经回到英国，在伦敦从事自己的传教改革研究，因为他的奠基人身份，组建协和医学堂的协和委员会来征求他的意见。

他的第一反应当然是心痛。协和医学堂可以说是他的孩子，要把孩子出让给别人，做父母的不可能觉得心旷神怡。但看到对方的计划书，看到“数百万美元”的投资规模，他不得不承认，让这个孩子去投奔洛克菲勒这样的“继父”，肯定前景更好，更有希望改善中国百姓的健康状况。说到底，伦敦传道会每年只能提供数十英镑。而且谁都能看出，这样的拮据没有改善的希望。

1915年春，作为伦敦传道会代表，科龄到纽约跟美方商谈细节，最后以十六万美元把协和医学堂出让给洛克菲勒基金会。

是年7月，洛氏驻华医社接管协和，中文校名从“协和医学堂”改为“协和医学院”，在原址另外又购买十英亩土地，边建设边运营，整个工程耗时六年，耗资近八百万美元，最终产出是个焕然一新的大学：十四栋主楼，五十五栋住宅和附属建筑。主建筑按传统的中国宫殿风格设计，朱红立柱，雕花横梁，屋顶铺着绿色琉璃瓦，围栏用的是带浮雕的白色大理石；学院设立所有现代医学课目：解剖学、生理学、病理学、细菌学、药理学等等；图书馆藏书超一万册，全校三百多部电话，有现代污水处理系统，还有一个专门的制冰厂；临床和教学人员一百多人，比当初的协和医学堂增加几乎八倍，另外还有大批行政和后勤人员。

1921年9月，所有建设完成，学院举办正式开幕式，一千三百多名宾客出席，包括美国医学老前辈韦尔奇，当然也包括科龄。

新协和开始运作之后，科龄是学校的董事，不参与学校管理或是教学，但可以作为董事提出意见。现在的协和经费充足，运作不再是问题，可惜科龄跟校方的关系没有改善，反而更僵了。

主要问题在于宗教态度。务实的美国人决定新学校淡化宗教，成为纯学术机构，而晚年的科龄对传教事业越来越执著，以他在中国的见闻，他认为这片土地尽管历史悠久，有许多让人心仪的文化遗产，但需要解决的问题也很多。百姓健康固然有待改善，而要解决官僚腐败之类社会问题，解决重官轻民的传统，让百姓精神上也获得尊重，则需要有基督精神的感召，为此他多次给洛克菲勒基金会写信，表示对新协和脱离宗教的动向不满。基金会和协和医学院的新校长顾临礼貌回信，但并没有真正修改方针。

1923年，伦敦传道会秘书赫金斯向顾临提议，协和医学院设立一个科龄奖学金，伦敦会提供六千墨西哥银圆做基金（当时中国局势不稳定，有背景的团体偏爱国际货币），每年生息约四百银圆，可以为两名优秀学生解决该年的学费。顾临接受了这个建议，在公告中说："科龄创办协和医学堂，并出任第一任监督。1915 年，经他主持协商，把医学堂转给洛氏驻华医社。为纪念他的工作……建立科龄基金，其收益用于给贫困生提供奖学金。一至四年级的学生均可申请。"

1929年，新协和董事会全面改组，美方董事和科龄等外国人员退出，董事会改由胡适、张伯苓、施肇基等中国人组成，刘瑞恒成为第一任中国籍院长。其后学院历经社会变迁，校名也多次更改，但2007年又恢复原名，就是现在的北京协和医学院。

晚年的科龄主要致力于海外传教政策。他跟研究会同事成立"中国委员会"，自任秘书，多次到中国各地考察，1913年出版《中国传教职业调查》，1928年发表麻风病调查报告，1949年出版《世界基督教手册》。

科龄跟太太格蕾丝生了三个儿子，他们后来也全都进入医学领域。大儿子埃德加在阿拉伯半岛的亚丁保护国当医生，是当地抗结核运动的领军人物。1950年，埃德加打算退休返乡，但当地居民舍不得他走，就带着两只羊来到他家门口，宣称为了能留下埃德加，他们要杀掉这两只羊，祭祀真主。果然，为不让民众杀死那两只羊，埃德加同意延迟退休。

老二和老三是双胞胎，其中托马斯在英国肯特郡的达特福德做外科医生，罗伯特则到印度担任韦洛尔医学院院长，是当地麻风病预防和治疗的知名专家。

格蕾丝于1930年在英国奥尔平顿去世，那以后科龄把更多精力投入传教政策的研究，聘用人手日渐增加，原来租用的办公室容纳不下，1931年，他集资买下伦敦的迈尔德梅大楼用作委员会的办公室。

1935年，科龄再娶寡居数年的伊迪丝，这让家里增添了六个继女。儿孙辈常来探望这位老人。科龄对待工作认真得执拗，但对儿孙很随和，所以晚辈对他的称呼也五花八门，儿女一辈的，有人叫他大夫，有人叫他汤姆（托马斯的昵称）叔叔，孙辈的就叫他爷爷。孩子们喜欢研究老人家里东方风味的装饰，还有一些另类的饮食习惯，比如往番茄汤里加糖。他们认定这是从中国带回来的习惯。

第二次世界大战期间，伦敦频频遭到德军飞机轰炸，迈尔德梅大楼有硕大的地下室，自然成了人们的避难所。每次空袭警报响起，避难的人们纷纷涌入。有时炸弹落在了大门外面，周围的人惊慌叫喊，科龄却神情淡定，从容不迫地调度人流。经历过战乱和土匪劫掠，枪炮炸弹已经没法撼动他的神经。有趣的是，他的镇定似乎激发出一道防护场，周遭房子多多少少都被战火蹂躏，迈尔德梅大楼前停靠的一辆公交车也被炸碎，但大楼本身却从来没被炸弹直接祸及。

1946年11月12日，科龄起床之后去查看邮箱，看到几十封信件和电报，都是祝贺他八十寿辰的。贺信来自世界各地，那些他曾经留下足迹的地方。

承受过其恩惠的人没有忘记他，奈何自然规律不会放过他。科龄体力和脑力日渐衰减，尽管如此，他只是减少了工作量，依然放不下多年的梦想，试图说服基督教世界的同事，让他们接受自己“尊重本土”的方针。他那苏格兰人的古道热肠也从未衰减。1953年10月，一位朋友去世，此时他自己已是风烛残年，步履艰难，却还是专程赶到七十公里外的朋友家中吊唁，抚慰遗孀和遗孤。

1953年12月7日，科龄在英国平纳的家中去世，享年八十七岁，在当时属于罕有的高龄。

敬仰他的人们常说，科龄是个超越时代的人。

这话或许不算过誉。在宗教方面，他主张的本土化方针，在当时被普遍漠视，而到1960年代之后，基督教各个宗派终于承认，科龄的主张实际上是最可能持续发展的方略。

医学堂的经历也同样印证了他的超前。他那个建立正规医学院的梦，在旁人看来只能是一个狂野的梦，在当时的中国，科学的滞后，文化的抵触，政治的龃龉，经济的拮据，各种各样的艰难如同铁锤，一次又一次砸向他那个水晶一般美丽，也如水晶一般脆弱的梦想。

谁都没想到，这个苏格兰人，竟然真的做成了一个水晶杯：协和医学堂。

从知青到检察官

李金声

我的人生，几乎都不是自己主动的选择，而是由一连串的偶然决定的。

最末志愿

1978年6月，我还在赣东北一所山坞小学当民办教师。年初参加恢复高考后的第一次考试，名落孙山，一个月后，我将第二次走进考场。

这次降了一格，我报考的是中等专业学校。对我来讲，这是万不得已的选择。读中学的时候，我的数、理、化、文、史、地都很突出，如果不是中断了高考，上大学不会有问题，甚至极大可能是国家一流学府，但生不逢时，我高中毕业的时候，条条道路通农村，上山下乡成了唯一的选择。

寒来暑往，我在山坞里已经劳动、工作、生活了三年多，来的时候十八岁，如今还差几个月就满二十二岁。按照当时政策规定，报考中等专业学校的年龄上限正是二十二岁，过了这几个月，我就连报考中专的资格都没有了。摆在我面前的是两条路：为了理想和更好的未来，继续报考大学，拼尽全力去走独木桥；为了逃离这里，改考中等专业学校，这样更有把握一些，先离开农村再说。

当时大学生和中专生的界限还不像后来那么清楚，都是国家统一招考，毕业以后统一分配，都能端上铁饭碗。微小的差别是，大学毕业以后起点更高一些，未来的发展可能更好一些。对于我来讲，大学的吸引力肯定更大，在我父亲的工厂，大学生在研究和设计部门工作，中专生则要去车间开机床，我当然更愿意在书案前工作。但是，与生存相比，工作环境与待遇并不是高于一切的，我更需要尽快结束在农村的“改造”，尽快拿到一本酱紫色封面的城市户口簿。

反复考量之后，我放弃了自己的理想，“三十六计走为上”。

这天上午，一同考试的知青乡友把《报考志愿书》带给我——当时是在考试之前填写报考志愿。我不愿意让学校其他同事看见，因为不想听他们七嘴八舌的议论，也避免再次落榜时让他们说笑，便一个人躲在一间空教室里填写。

那是一个晴朗的夜晚，月明星稀，起伏的山峦被镀上一层银色。远处蛙声此起彼伏，近处池塘里不时有鱼跃起又落下的声音。大樟树的投影清晰地印在地上，枝干遒劲，树叶俊美，组合在一起像幅巨型水墨画。《报考志愿书》十六开，白色，铅印，规整，每一格都很宽。报考学校在封面的第一行，内文分别是姓名、出生年月、籍贯、政治面貌、个人简历、社会关系……

刊登这次中等专业学校《招生简章》和《招生学校目录》的《江西日报》，我已经反复看了几遍，并在自己选定的学校旁边画了记号。按照顺序，我在志愿一栏里，分别填写了黑龙江商业学校、黑龙江石油学校、黑龙江煤炭学校、沈阳航空学校、吉林光学仪器学校。

我在哈尔滨出生长大，十四岁时随父母支援“三线建设”来到江西乐平，我想通过这次考试，回到那个日思夜想的冰城。志愿一栏里有六个空格，意味着需要填写六个志愿，这是我没有预料到的。我准备的五个学校都是东三省的，其中黑龙江就占三所。黑龙江商业学校在哈尔滨安乐街附近，我非常熟悉，小时候多次爬墙进院子偷毛桃。石油学校在大庆市，距离哈尔滨不远，坐火车两站。煤炭学校在鸡西市，稍远一点，我去过，街道方方正正，留下的印象还不错。沈阳航空学校和吉林光学仪器学校都是名校，分别在沈阳和长春，距离哈尔滨几百公里。我把它们排在第四第五的位置。我选择学校的原则是，尽量在哈尔滨，至少距离哈尔滨不能太远。

只准备了五个备选学校，现在却要填写六个，给我出了一道不大不小的难题。再看一遍《招生学校目录》，外省来赣招生的学校很少，东北好一点的学校都被我填了，还有几所学校距离哈尔滨实在太远。不知道什么原因，我又把目光转向华北。河北几所学校的驻地都不好，有的在保定，有的在唐山，还有的在张家口，天高路远，交通不便，我没有兴趣。又回到本省的半版，我忽然意识到，江西省一所学校都不填不合适，会给人“喝江西的水，吃江西的米，却不爱江西”的印象，这可是政治态度问题。于是，我非常随意地把排在省内学校第一行的“江西省政法学校”填在了最后一个空格上。

坦白说，当时我完全不知道政法学校是什么性质，连“政法”一词的意思我也不懂，只是朦朦胧胧地觉得，政法和公安局可能有关系，但也不确定。反正已经是第六志愿了，前五个学校都不取，肯定是考得相当差了，这种情况下还指望第六志愿创造奇迹？之所以不空在那里，为的就是遵守纪律，让你填写六个志愿，你只填写五个，空一个在那里，很可能会被认为是示威、是蔑视。

参加工作以后，我无数次想过，当时如果只填写五个志愿，或者东北三省还有一所能让我动心的学校，或者江西省政法学校不在招生目录的第一行，而是在后面或者某个不太引人注意的边角……那么，我的人生会是一个什么样呢？

《报考志愿书》交上去以后，我再没有想过与政法学校有关的事情，想得比较多的是回到哈尔滨后应该做些什么。想的是，当我再次走上中央大街，再次畅游松花江，再次与老同学相会，那会是一个什么样的场景，我会有什么样的心情？想的是，哈尔滨俄式红肠、马迭尔冰棍还是记忆中的味道吗？想的是，每周去看望奶奶爷爷，坐在他们的小院里，喝着茉莉花高末，倾听奶奶永远也停不下来的絮叨……

九月初，九墩小学开学了，我上学期教的毕业班人走室空，学校给我安排了一个新的班级。我一边上课，一边等待录取通知书，过着每天都在倒计时的日子。

一天，大队许出纳到学校接他女儿，看见我一愣。说："刚才县公安局打电话来，让你去一趟，宏图书记接的，他没有告诉你吗？"我刚看到宏图书记，他骑自行车出村，走得匆匆忙忙，估计是忘记了。我是一个守法良民，从不惹事，公安局找我干什么？想了一下，觉得可能和报考政法学校有关系，于是骑车赶往程家村班车站。

不巧，一天一趟的班车已经过去，我愣在那里，不知道如何是好。打道回府，或者在路上拦一个车？我一时拿不定主意。我性格中懦弱拖沓的成分居多，从来不是一个说干就干的人，如果是往常，肯定选择掉头回去，明天早上再来。可那天，或许是老天看到我正在人生的十字路口，不忍心让我放弃这个机会，不声不响地发给我一个强力的指令，我的思维中枢蹦出的六个字是：必须去，必须去。

我站在马路中间，拦下一辆从涌山煤矿下来的拉煤车。驾驶室里只有司机一人，旁边是空的，可是他不让我坐，估计是考虑自己的安全——对一个站在马路中间不管不顾拦车的人，这个防范还是必要的。我爬上后车厢，站在煤堆上面，顶着火辣辣的太阳，赶往县城。

这是我人生最重要的一段路，此前此后都没有任何一段旅程的重要性能与之相比。

可我当时并没有意识到，烈日烘烤，煤尘扑鼻，一脸尘土，给我留下的记忆就是太难受了。

到了县公安局，我一个个办公室打听，最后在秘书科的工作记录本上，看到了这样一个记录：

省政法学校两名干部，委托我科通知临港公社九墩大队李金声来县城接受面试。电话通知了九墩大队领导。

一个面容和善的老警察夸了我几句："小伙子，真行呀，考上省政法学校了，那是一个好学校。"在他的指点下，我跑到了乐平镇招待所。

面试干部是两个女老师，一个姓黄，省公安厅政治部副科长；一个姓仇，政法学校教师。黄科长四十岁左右，仇老师不到三十岁。两位对我的到来有点意外。黄科长说，听县公安局的同志说，九墩大队离县城很远，交通不便，你今天赶来的可能性不大。

又说，我们明天早上就去邻县了，估计是见不到你了。我们觉得，你是第六志愿填我们学校，不面试你并不违反什么规矩，我们内部掌握的原则是，只面试前三个志愿的人。可你的成绩太好了，我们有点舍不得，见你就是想问一下，你愿不愿意修改志愿顺序？

又说：你为什么把我们学校填在最后呢？我们想知道你的心里是怎么想的。我们没有勉强的意思，完全尊重你的个人选择。

黄科长看我迟迟不说话，开始介绍政法学校情况：“江西省政法学校，是江西省公安厅下属的中等专业学校。‘文革’前是大学，‘文革’中转为干部培训学校，半年前才改为向社会招生的中等专业学校。今年是第一次招生。我们的公安专业，是省中等专业学校中唯一优先录取的专业，所以我们才有资格在正式录取之前面试考生，也就是优先挑选。”

我听得一愣一愣的。一是没有想到自己随手一填，竟引来两位身份如此重要的人物面试自己；二是没有想到，政法学校是培养公安人员的（那时还不时兴称警察，认为警察只有旧社会才有，称新社会公安局里的人为警察是不够尊重），而自己已经接近这个队伍了；三是感到人生的重大转机就在眼前，自己无论如何都应该抓住。

黄科长介绍之后，我首先诚恳地检讨，说自己完全不懂“政法”两个字的含义，不知道政法学校是什么性质的学校，填在最后一个志愿属于误会。现在懂了，庆幸自己还填写了这个志愿，有机会和两位领导见面。我愿意修改志愿顺序，把江西省政法学校改为第一志愿。

又说，虽然我的数学考了满分，语文考得不够好，可实际上我的写作能力相当好（黄科长介绍情况时强调了他们喜欢语文考得好的考生）。我是县里的业余作者，在省报上发表过诗歌，参加过地区和县里的文学创作学习班，第一次高考的作文还编入集子出版。

幸运的是，两位面试老师都是南下干部的后代。黄科长的父亲是吉林人，仇老师的父母都是黑龙江人，听我一口纯正的东北口音，她们有一种天然的亲近感。规定的问话结束以后，两位又和我聊起家常。两个人先后问我：你家原来在哈尔滨的哪个区居住？哪年来乐平的？东北还有什么亲戚？

针对我志愿中东北学校居多，黄科长说，东北人想回东北老家是人之常情，她就很想调回东北工作，只是没有这个机会。

仇老师说，哈尔滨我去过一次，冬天真冷，女人也戴大棉帽子，非常好看。

送我出来的时候，黄科长说："回去做准备吧，我们肯定录取你，希望毕业以后，你能成为一名好的公安人员。"

一场误会

中学的时候，我的文科并不好，每次考试都是靠数理化提高平均分。下乡以后，看到会写文章的人吃香，能在报纸上发表豆腐块的人受领导偏爱，经常被借调到公社或者县里帮助工作，和领导一起坐吉普车到处转悠，于是我也拿起笔杆，尝试着走"秀才自救"的路。

最初是给县广播站投稿，一次不中，再次试投，毫不气馁，屡败屡战。几个月后有了起色，稿件陆续被选中，广播里经常能听到“本站通讯员李金声报道”，我很快成了小有名气的通讯员，不仅在县广播站，偶尔省报上也能露一小脸。

新闻写作局限性大，没有新闻事件，通讯员再勤奋也无用，而且在耍笔杆子的人群中，通讯员的地位并不高，受到重视的程度有限，于是我转向文学写作。主要是攻诗歌。“文革”中，小说很少，除了浩然的作品，其他人的书籍都下架了，发表作品的园地也少。而且，小说再短也要千字以上，对初学者来讲门槛不低。诗歌则简单多了，最短的四句就行。文学的各样体裁中，诗歌最容易入门，简单易学，熟读几首诗就可以开始写。因为这个特点，诗歌更容易被工农兵掌握，属于政治宣传的轻武器。当时从普通农民到专业作家，大家都写诗，文艺刊物中的诗歌篇幅也大，报纸的副刊主要由诗歌占领。我父亲所在工厂宣传科的一个干部是诗人，经常参加各种文学创作学习班，作品不时出现在省刊省报上。他是我走上文学之路的第一个老师。每次审读我的练笔之作，他都说，你的水平提高很快，再坚持一年半载，你一定能冒出来。他所说的“冒出来”，就是成为县里、地区的知名业余作者。

我也逐渐尝到了甜头。在县报发表几首小诗后，公社党委书记在大会上表扬了我，我还应邀参加县里和地区举办的文学创作学习班，也开始有人称呼我为“诗人”了。

到政法学校以后，多年的努力渐成正果。1980年《星火》杂志编发了一组诗坛新秀的作品，推出的十颗新星，我排第三，名字被印成三号铅字。我作品的题目是“警察——医生”，把警察比喻成森林里的啄木鸟：目光如火，尖嘴如刃，飞翔如电……我写道：“茂盛的森林，由勤劳的啄木鸟看护；患病的躯体，只有医生才能驱除病魔；和谐的社会，时刻需要警察那双警惕的眼睛……”

这首诗的发表，标志着我正式走上江西诗坛，也让我在学校暴得大名。每次走进食堂，我都被人指指点点，不时有人慕名与我约谈，语文老师都主动与我诗词唱和。

两年的公安专业学习，我的成绩很好，考试一直在全班前列，但在老师和同学们眼里，我是一个走错了门的学生，应该去学中文，毕业后应该去搞文字工作，最好当作家。

如果没有这个背景，我的那封信还不至于招惹麻烦。大家都有这个印象，再读那封信时，误会就顺理成章了。

毕业前两个月，学校启动了毕业分配工作——召开动员大会；开展毕业教育；部署老师在学生中摸毕业意愿的底。我们这届学生有两个专业：公安专业的去向是各级公安局，司法专业的去向是各级法院。第一届毕业生是抢手货，差别是分到哪一级，公安局分省地县三级，法院也是。学校分配的总原则是：哪来哪去。

哪来哪去当然不适合我。我是三线工厂的子弟，在江西没有故乡。当时国家对三线建设开始调整，我父母所在的工厂已经有搬迁计划，他们都要离开乐平，我回到那里投靠谁？又有什么意义？而且我也隐隐地感觉到，自己不适合在公安一线工作。江西省公安厅有一个内部刊物《江西公安》，曾经发表过我的作品，主编老孟很欣赏我，多次表示让我到他那里去，他非常需要我这样一个帮手。毫无疑问，搞文字比抓小偷更吸引我，而且江西的知名诗人和作家大都在省城，文艺刊物也在省城，这对我今后坚持文学写作会有很大帮助。

经过反复考虑，我决定给校党委写一封信，申请分配去省公安厅宣传科。我用的是格子稿纸，《星火》编辑部给我的，下面印着“江西省作家协会”字样。这是否在暗示校领导，我是省文学领域的新秀，省作家协会都看好我，请领导不要把我当成一个普通的学生？现在想来，当时是有这种考虑的，这也许是弄巧成拙的一个因素。

信中，我在一番自我标榜之后写道：“我热爱宣传工作，有一定的文字基础，如果让我从事宣传工作，可以更好地发挥我的作用。”我没有明白无误地说想进省公安厅，只说想从事宣传工作，心里打的小算盘是，全省公安系统只有省厅才有宣传科，如果让我搞宣传工作，当然要把我分到省公安厅。

虽然字斟句酌，还是出现了错误，而且是非常要命的错误。我在宣传部门之前没有加上“公安机关”几个字，让校领导产生了严重的误解。在我想来，这是不言而喻的事情，政法学校的学生还能分到系统之外？我说的宣传部门，就是公安机关的宣传部门，不可能是党委或者政府的宣传部门，可校领导没有这么理解。据说董校长看了我的这封信后非常生气，专门找来曾经向他推荐过我的学生科科长，大声说："李金声怎么是这样的人呢？在我们学校学习了两年，竟然对公安工作不热爱，想到什么宣传部门去？去哪儿？去报社还是杂志社？"又说："动员会上我反复强调，要树立螺丝钉观念，组织把你拧在哪里，你就在哪里发挥作用。自己申请分配单位，组织观念到哪里去了？如果每一个人都像李金声这么做，想去哪里就自己写申请，还要学校党委干什么？那还不乱了套！对这种现象绝对不能听之任之。"

几天后，学校召开毕业班教育整顿大会，董校长在会上罗列了一些毕业分配中出现的怪现象，如请客、送礼，托人找关系、让领导打招呼……最后不点名地说了我写申请书的事情。他说："一个平时表现还不错的同学，前几天给校党委写了一封信，要求分配到宣传部门工作，还美其名曰说是发挥自己特长。看了这封信我很不高兴，我觉得学校在思想政治工作方面出了大问题。政法学校，培养的是政法干警，首先是要政治过硬，不能仅仅满足于业务合格。从这里走出去的学生，能力可以有高下之分，但是，最起码要热爱自己的本职工作，爱公安，爱法院，对自己的工作岗位要有荣誉感……"

为分配请客、送礼、找领导打招呼的现象，董校长说得并不多，点到为止；对我的这封信，却说了足足七八分钟。

或许，前面的问题涉及领导和熟人，他很难把握分寸，说得不好要得罪人；或许，他觉得那是社会上的不正之风，主要是家长的问题，和在座的学生关系不大，而我这封信暴露出来的是所谓学校自身工作问题，是他坚决不能容忍的“爱与不爱”问题，因此他的态度才格外强硬。

与会的大多数同学，心都长了翅膀，恨不得马上飞走，与己无关的事情谁也不在意。个别同学为分配请客送礼，大家也早有耳闻，几个有职有权的家长给学校领导打招呼，大家虽然生气，但也仅仅是骂几句而已，恨自己没有一个好爸爸，多少有点见怪不怪。校长说我的那些话，因为没有点名，并没有人与我挂上号。也可能他们觉得，自己申请并不是什么大错，至少比走后门要体面，犯不上为此大动肝火。因此，会后也没有谁议论这件事情。几十年之后同学聚会，没有任何人对此有记忆。

关门开窗

据说，在最初的分配方案中，我的名字是在省公安厅一栏里。还有老师向领导建议，希望把我留在学校，“人才难得”，说我既可以当老师，也可以干行政工作。可“不合时宜”的信后，董校长亲笔把我的名字从公安厅一栏里划掉，至于留校，更是无从谈起。

本来是一个人见人爱的“宠儿”，转瞬之间变成领导嫌弃的“弃儿”，让我第一次体会到什么才是人生的过山车。

被打入另册后，我只有一条路，就是回乐平。让我想不通的是，乐平公安局也是公安机关，既然认定我不热爱公安工作，不能分配在省厅，分到乐平公安局就合适了？我曾经萌生过找董校长解释的念头，但被邓老师制止了。他说：“校长不可能给你太多时间，如果没有说透，误解有可能进一步加深，还是不解释为好。”

学校旁边有一个古色古香的园子，大门一直紧闭，虽然与我们近在咫尺，可是谁也没有进去过。从外面向里看，树木遮天蔽日，是一个神秘的地方。住在附近的老乡说，这是一个古庙，名为“青云谱”。快离校的前几天，“青云谱”的大门敞开了。大家都在忙，我却无所事事，为缓解糟糕的心情，一个人走进了这个既熟悉又陌生的园子。

看文字介绍后才知道，青云谱原来是一处历史悠久的宗教院落，清朝初期，成了一位著名画家的隐居之地，这个画家就是在画史上名闻遐迩的八大山人，本名朱耷，又名朱道朗。他是明太祖朱元璋第十七子宁王朱权的后裔。崇祯十七年（1644年），明朝灭亡，满洲贵族入关统治全国。十九岁的他内心极度忧郁、悲愤，便假装聋哑，隐姓埋名遁迹空门。八大山人在此生活了十三年。他亦僧亦道的生活，主要不在于宗教信仰，而是为逃避清政府对明朝宗室的政治迫害，借以隐蔽和保存自己。

随后的几天里，我天天来这里打发时间。室内有限的几幅画作、几个文物，我反复端详，每一个细节都深深印在脑海里。那段时间，园子里的小径，层层叠加了我的脚印，除了园内的工作人员，留下脚印最多的人一定是我。我揣摩孤单寂寞的八大山人在园子里散步时的心境，揣摩园子里的哪些树木是他亲手所植？为什么种这种树而不种其他种类的树？这个环境与他的画作有什么关系？这里曾经有过鹰吗？如果没有，八大山人画上的鹰又是来自哪里？我还想，如果自己不是学写诗，而是学绘画，现在能达到哪个等级？考美院有戏吗？如果学了绘画，可能就不会谋求在省城找个单位供职，会不会像八大山人一样，寻个偏僻的地方作画，数年之后一鸣惊人？

省公安厅的名单公布了，位列其中的同学眉开眼笑，见到即将返乡的同学，大都拍着胸脯说："下次来南昌时我请客，两年同窗，一辈子交情！"几个自认为应该在名单里而没有进入的同学，气鼓鼓的，找老师评理，纠缠着要给一个解释。董校长已经发现，毕业生和在校生完全是不同的两种人，吹胡子瞪眼已经没有用，说重了还可能让你下不来台，他干脆躲着不到学校来了。

学校没有规定统一的离校时间，那些只想分回老家的人，领到毕业证，收拾好行李，与老师同学告别后，便匆匆乘上了返乡的火车或汽车。少数对毕业分配还有想法，或者在省城还有事情处理的同学，继续住在学校里，各自忙着各自的事情。

一天早饭后，我拿着一本《杜甫诗选》，照例又去了青云谱。在园中走了一圈，找个石凳坐下，把《杜甫诗选》翻到了《秋兴八首》。杜甫这八首七律，我已经读过多遍，有几首差不多都能背下来，可我还是不厌其烦地读。时值盛夏，穿过枝叶的阳光射在脸上，我毫无知觉，完全沉浸在杜甫的诗句中。

正在发呆发傻之时，法律教研室的邓老师匆匆向我走来，在我面前停下，他如释重负地说："终于找到你了。刚刚学校分配办陶主任说，省检察院来学校要人，学校党委答应给两个，让我在公安专业里推荐一个。"

邓老师一度担任过我们班的指导员，比较了解我，我被从省厅除名后，他非常同情，专门安慰过我一次，今天听到这个消息，他想到的第一个人就是我。他说："董校长对你有误会，几个老师为你说话，他现在也觉得会上的话说得太重了。如果把你补充进省公安厅，或者干脆把你留在学校，他的面子不好放；如果推荐你去省检察院，他不会再说什么了。现在就看你自己的态度，你想去还是不想去？"

对检察机关，我了解有限。学习刑事诉讼法时，老师介绍了检察机关的性质和检察工作，但那是纸上谈兵，没有留下多少印象。我仅仅知道，检察院刚刚恢复，还处于起步阶段，一些地方检察院的牌子还没有挂出来。省检察院在省城，而对于分配，我最看重的就是留在省城。省公安厅具有的优势，省检察院也都有，而且我当警察有着天生的不足——冲冲杀杀不是我的强项。检察院工作在执法第二线，对我而言，正好避己所短，用己所长。综合考虑，去省检察院应该比公安厅更合适。我虽然嘴上什么也没说，但心里的主意已定。我向邓老师点了点头，并跟他一起回了学校。

巧的是，省检察院负责此项工作的人，就是从政法学校调过去的，他在学校工作的时候与邓老师住对门，两个人关系非常好。听了邓老师对我的评价，自然而然地对我生出几分好感。他来学校调走我的档案，审查之后，又约我面谈了一次。虽然什么也没有明说，但我看得出来，他对我非常满意。他没有问起我给校党委写信的事情，我唯恐再次惹祸上身，也没有主动坦白。谈话结束时他说："你的情况要上一次省检察院党组会，如果通过了，你的材料就会报到省招生分配办公室，分配通知由省招办下发给你。"他见我一脸紧张，换了一个表情说："放心吧，问题不大，你回去做准备吧。"

山重水复疑无路，柳暗花明又一村。这与两年前我接受面试时的情况何其相似！那次，我懵懵懂懂被牵手走进了政法学校，这次又是在云开雾散之后，展现在眼前一条新路。

不知道有多少人的人生是设计出来的，而我自己的人生几乎都不是自己主动的选择。每次走到十字路口，都有一股神秘的力量在前面拉着我，或者在后面推着我，把我导向一条完全陌生的路。好在我足够幸运，所选新路都还不错，越走越宽广，越走越亮堂。西方有一条谚语：命运给你关上一道门，一定要给你打开一扇窗。我的情况正好验证了这条谚语——走向公安厅的大门关上了，飞向检察院的窗子打开了。

检察新人

国庆假期后的第一天，我到江西省检察院报到。

查找省检察院地址并不是一件容易的事情。按说，省检察院是一个大机关，南昌又不大，怎么会难找呢？实际情况刚好相反，问谁谁都不知道，最后还是在电话簿上查到电话号码，打电话问省检察院的工作人员，才解决了这个难题。

之所以让人如此陌生，一是检察院恢复的时间短，知名度太低，一般人根本不知道有这个机关；二是省检察院藏在省政府大楼的一角，只占七八间房子，很不起眼，连同楼办公的很多省直机关干部都不知道。

省政府大楼是南昌的标志性建筑。五十年代邵式平主席主政江西时，为庆祝建国十周年，他提议修建两栋大楼和一条马路。两栋大楼即后来的江西宾馆和省政府大楼，一条马路即全国闻名的“八一大道”。两栋建筑建成后，分别为南昌市的第一高度和第二高度。“八一大道”宽八十米，是原来市内主干道中山路、胜利路的四倍。有人嘀咕：“这么宽的马路给谁走？亮一次绿灯老头老太都走不过去。”邵主席说："为的是五十年不落后！"

半个世纪过去，堵车成了大城市的通病，南昌后来建的若干道路也不例外，唯有八一大道，车行如流，汹涌澎湃，但是很少拥堵。

省政府在八一广场东边，办公楼阔大庄严，院内林木葱茏。大门朝南，四柱牌楼式的钢筋水泥建筑，三条宽宽的门道，中间行车，两边走人，日夜有军人站岗。在政法学校上学期间，我多次从门前走过，每次都禁不住在门前止步向里面探望，给我的感觉是高大神秘。我见过黑龙江省政府大楼，那是一栋俄式建筑，其规模在哈尔滨市也是数一数二的。与之相比，江西省政府的办公大楼更高更大，面积至少是其两倍以上。门前有八根柱子，门外卫兵把守，非工作人员进不去，让我越看越神秘，越想进去看个究竟。

报到证让我得以走进这座大门。上班时间，骑自行车的人在距离大门很远的地方下车，手持证件，面向站岗的士兵，微笑着走过。进门以后，再走十几步，才开始上车。一些领导干部进出，士兵挺胸抬头，敬举手礼，领导往往向士兵轻轻挥手，算是还礼。院子里的人很少，中年男人居多，身着或灰或蓝，清一色皮鞋，一脸严肃，行色匆匆。我从来没有想过，自己有朝一日能走进这个院子，与那些只有在广播里、报纸上才能听到、看到的人同处一楼。当知青的时候，我最大的梦想是回城，与家人一起生活，没有任何奢望，哪怕是当一个售货员、清洁工，也会心满意足。高考恢复后，梦想变成了上大学，可是上学以后干什么？没有认真想过，也不敢想。

怀着忐忑的心情，我走进庄严又有几分神秘的省政府大楼，敲开了省检察院人事处办公室的门。

办公室很大，分成两个区，外面是四个工作人员办公，桌子挨着桌子，中间留出一条窄窄的过道；里面是一个独立的办公区——一张宽大的办公桌前，坐着一个五十多岁的女性。引我过去的工作人员向我介绍，她是何处长。

何处长微胖，齐耳短发整整齐齐，圆脸，大眼，戴着一副玳瑁眼镜。她推开桌上的文件，接过我递过去的报到通知，细细地看了一遍。其间一个工作人员对她说：分配办是怎么回事？文件还没有给我们，就给个人发通知，如果我们有什么不同意见怎么办？

我听了这话心里一惊：什么？我的分配在省检察院还有变数？对我留省检察院还有待商定？何处长看了他一眼，说："也许负责文件交换的同志没有及时去取。也许他们对个人和单位是两个处负责，发放不是同一时间。我们没有先接到，不是什么大事，打个电话问一下就行。"又说："他的事情党组已经定了，早点报到早点工作，没有什么不好的。"

她转过头来面向我，问了几个无关紧要的问题，如家住哪里？这段时间在家里干什么了？我感觉她是在安慰我，为刚才那个工作人员的冒失打圆场。

对话大约三两分钟，她转入了正式话题，党组决定，把你分配在经济检察处工作。那个处工作任务繁重，需要增加新兴力量，你年轻，又经过专业学习，对他们来说是一个加强，对你自己也是一个锻炼。她站起身来和我握手，并让一个工作人员带我去经济检察处。

我慢慢了解到，何处长资历很老，是延安干部，1949年南下来江西，“文革”前就是十四级。那时的十四级，相当于现在的副厅级，经过十年动乱，她的官职不升反降。她丈夫刘护平，在延安时期就从事保卫工作。影响巨大的黄克功逼婚杀人案件，他是办案人员之一。1949年南下来江西，先后在政法系统担任过多个领导职务，省检察院恢复重建，省委任命他为省检察院代检察长。半生戎马生涯，“文革”中又经历残酷折磨，刘护平检察长的身体状况非常糟糕。省委任命后，他无法正常履职，一直在医院治疗和康复。1981年春节，处长带着我去医院给他拜年，他斜靠在床背上，说话中气不足，但目光炯炯，一看就不是普通人。

他对处长和我说：“中央提出的‘有法可依，有法必依，执法必严，违法必究’非常好。没有‘文革’这个反面教员，我们党很难有这么深刻的认识。你们要好好学习，要在工作中不折不扣地落实。”处长介绍我之后，他显得很高兴，让我站在他面前。他对我们处长说：“你们都是过渡人，干不了几年了。要好好培养年轻人，未来还是要靠他们。”离别时他拉着我的手久久不放。

没有多长时间，他就过世了。从任职到逝世，他没有来过省检察院一次。

当时，检察干部主要是三个来源：第一，归队干部，“文革”前从事过公检法工作的专业人员；第二，援助干部，从各个行业抽调来的人员；第三，军队转业干部。第一种人不多，大约占干部总数的百分之十。省检察院恢复较晚，原来省级政法单位的人，包括撤销省检察院后遣散到各地的人，先前大多已经进了省公安厅和省法院，所剩无几。第二种人最多，大约占了干部总数的百分之四十以上。这些人来自社会的方方面面，有党政口的干部，有学校的教师，甚至还有工厂以工代干的工人。第三种人大约占了总数的百分之三十左右，以营级、连级干部为主。

省检察院办公条件极差，一共只有七八间办公室，检察长副检察长合用一间，处长都和普通干部挤在一起。经济检察处和法纪检察处，二十七个干部在一间办公室办公，办公桌连成一片，椅子也互相挨着，一个人进出，大家要起立侧身，不然根本出不去。信访科和财务科，都在走廊里办公，接待上访的人要到院子里。

干部住房十分困难。从外地调来的干部，住在招待所，一家几口挤在十几平米的房子里。家什物品，堆放在走廊里，到处都是。家家户户在走廊生火做饭，每天下班后，走廊里几个炉子同时点燃，煤烟呛得人咳嗽不止。我和一个五十多岁的老同志合住一间小房间。他妻子在市郊，周末带着孩子来市里和丈夫团聚，我就躲到办公室打地铺。办公室没有纱窗，不开窗子太热，开窗又受不了蚊子。地板下面有很多老鼠窝，半夜老鼠携家带口钻上来，横冲直撞，经常把我从梦中惊醒。

最难堪的是，省检察院成立两年多，牌子都挂不出去。一个和省政府一样尺寸的牌子，长期放在信访科门后，年底拍全院干部合影时，抬出去用了一次。

《宪法》规定“一府两院”，即政府、法院、检察院，三个单位的法律地位是一样的。所以把省检察院的牌子与省政府的牌子一起挂在大门口是合适的，可实际上我们想都不敢想。无论是省政府领导，还是大楼里的普通干部，都认为给省检察院几间房子已经够照顾的了，还有很多单位找不到办公用房，在郊区租房子，省检察院再不能得寸进尺。

上班几天后，人事处把我叫过去，给了我一个小红本本，是省检察院的工作证，红皮，硬壳、烫金字。打开一看，内文填写得工工整整，我的照片上压着钢印。最下一栏是编号，我的编号是066。省检察院的编制是六十六人，这意味着我是编内最后一人。没有编制是进不了人的，仅就这一点看，我有多幸运。

有了工作证以后，再进出这个大院，就平添了几分底气。此前我持临时出入证，进大门时生怕警卫战士拦下我，有了工作证以后，再进大门时，我经常装着在思考问题，战士不问直接过去，如果提醒，就缓缓地从兜里摸出工作证，举起手来晃一下，意思是“我是货真价实的省检察院干部”。

初次办案

上班半个月左右，处长万和龙把我和一个姓谢的检察员，叫到他的办公桌旁边，传达院领导指示，布置我俩尽快去吉安地区的永新县，指导查办一起重大贪污案件。

老谢知道我是新来乍到的，什么也不懂，出差准备交代得非常仔细。他说，要借款、借粮票、借旅行袋、买火车票，工作方面他做准备。

借款借粮票都在财务科，先填写申请单，交给科长审批，再找出纳领取。我不知道借多少，老谢又不在办公室，没人商量。我自作主张，写了一张借款二百元、粮票一百斤的借条。财务科科长见了大吃一惊："为什么借这么多？你们要去干什么？"他一边拨弄桌子上的算盘，一边说给我听："两个人住宿一天两元钱，吃饭一天一块六，来回车票加在一起，借九十元就够了。粮票两人一天两斤四两，二十天最多四十八斤，不能借那么多！"

我觉得这是预借，回来后要还的，借多借少是我们自己的事情，多带点防止意外。没有想到财务科科长管得这么细。我第一次和他打交道，就给人家留下了不良印象。这让我意识到，机关无小事，我要向林黛玉学习，进了大观园，不可多说一句话，不可多走一步路。

出差借钱是因为那个时候工资很低，自己先行承担出差费用，对大多数人而言不现实。借粮票是因为在外面吃饭需要粮票，自己在粮管所领不到粮票，只好先在单位借，回来后凭借出差证明，到粮食供应点领取粮票后再还。借旅行袋很有意思，今天的人很难想象，机关出借旅行袋是典型的供给体制残留。

五六十年代，机关干部除了吃饭的碗筷自己购买之外，其他都由国家提供，大到住房家具，小到砚台笔墨。我参加工作时，单位还有公共自行车，一个处几辆，钥匙由内勤保管，使用需处长批准。旅行袋也是内勤保管。我们处的内勤是一个姓罗的女同志，五十多岁，东北人。她丈夫是省政府的一个局长，家住省政府大院北门旁边，每天上班时间都回去好几次，有时是为晒被子和收被子，有时回去是先把饭烧好。那时，机关里人浮于事是非常普遍的。

她打开一个橱柜，从里面拽出七八个旅行袋，让我挑选。旅行袋今天已经见不到了，当时是出门的必需品。长约五十公分，宽约二十五公分，高二十五公分，两个提手，中间是一条拉锁。容量相当于今天偏小的拉杆箱。旅行袋有两种，分别产自上海和天津，式样相同，颜色相似，不看袋子上的文字和图案分不出来。上海生产的袋子上面印着“上海”两个字，天津生产的袋子上面印着“天津”两个字。印着“上海”字样的图案是黄浦江铁桥，印着“天津”字样的图案是天津的洋楼。我直到今天也没弄明白，既然是计划生产，国家交给一个地方生产不就完了嘛，何必让两地生产一模一样的袋子？

七八个旅行袋没有一个完好的，有的拉链坏了，有的提手断了，还有的不知道曾经装过什么东西，里面散发着浓重的怪味。我挑了两个稍微好一点的，一个给老谢，一个留着自己用。

去买火车票回来，老谢让我填写一张派车单，公差，规定可以接送，让车队派车送一下。派车单经万处长签字，我又找到行政科长，再签字，最后交到一个姓谭的司机手上。小谭问老谢和我分别在什么地方上车，我说你接老谢就行了，我自行前往火车站。小谭点头，收好派车单。回来后我向老谢报告约车经过，老谢说，你也要坐车，这个车是派给咱俩的，我一个人坐不合适。我不敢问为什么，再去找小谭，与他商定我等车的地点。

次日早晨，我从招待所出来，步行了很长一段路，一直走到八一大道旁。小谭到了以后，我快速上车，坐在副驾驶的位置上。这是我第一次坐轿车，而且是坐自己单位的车，莫名其妙有点激动。此前我坐过一次北京吉普车，那是搭别人的车，过后还吹嘘了几天。与北京吉普相比，轿车又宽又大，副驾驶位置上视野宽阔，街景一览无遗，前面几辆车被我们超过后，我的心有飞起来的感觉。

永新是罗霄山脉中段的一个小县，井冈山革命斗争时期，这里是红色根据地之一。著名的老红军贺子珍是永新人，五十年代授衔，永新籍的将军有二十多位，是著名的将军县。县委招待所在城的一角，分前后院。前院临街，一栋普通的四层楼，供县内旅客居住，后院接待贵宾。前后院之间是一座月亮门，月亮门内外是两个截然不同的天地。后院古木参天，曲径通幽，路旁鲜花盛开，颇有几分神秘。毛泽东重上井冈山时，曾经在后院短暂休息，华国锋、胡耀邦、邓小平等党和国家领导人，都曾经下榻过这里。

我俩符合贵宾条件，被安排在后院。行李安顿好之后，老谢从旅行袋中取出一叠材料，让我先熟悉一下案情。

发案单位是县粮食局城乡粮管所。性质是贪污。嫌疑人有五人，分别是粮管所所长、副所长、会计、出纳、保管员。贪污数额有几个不同的说法，一份材料写的是五十万斤稻谷，另一份材料写的是数十万斤。

当时，贪污案件的立案标准是一千元人民币，大案是五千元，特大案件是一万元。十万斤粮食的价值超过了一万元，而且粮食不是普通商品，不能简单折算，贪污粮食比贪污其他商品的情节严重。因此，无论是按照材料里的哪个说法，这都是一起数额特别巨大的案件。

案发缘于粮管所所长赌博，赌输后，偷卖了一车粮食，被同事发现告发。案件已经立了两个多月，五名嫌疑人也被逮捕一个月有余。

次日上午，我和老谢到了永新县检察院。检察院重建不久，人员不齐，只有十二个人，还包括会计、出纳、司机。全院人员都上了这个案件，大家都是办案人，但了解全面情况的只有检察长和副检察长。检察长亲自汇报，情况和我看的材料差不多。材料是半个月前报到省检察院的，这说明半个月来案件没有任何进展。老谢问了几个问题，检察长支支吾吾，说不出所以然，我感觉办案人员无论是在主观努力上，还是在办案能力上，都存在问题。

汇报结束以后，老谢传达了省检察院领导的指示，说这个案件目前是全省最大的案件，在高检院那里也挂了号，我们只能办好，不能办砸。现在全省各地检察院逐渐恢复，一些检察院已经开始办案，永新粮管所案件是一个示范案件，办好办不好都影响全省。

回到宾馆，我谈了自己的感想：这样下去办不好这个案件。我建议把我们省院经济检察处的大部分力量都调到永新来，让地区检察院再派些人来，省地两级经检干部，一鼓作气攻下这个案件。

老谢不赞成：省院的干部也没有办过案，业务能力并不比县院高多少，一上手就会露怯，到那时候就难堪了。而且，上级检察院只能指导协助办案，这个定位不能变，否则出了问题谁负责任？

不能不说，老谢虽然不懂法律，但是工作经验丰富，处理复杂事情总能理出头绪，抓住主要矛盾。我在永新期间，越来越感觉他在认识问题处理问题上，能力非同一般。那天，他采纳了我让地区检察院派人来的意见。

我和老谢连续几天在县检察院研究案件，反复分析案情，寻找办案的突破口。地区检察院的援兵到了以后，老谢把全部办案人员分成三个组：审讯组、外调组、查账组。老谢是总指挥，我属于机动力量，哪个组任务重，就临时指派我去哪个组。老谢说“这样便于全面掌握情况”。

一天，我和县检察院张科长一起到乡下调查取证。二号嫌疑人不赌不嫖，节衣缩食，和我们对他的怀疑严重不符，他贪污的钱去向成疑，我提议到他老家去看一看。

检察院只有一辆北京吉普，忙不过来，我和张科长便乘公交车前往副所长乡下的家。八十年代初的省道，砂石路面，坑洼不平，过河要等轮渡，十多公里的路，走了两个多小时。我们在里田公社下车。随后张科长在公社借了两辆自行车，我们各自骑着，又走了四五公里，才到了第二嫌疑人家的所在地——陈家村。

进村以后，先到大队部，把介绍信交给大队干部，再由他带着我们，到了第二嫌疑人的家。

这是一栋非常普通的民房。正房四间，一侧是厨房。外墙年久失修，石灰层脱落严重，形成一块一块“伤疤”。室内隔板也有破损，八仙桌上方两道煤油灯熏出来的痕迹又黑又粗。地面坑坑洼洼，条凳怎么摆也摆不平。嫌疑人的老婆是一个四十多岁的农村妇女，正在煮猪食，看着我们进门，急忙从厨房跑过来，原本准备倒茶，大队干部介绍了我们的身份后，她吓得呆在那里，一动不动。我感觉她可能怀疑我们是来抓她的。

坐下来之后，我主问，张科长翻译，有些话大队干部还要进行二次翻译。即使这样，我也很难判断，这个中年妇女是否弄懂了我的问话。她的回答经过翻译，我倒是都听懂了。

其实，我走进这个院子，扫了一眼这栋老房子，计划问话的内容就变了。我当过三年多知青，知道农村人最重视三件事：做屋、娶亲、生孩子。稍有一点钱，就想盖房子，这既是面子问题，也是传统习惯，房子好坏是农村贫富的最重要标志。这栋房子在这个村里都属于破旧的，嫌疑人要真贪污了很多钱，怎么可能还住这么破旧的房子？

陈妻说，老公很少给家里拿钱，一年最多一百多元。他自己父亲患肺结核，常年住在县医院，他的工资主要是给父亲治病。去年在公社中学读书的女儿要交学费，家里拿不出钱，一直到现在还欠着，孩子都哭了几次。

从陈家村回来，已经很晚，再没有回县城的班车，我们只好在公社住了一夜。公社没有专门的客房，就把一间办公室腾出来。铺盖倒是很干净，白花枕头，碎花被单，两张竹床也结结实实。公社办公楼后边有一条人工修建的水渠，半人多深，绿水白浪，清澈见底，两边垒砌青石，隔几米还有供人入水的石阶。有几个男人正在渠中洗澡，旁边有妇女在洗衣服。张科长把我拉到了渠边，他自己三下两下，脱了个一干二净，跃入水中后，回头冲我点点头，意思是让我和他一样。

当着女人的面，我实在不好意思脱得赤条条的，只好穿着短裤入水，借着水的掩护，在水里把短裤再脱下来。张科长看着我这套动作，忍不住地笑着说："你们城里人，怎么这么斯文？入乡随俗不好吗？我们这里都这样。"这让我想起了《三大纪律八项注意》。在最初的版本中有一条"洗澡要避女人"，后改为"不调戏妇女"。当年，这一带是根据地，红军与老百姓生活在一起，给红军官兵制定这样一条规矩，看来是有针对性的。

从村里回来，我又在查账组工作了一天。粮管所账目混乱到了极点。十多年来，粮库从来没有清过仓，账目和实物严重不符。入库登记表不全，有的年份整月记录都不见了，底单短缺损坏严重；出库更乱，所长批，副所长批，甚至出库单上只有品种和数量，没有批准人，根本不知道是谁批准出库的。查账组负责人对我说，这种账目查了也没有什么用，什么也说明不了。

案件怎么深入下去？老谢一筹莫展，其他办案人员都盯着我们两个人，我也觉得再不能这样下去了，犹豫之后，我把几天来自己的思考单独向老谢汇报。

我说，通过账目来印证贪污事实的常规办法不具备基础，甚至说是一条走不通的路。通过口供引导寻找其他证据的侦查思路也困难重重。到现在为止，口供互相矛盾，没有一件事情几个人说的一致。更为重要的是，我们根本没有发现赃款去向，贪污的钱哪里去了？俗话说"捉奸捉双，拿贼拿赃"，我认真地说：我怀疑这到底是不是一起贪污大案。

老谢半晌不说话，两只眼睛盯着我：你的意见呢？

我说，粮食是大宗商品，盗卖必须有运输工具，县里只有几个单位才有大货车，查起来并不难。而且，粮食黑市有限，销赃并不容易，从买的一方倒查，找到收购人，贪污多少不就清楚了吗？

老谢沉吟片刻，用力拍了一下我的肩膀：这个思路正确，你真不愧是学专业的，就这么办！

第二天，老谢把县院检察长叫来，我们三个人在宾馆里研究一天，调整侦查方向，制订了新的工作计划。几天后，侦查出现重大转机。办案人员不仅找到了偷运粮食的货车司机，还找到了销赃的人，起获了销赃记录。

根据查证，这并不是一个共同贪污的案件。粮管所所长李某长期赌博，每次输多了，就通过他小舅子，盗卖几车粮食，久而久之形成习惯，不输也盗卖。粮管所的其他人员，见所长这么干，也浑水摸鱼，偷个三包五包，用板车拉着卖到乡下去。所长数额最大，合计三千多元，其他人只有一二百元。

清仓大体认定，入库和出库之差十万多斤，换算成货币一万三千多元。造成这个结果的原因很多，不能都算在李某和几个同伙身上，前几任所长也都有责任。

最后，检察院只起诉了李某，其他四名嫌疑人以情节显著轻微、不构成犯罪为由，不予起诉。

这个案件，暴露了县粮食局管理混乱，检察院报告县纪委，追究了粮食局局长的玩忽职守责任。

为了办这个案件，我和老谢三进永新山城，前后在那里住了一百多天。这是我参加工作以后，住的时间最长的一个地方。我喜欢这座山城，清澈的河水穿城而过，湘东特色的民居别具风情。柚子、辣酱、方言都给我留下了非常深刻的印象。我的职业生涯从那里起步，很多个第一都是在那里书写。永新检察院早期的干部职工，我都熟悉，还到其中一些人的家里做过客。我尤其喜欢永新县委招待所的院子，高大的樟树擎天蔽日，树下的清凉让人如饮醇醪。丹桂飘香季节，小院香气四溢，沿着小径走上一圈，细碎的花瓣沾满全身，人走到哪里，就把香气带到哪里。

遗憾的是，因为城市改造，那幢楼已经拆了。

两次破格

工作了一段时间以后，我发现自己的法律知识严重不足，很难跟上形势的发展，而要想在事业上有所作为，必须去大学深造。出于这个考虑，我再次走进考场，并顺利考入中国政法大学。

走进大学校园，终于圆了自己的大学梦，也让我的人生上了一个新台阶。在学校里，我像海绵吸水一样，天天泡在图书馆，如饥似渴地读书。用一年多的时间，把学校图书馆里的经典和非经典法律书籍全读完，并摘录了一千多张卡片。

我依然保持着疯狂购书的习惯，中国社会科学出版社读者服务部、法律出版社读者服务部、群众出版社读者服务部，是我经常光顾的地方。王府井附近锡拉胡同外文书店二楼，影印台湾版的法律书籍，内部发行，供有关人员研究使用。大陆法学受苏联影响大，台湾地区法学受德国日本影响大，将两者比较研究，经常会有意外发现。我借老师工作证，每次到城里逛，都溜过去看一眼，淘一点在自己看来的宝贝。

一次，我买了两本台湾大学韩忠谟教授的《刑法原理》。这是我一直以来苦苦寻找的，看见架子上摆着，眼睛都直了。我一出店门就急不可待地翻开，一边看，一边走，一边找厕所，迷迷糊糊走进了女厕所，正准备蹲下，猛听见旁边一个女声大叫，抬头一看，只见一个女子正往里面躲。顿时吓得自己险些尿在裤子里，不顾一切往外跑，慌乱之中，怀揣的两本书掉在了地上。

出门跑了不远，我停下来，心脏突突跳得像个高速运转的发动机。我怕刚才那个女子出来抓我，想溜走，可是又舍不得那两本书。正在为难之际，那个女子从厕所出来了。她手拿着书，态度平和地向我走来。

我不敢抬头，站在路边，准备挨人家一顿臭骂，无论如何，绝不还口，也不解释。从渐近的脚步声判断，女子已经走到了我身边。几乎在我抬头的同时，她把两本书递给了我，说：大学生吧？没事，下次小心点。

我接过书来，愣在那里，看着她的背影渐渐远去。

那个年代，大学生受到全社会的宠爱与呵护。如果她不是从书名上判断我是一个大学生，会那么客气吗？如果把我拉扯到派出所，会是一个什么结果呢？

转眼就到了毕业季，我又面临着两个选择：留校当老师，或是再回到江西省检察院。

几年的检察生涯，甜酸苦辣我都尝过了，但其使命的神圣和巨大的挑战性越来越吸引我。国家由乱到治，法制从无到有，社会从无序到有序，人民的权利从虚空到受到实实在在的保护，检察机关的作用十分重要。彻底否定“文革”，带来检察事业的复兴，防止“文革”死灰复燃，法治是唯一的选择，从这个侧面讲，检察院是法治建设的基石和定海神针。寒假回南昌时，省检察院陈检察长约谈了我一次，他态度鲜明地说：“回来吧，北京人才多，少你一个不算什么，江西省院没有几个大学生，这里有你的用武之地。”

一番思想斗争之后，我还是选择了回到江西省检察院。

回去不久，单位分房，我分得三室一厅套房中朝北的一室。经检处领导照顾我，说服分得朝南那间的同志，把他的那间换给了我，说是南边的房间有一个阳台，可以多放一点东西，也方便晾晒衣服。

那时我已经结婚，妻子在二百多公里外的县里工作。为解决我们夫妻分居问题，处领导出面，院领导也帮助打电话，通过种种努力，把我妻子调到了南昌工作。这在当时殊非易事，让我感受到了省检察院这个大家庭的温暖，也在一定程度上感受到了组织对我的期待。

1986年秋天，因为较为突出的工作成绩，更因为检察工作越来越受到党委和社会各界的重视，我被中共江西省委授予全省优秀共产党员称号。表彰仪式非常隆重，省委常委全部出席，我们十名被授予称号的同志在礼仪人员的引导下登上舞台，列成一排，从领导手中接过奖状和奖品。给我授奖的是省委副书记刘方仁，他向前倾身，微笑着对我说："祝贺你，希望你再接再厉，争取更大进步。"

过了几年，刘方仁副书记调到贵州省任一把手，我和省检察院高佩德副检察长到贵阳开会，顺道去拜访他。在他的办公室里，他还特意提起给我发奖的事情，勉励的话仍然是那一句："再接再厉，争取更大进步。"

几年以后，我们又见面了。不过，这次见面的场合让人十分尴尬。他因犯受贿罪在北京市第一中级人民法院受审，我作为特别工作人员列席旁听。庭审两天半，我坐在第一排，他在被告席上。多数时间我看的是他的背影。开庭和休庭时，他迎面向被告席走来，与我难免四目相对。我注意到，他毫无表情，目光空洞，但我肯定他认出了我。历史真是一个万花筒，当年他是省里的大领导，为我颁奖；今天我是高级检察官，列席审判庭旁听对他的审判。

考上中国政法大学前，我在省检察院工作了三年多，连一个书记员都没有任过，只能算是检察院的普通工作人员。

每次参加会议，会议手册的其他人员名字后面都标有职务或者职级，我的名字之后，总是写着两个光秃秃的字：干部。表面上我不在乎，其实很在意。我希望自己能早日晋级，希望下次参加会议自己的名字之后，能有一种新的写法。

1986年底，省检察院统一为干部定岗定级，经过推荐、考察、批准，我被任命为正科级助理检察员。按照干部管理规定，大学毕业生试用一年，期满转正后任科员，满两年任副科级科员，再经过两年，才可以任正科级科员。我把上大学之前的工作年限加在一起，也不过三年多一点。与我同来的那个政法大学同学，被任命为科员。晚两年分配来的大学生也一样，唯独给我破了一个大格。

我的业余爱好也发生了转向，不再读诗写诗。成为一个诗人不再是我的追求，结合工作需要，我转向研究法学。

我发表的第一篇论文是《试论经济犯罪案件的量刑》。我的观点是，以犯罪数额为主要标准，同时考虑作案手段、犯罪对象、危害后果，综合全案因素确定量刑幅度。之所以写这样一篇论文，是因为当时对经济犯罪的处罚过于重视犯罪所得数额，唯数额论，有点以偏概全。论文发表在《华东政法学院学报》上，在法学界和司法界受到广泛重视。江西省检察院恢复重建以后，还没有人在报刊上发表大块文章，我完成了这个突破，院里上下都对我刮目相看。

稿费单到了，办公室的一个打字员给我送来，一进办公室就扬手让大家看，嚷着：“快来看，一篇文章赚了三十三块，比我一个月的工资都高。”稿费单在大家手中传递，都称赞不已。我的感觉正好相反，没有一点沾沾自喜，非常不好意思，接过稿费单赶快塞进抽屉，生怕有谁再要过去看。

当时，刑法时效理论在法学界受到的重视不够，各种刑法学教材中只有诉讼时效，没有行刑时效，诉讼时效也只写两三百个字，老师讲课时大都一带而过，好像这根本不是什么问题。我在读台湾相关民法学著作时发现，时效理论绝非简单，实践中遇到的问题非常复杂，便通过各种报纸杂志，收集了几十个案例，参考民法学的时效理论，系统研究了刑法时效问题，先后撰写《刑法时效的基本原则》《刑法时效的起算》《刑法时效的计算和中断》《刑法时效的恢复条件》等论文，陆续发表在《法学理论与实践》《法学》《江西警察学校学报》《江西社会科学》等刊物上。

中国政法大学一位在读研究生读了这些论文以后，专门到南昌找我，希望与我一起进行更为深入的研究。他列出提纲，对两个人的工作做了分工，实践部分以我为主，历史及理论部分由他负责。几个月后，他完成了他的那个部分，我还一字未动，因为离开学校以后，自己很难有大块时间读书写作，当时不仅工作忙，随着小孩的出生，家务也占用了一部分时间和精力。结果是，合著一本书的计划落空，刑法学的书库里，至今还没有这样一本书，留下了一个大大的遗憾。

1986年下半年，老检察长到龄离休，传棒给新来的检察长，省检察院进入了一个新的历史时期。

新检察长王树衡是从地委书记提拔上来的，思想解放，敢闯敢试，在全国都有相当知名度。在人民公社解体之后，他创造了“四专一联”生产模式，是走向分田到户的一个中间阶段，既保持了改革方向，又防止步子过大影响稳定，在中国农村改革中具有里程碑性质。他虽然没有学过法律，没有从事过政法工作，但是领导经验和社会经验非常丰富，领导全省检察工作一点也不生疏。

1987年初，针对经济领域里不断出现的新问题，中央决定开展一场打击经济领域里的犯罪活动斗争，重点查办“两高一名”犯罪案件，从重从快惩处一批犯罪分子，为改革开放扫清障碍。“两高一名”指的是：高级干部、高级干部子女、社会名流。

江西和全国一样，一段时期以来，极个别领导干部及其子女打着改革的旗号，钻双轨制的空子，倒买倒卖紧俏物资，大肆侵吞国有资产，人民群众看在眼里，恨在心里。王树衡检察长冲破关系网，亲自指挥查办了八个领导干部子女的犯罪案件。我也进了其中的一个专案组，负责查办一个副省级干部儿子的案件。该案嫌疑人的父母都是高级领导干部，自己原来在省经委工作，受金钱诱惑辞职下海，组建了一个以领导干部子女为主的公司，而后利用父母的影响，骗取财政资金，贪污挪用，数额巨大。

我接手案件后，不断有人找我说情。拉拢与金钱贿赂双管齐下，企图让我把案件大事化小，小事化了。我当然不吃这一套，明的暗的都给顶了回去。如果说，以前办案担心的是自己业务能力不足，这起案件让我第一次感受到，高尚的品德与无畏的精神，对一个司法工作者来讲是更为珍贵的。

1987年秋天，担任正科级助理检察员不到一年的时间，我被任命为江西省人民检察院研究室副主任、检察委员会委员、检察员。

王树衡检察长与我进行任前谈话。我既意外又紧张，连连推辞，说我不够格，还差得很远，千万不要这么快提拔我。去年我破格了一次，今年又破格，破的格比去年还大，我有点惊慌失措。王检察长笑着说：先试一试，不行再下来，能上能下才是好干部。

研究室副主任是副处级，工资一百零八元。我父亲工作一辈子工资才八十多元，我才毕业几年就超过他了。当时省检察院能领到百元以上的人也不是很多，这让我既紧张又汗颜。第一次领工资，我过了几天才敢去财务科，就怕引起大家的围观和议论。

省检察院检察委员会委员和检察员，由省人大常委会任命。我的检察员任命通过后，《江西日报》受权公布，我的名字虽然不是第一次出现在报纸上，但这次刊登的意义和以往不一样。那张报纸，我一直收藏着，而且会永远收藏。

出差

小 生

1992年12月底到1997年12月底，六十一个月，我有四十一个月有出差任务，总计四十三个月份出门在外。

第一次出差

1992年12月8日至22日，离1993年春节不到一个半月的时间里，我和同事老刘被公司外派到辽宁省的锦州发电厂和山东省的龙口发电厂“挂账”（核对煤款并取得凭证）。那是我参加工作后第一次出差，也是老刘第一次出这么远的门。

先说我，1991年7月秦皇岛煤炭工业管理学校煤炭运销专业毕业，分配到“对口”的山西省广灵县煤炭运销公司，11月才通知上班。就社会经验来讲，当时的我是一枚白丁。老刘呢，一个矮小的半老头，几十年来先在小煤矿、后到山高皇帝远的广灵发煤站独当一面，偶尔也就回县里、市里开一半天会，哪有机会花半个月的时间行六七千里路？

尽管如此，我们还是尽自己有限的经验做了充分的准备。老刘带着几件厚衣裳，还有一部“傻瓜”相机。我呢，除平时穿的仿羊皮棉夹克外，又拿了一件读煤校时母亲找人做的人造毛里子大衣，预备着到锦州就“棉衣套棉衣”，不过那仿羊皮棉夹克的袖口破了几处，露出纱笼布一样的衬里。出门前一天，我还专门去了趟理发馆，由着理发师在我的头上发挥，最后从镜子里见自己的头发被高高吹起，像公鸡头上夺人眼目的鸡冠，可惜一觉之后，它照样软绵绵地粘在头皮上。

上北京、下锦州

8号上午，我和老刘花了十四块钱，坐着私人黑出租（就是一辆212吉普），从我们的家乡，也是公司所在地广灵县赶到位于灵丘火车站背后的发煤站。

广灵县没有铁路，战备铁路京原线经过相邻的大同市灵丘县。1970年4月，广灵县曾组织两千三百名基干民兵组成民兵团参与京原线的修建工程，到1972年7月竣工后才返回。后来，广灵县政府在灵丘站北边免费占用五个备战货位，交给县乡镇局下属的腐植酸公司发煤，因其处于刘庄村的地界，人们习惯称呼它为刘庄煤站。1990年4月，广灵县煤炭运销公司从腐植酸公司分离出来独立运营，时值煤炭产业市场化初期，计划经济的影响尚在，这五个货位的发煤站一度拥有年发运万吨煤的辉煌。靠着刘庄煤站的名气，1991

年7月，我毕业分配时，广灵县煤炭运销公司还被视为县里最好的单位。

刘庄煤站五个货位上静静地堆着一溜煤堆，只要车皮一甩过来，立马变得热火朝天，装卸工抡着大铁锹卖力地往车厢里擢煤，推煤机瞅机会把后边的混煤推向前，让工人们省点力气，争分夺秒把车装完。货位东头有一间青砖砌成的磅房，里外黑乎乎的已看不出原来的颜色。磅房后东北方向，两排房被一圈院墙围起来，两扇旧铁门敞开着，院里停着一台推煤机，院子最东头，一个又深又广的土坑与外边的河谷相连。那就是煤站的办公地和生活区了。

午饭后，煤站的人要睡上几小时，一觉起来，又不知都跑哪儿去了，我想找人聊聊天也不能。煤站背后就是苍黄的山陵，一条干涸的河谷豁裂大地，从铁轨下边穿过，机车的轰鸣、刺耳的汽笛时断时续，打破难耐的寂静。几个穿着油腻工作服的检修工摇摇晃晃沿铁路走着，有的拿着一把铁锤敲打车皮，有的爬上车顶检视，红色信号灯一直亮着，内燃机车时时在停顿后出发。向前穿过铁轨就到了铁路住宅区，然而，大部分商店都关着门，火车站前冷冷清清。这也难怪，灵丘站每天就三对列车经过：早上六点，从灵丘分别向原平、北京发出的通勤车，这两趟车也对外售票；晚上十二点左右，从太原、北京对向发来的快车，停灵丘站加水、检修，如果有人想搭车，得找灵丘机务段的头儿送上去；大白天，就剩下晌午两点左右从太原、北京先后对向开来的慢车了。1989年秋到1991年夏天，除毕业时走大秦线外，我和本县的两位同级同窗相跟着，每个学期都从这里上下车往返位于秦皇岛的学校，那时人来人往，热闹非常。

9号早晨五点四十分，我和老刘登上去北京的火车。

车外一片漆黑，车内灯光黯淡。感觉不到暖意，老刘趴在茶几上睡一小会儿，站起来跺跺脚。我往后面的车厢转了转，发觉那里灯光明亮，给人一种温暖的错觉，于是和老刘挪了地方。正落座时，突然发现车窗外隐隐露出山峦的形状，天已微曦，列车每向前一米，天色就明亮一分。不觉已到涞源站，天一下大亮，从黑到白似乎只用了几分钟。车过白涧，山野却漫起迷雾，沟壑纵横的黄土高原竟成一片茫茫雾海，只看见路边一株株野木掠窗而过，原先的平畴、杨树、山岚统统隐没。越靠近北京，雾越大，路边的村屋已亮起灯光。

到老北京南站（八十年代称永定门火车站，位于现在北京南站东北约五百米）下车，已是午后一点。我俩从问事处打问了些事情，然后开始找住处。动身前老刘就发誓这次出差一定要住宾馆，不管公司报销差旅费的那些规定。我俩先跑进“国际饭店”，又赶忙跑出来，太高级了，那些英文也看不懂；经路人指点，先后找到王府酒家和附近另一家宾馆。从外表看，似乎那家宾馆比较便宜，但大楼也有三四十层，玻璃门从没见过这样的，人往跟前一站就自动移开。一进门，才发觉是家商场，赶紧出来找宾馆入口。外面几位拉洋车的说，里面的两人间要三百九一夜，他们可以拉着去一百三一夜的，但得给二十块车钱。我和老刘大吃一惊，赶快往回走，找到原先不屑的“人美二招”（人民美术出版社第二招待所），这里已经没了两人间，只好与两位佳木斯人伙住四人间。十一块钱一个床位，老刘肯定不满意。安顿好后，先出去吃饭，三个简单的菜就花了三十一块八毛，我和老刘又吃一惊，尽管这样，还不得不剩下，因为实在吃不了。

回到招待所，老刘吃过感冒药蒙头大睡，我出去找了一部电话打给北京同学的单位，拨号后电话里却说“对不起，没有这个号码”。我不甘心，找出电话号码簿仔细查找，仍无所获，只得扫兴而归。一觉醒来，已是晚上七点，两位佳木斯人轮着去淋浴，原来盥洗间就在对门，每周一、三、五男士淋浴。我也去冲了冲，真舒服。

当晚睡得很香，10号早上八点多，我和老刘坐公交到北京站，下车后因为走错路，九点才走进火车站候车室，立即检票，上车，对号入座。对面是一位长脸瘦高个、胳膊上戴黑纱的男子。他和人主动热情搭话，还帮列车员扫地，列车员倒不客气。原来他为赶火车，没来得及中转签证，从车上补办时，几个男列车员要收二十块钱，同行的几位男伴埋怨他，令他愁眉不展。最后，他妹妹找到女乘务员，以买一本两块钱的书刊为条件补了中转手续。

北京去锦州的路，比灵丘来北京远出一倍多，因为灵丘到永定门的火车票十块钱一张，慢车，北京到锦州的车票却是二十五块一张，快车。长路漫漫，周围几位东北人，说话不多，偶尔谈一阵，都是关于做买卖和旅行的，我因为搭不上腔着急，又觉得说不成话憋得慌，只好找出一本书细细读。等我休息时，过道另一边的中年人马上伸手来要。他没带书，看书的欲望却极迫切，先后拿过老刘的（趁他睡着时）、我的、他背后座上人的书看。他头发灰白，深眼窝，直鼻梁，像个不达目的不罢休的人。

我背后站着一位五十多岁的妇人，我以为她没座，就起身让她，谁知她是坐累了站一会儿。她注视着车外的风景，轻声念叨："怎么还有山呢？"车外已经平畴辽阔，山峦退到远方。这时，火红的太阳正落向山后，随着车厢的震动和转向时隐时现，不久，就完全沉没了。西方仍有残红，夜色渐渐袭来，树影朦胧。她很有兴致地插话，引得我邻座的几人话也多起来。她女儿是一位身材娇小玲珑、皮肤淡黄的姑娘，戴着眼镜，吹起男士一样的短发，在我的背后埋头读书。

快到锦州时，上来几位打扮土气的中老年人，一个干巴巴的老头拎着破提包靠到我身边，等着我到站后占座。他很健谈，当我听说他已经七十岁，在沈阳念过大专，后来参加革命，1947年又去齐齐哈尔（解放区）工作和定居时，赶忙让座。我站着和他拉呱，他回忆伪满政权，痛恨日本人，讲述日本人战败溃逃，苏联人掠夺、杀戮中国人和日本人，黑山阻击战，解放后日本人重游齐齐哈尔，从一家旅馆的顶篷里拿走一个神秘的黑匣子，猎人在大兴安岭发现储粮洞和三十多个潜伏下来的日本特务……我被吸引住了，不时逗他多讲，邻座一位到终点站的小青年也一样。临分手时，他告诉我他妹妹在锦州市中级人民法院工作，还向我展示提包里的一本好书《张三丰》，讲吃素的好处。

遍地“东北虎”

到锦州站时，夜幕已经降落，站外灯火煌煌，灯光外的天，黑得却仿佛后半夜了。都说火车站周围治安不好，可我们也不敢走远，最后，挑中车站对面一群旅馆中规模最大的“锦州旅社”，包下一个三人间，四十八一天，旅社里的食堂供应三餐。

房间在四楼。刚上到四楼楼梯口，就听里面“咚咚咚”一阵又急又重的脚步声，跟着一个痰盂飞到墙踢脚上，又顺着楼梯一泻千里滚下去。唬得我和老刘忙抬头，只见一前一后两条汉子跑过来，后面的大喊“抓小偷”，前头那个跑得慌张，又带倒了墙根的垃圾桶。我们慌忙靠边站，两个人风一样从身边扫过。

都说东北乱，“东北虎”凶名在外，没想到刚一沾边就给我们来了一个下马威。

我俩在不安中安顿好房间，然后又返到一楼，给经理家打电话报平安，上下几次，直到十点多才打通，感觉这一天好累。

11日早上，我和老刘坐出租车去锦州发电厂。三十多年来，我一直不清楚锦州发电厂在什么地方，离火车站多远。直到2022年写这篇文章时，从网上查询才最终确认，当年我和老刘出差，去的是锦州八角台发电厂，距锦州市约二十一公里。

出租车司机有五十多岁，刚退休的工人，四方脸，浓眉环眼，身材粗壮魁梧，宣称自己的要价最低，因为才干了俩月，还没学会骗人。“不说谎话，说谎是王八蛋！”他正说着，另一个人凑过来问：“四十块？”——老师傅只跟我们要三十。

经过周折，先来到调运科，科里只俩人，木地板、椭圆形办公桌、转椅、两台微机、转角沙发，处处透露着现代化的气息。到燃料管理科见到周科长，他的办公室也很气派，重要的是两位科长都才三十几岁。因为没见过《协调意见》，我们拿的山西省煤运总公司的文件上也没国家物价局的公章，所以不予办理挂账手续。接待是冷淡的，只花费了一根香烟。我们决定晚上给经理家里打电话请示。

下午没事，也不敢往远走，两人逛了逛火车站附近的商场。我花十四块九买了顶棉帽，准备送给父亲。

三餐在旅店的餐厅吃，两人一天还不到二十块。吃完饭后，老刘喜欢把碗“咣”地放在桌子上，顺手甩下筷子。因为感冒痰多，见到墙角的垃圾桶，他会迅速走过去，一弯腰，将嘴对准垃圾进口，快速吐出脏物。

晚上近九点半，才打通经理家的电话，让我们先待在锦州等等看。

锦州一直大晴天，我和老刘在旅社里待不住，12日上午从火车站前买了乐凯胶卷和电池，让老板给装进相机，到站前广场照相留念。下午老刘待在旅社，我出门往南走了走，找到一家新华书店，人多书多，度过了闹中取静的两三个小时。13日又是个无所事事的大晴天，上午我俩先从附近找到邮局，给公司拍电报请示下一步的行动，然后逛商场、买衣服。我又花九十九块六给妹妹买了件羽绒服。两个人的东西越来越多，老刘出主意，下午把不需要的衣服先寄回家。东北的天黑得早，又是冬天，走到邮局时已经黄昏，邮局大厅里亮起灯，人少且安静，我们买了包皮布、针，老刘出门还带着线，两人静静地包包裹、穿针引线、缝，我发现老刘缝的针脚又密又匀，而我粗针大线，缝得像蜘蛛爬过一样。不宽敞的邮局大厅里有几排售书架，我给自己挑了一本《巴金散文精选》。晚上寂寞难耐，一年将启，于是在日记本上写下一首《新年》：

该给你怎样的祝词
我的岁月早已和你一起流走
任北方强劲的风
也无从吹醒
从前，你曾给我如此温柔的抚慰
我能回报的，也只是在寂寞时
悄悄把你回想

14日上午接到公司拍来的电报："请去龙口办理挂账。"老刘决定下午先往锦州电厂杀个回马枪，两个人立刻忙碌起来，老刘收拾东西，我去邮局买贺年卡，给同学、老师们寄出，然后匆匆赶回旅社。

下午到电厂才知道，从燃料管理科周科长起，他们逐级向上请示，一直到能源部，才被告知可以挂账，我们邻县的浑源人已经"挂账"而去。

"挂账"在一间宽敞漂亮的办公室进行，几位优雅的中年女士坐在微机前，给各煤矿、发煤站来人办理手续，真令人羡慕。

返市路上，老刘一直自夸这个回马枪杀得好："办事就要多跑几趟，多磨，要不回去一说，人家浑源办成了，我们没办成，丢人呐。"但电厂和我们公司在煤款的核计上有出入，最终比公司的合计少结了近两万元。

一切都很顺利，除了我们和出租车司机（不是第一天那位）发生的那点纠纷。来回包车说好六十，下车先付一半，再上车时，因为我们比说好的时间晚出来半小时，我给他一张五十元钞票之后，他不肯找钱。老刘到底是平日拿捏着二十多号手下的人物，一口咬定只加十块钱："你要是在火车站等着，半个小时说不定一分钱还挣不上哩！"两个人在车里僵持不下。突然，司机推门下车，绕到后门连拍车窗："下来！下来！你给我下来！"坏啦，"东北虎"发威啦！我和老刘在后排座上面面相觑，不知所措。无奈连连催逼，我只能心慌慌地开门下去。刚一站直身子，我心中大定，原来这人虽然像水瓮那样粗，个子却只及我鼻梁。打，我肯定打不过人家，但跑，他一定追不上。心里想着，脸上却挤出诚恳的笑容，口中甜甜地说："大哥（其实他快当我大爷了），不就十块钱嘛，至于吗？"大概他也是看我们荞麦皮榨油——没多大油水，最后只好以加十块钱但不给这十块的车票完事。司机嘴里嚷着："你多给二十，我给你八十的车票不一样嘛！"又愤愤地在我身后低骂一句，转身上车。回到旅社，老刘也愤愤地骂了一句："我就不信，我从哪儿找不着发票报销这十块钱！"

那天大清早，旅馆楼道里又一次上演追逐战。我看见两个人先后从房间里冲出来，后面一个只穿一条裤头，光着脚，一边追一边大声怒吼："你往哪儿跑！"许多住客被惊动了，站在门口张望。当两人从我们住的四楼跑下三楼，又从三楼跑上四楼时，跑的和追的都乏了，放慢了脚步。过道里站满人，连成两堵人墙，追人的大喊"抓住他"，但没人动手，只有人墙中偷偷伸出一只脚，小偷被绊了一个趔趄，又接着跑。女服务员们在小偷第一次跑下楼时，就从另一头追下去看。事后，几个大老爷们埋怨女服务员，我听见其中一位嘴快的辩解说："说服务员不管？我们不是告诉了吗，打电话给保卫科，别让他跑啦。"一位男士嘟囔："保卫科也没人。"

一开始我还以为两个人闹着玩呢，大早起扰人好梦，继而感到悲哀。那么多人，没一个出手帮忙，当小偷气喘吁吁、踉跄着从眼前跑过时，大家都木然地立着，包括我。

天津的裤子

15日上午，我俩从锦州乘火车到达天津。路上和两位吉林柳河的人坐对面，因为车厢里温度逐渐上升，他们后来都脱了毛衣，一位还脱下了显眼的花棉裤。

我和老刘继续在火车站附近找宾馆。天龙宾馆的标间令我们满意，八十四一天，还能接受，可惜没有房间了。最后从北方饭店十层找到一间双人房，条件不如天龙宾馆，但便宜，一天五十六。北方饭店正在装修，外面绑满脚手架，只能从侧门入内。餐厅也只供应午饭，我们得出去吃晚饭。鉴于在北京三个菜花去三十多的痛心经历，老刘点餐时格外谨慎，结果点少了，又不想再花钱，四下踅摸。旁边一桌站起来走人，桌角一盘炒豆腐几乎没动，老刘小声对我说："小张，你看那盘菜好好的哩，你悄悄端过来咱们吃。"我毫不犹豫，起身快步走过去，背对着柜台，把那一大盘炒豆腐端到我们桌上，两个人饱餐一顿。

晚饭后先送老刘回住处，然后我去站前地下商场转了转。1990年9至10月间，我和中专同学分散到开滦矿务局的林西矿、唐家庄矿、赵各庄矿实习四周，10月2日几个人来天津玩，晚上等回去的火车时，曾在这儿买过衣服，这次旧地重游，顺便买份市内交通地图。趁老刘洗澡，我打电话给天津港务局，得知每月4、14、24日下午三点才有去龙口的船，龙口—天津对发。我们无望乘船了。

选择从天津中转，是为了给公司的那台佳能复印机买墨粉。按图索骥，16日上午先去东北角北马路找到供应商，花四百九十元买好墨粉。顺路逛街，初次领略到天津个体户的热情与凶悍。我亲眼见两个摆照相摊的女贩强拉一位乡下男青年照相，扭住他的衣服，并不时用相册敲打他的头。我和老刘翻看一位女老板的减价羊毛衫，在走开时被她奉送了“乡巴佬”的名号。回来打出租花去二十元，老刘和司机要了三十元的发票，把锦州的窟窿补上了。

街上的个体户不敢惹，下午我和老刘就去住处附近的龙门大厦服装部，那里是国营的。我俩都想买身西服，县里的裁缝做得太土气，翻领洗两水还起皱。大概因为临近春节，西服区人山人海，比农村腊月里的大集一点不差。女售货员们围追堵截，无路可逃，我俩省去挨骂的担心，但她们的热情又让人面红心跳，怕被嘲笑的心态也时时作怪，不一会儿就头晕气短，浑身冒汗，更挑花了眼。实在坚持不了，我和老刘跑出西服区大口喘息，集中一下精神，然后抱着视死如归的决绝毅然冲回去。老刘一指那套标价一百五十七元的灰西服，我马上一口咬定买它，面红耳热、喘息着试穿过，售货员给开票，又代交款。老刘呢，干脆售货员塞给他一套就买，试过上衣，裤子要“短而肥”的，售货员往后转了转，又给塞过一条来。不过这时候我已经比较镇定，能代他交款了。离开西服区时带着逃亡的心情，我以为总算买完了所有的大件，再也不必费这样的力气，却低估了老刘出远门大采购的决心。

晚上，又去火车站买上去烟台的预售火车票，万事俱备，就等明早出发。

老刘退休前，曾有两回，当着我和同事的面笑谈这次出差的经历：“我和小张出差那会儿可怜着哩，吃饭舍不得点菜，舔盘子。我说，小张，那盘菜整着哩，你悄悄端过来……”“舔盘子”的事我从未放在心上，打小受穷的我，从心底认为把那么大一盘没吃几口的豆腐倒掉，简直造孽。倒是那身西服，回家穿上后我遗憾地发现，一条裤腿扭筋（扭腿）着，正面熨出的那条线从大腿歪到了鞋帮子上。母亲拿出去让裁缝看过，说布料没一点富余，改不来。天气暖和了，我穿着它出去，让人看出来还得讪讪地解释。不知老刘买的那身西服有毛病没，好像没见他穿过。

奔向龙口

天津的冬晨似乎常常起雾，我们待过的两个早晨都是雾天，16日更甚，八点的时候仍旧楼房影绰，太阳像一盏挂在半空的街灯，整个城市仿佛一位爱睡懒觉的女孩，迷迷糊糊地睁开眼睛。

17日早晨，我们在大雾中登上203次火车。头天买预售票时就没座，幸而和老刘一阵猛跑，上了别人没来得及上的车厢，找到俩空位。从天津去龙口得先到济南，转车去烟台，然后坐汽车。近半的路程是一年半以前和同学们一起走过的，如今只不过换了冬季。

列车在齐鲁平原上驰骋，午后的阳光暖暖地洒到车窗上，路基外是橘红的蓑草，在风中起伏，远方的天空一片浑茫。白水绕田，高杨和疏柳忠实守卫着村庄，树后的村屋整整齐齐。有时，一条弯曲的土路，路旁，几幢红砖房；有时，青菜地和水田交错，一派江南风情；有时，两排垂柳，一条积满落叶的土坝，像父辈曾负手踱过的……哪里不似家乡呢？记得从北京经过的时候是另一种光景，车流急急，人行匆匆，路边高楼林立，路上立交桥盘旋交错，现代味十足，我从心底为祖国的首都自豪。

因为无聊，看三位天津人打扑克。我背后坐着两位女同志，挨我的一位不会打，我趴在椅背上帮她看着，对面只坐了一个男人，三十来岁，戴着白框眼镜，瘦猴一样。最后，她们让我过去，四个人玩。这才看清楚，我对面的女子三十几岁，圆脸庞，身材高大丰腴，双腿修长，性格属于文静那一类。她和瘦猴一组，因为常出错牌，脸上时有歉意。瘦猴老阴沉着脸，低声嘟嘟囔囔。当我摸牌时，恰好碰到满月似的女士，他马上深深地看了我一眼，好像我不正经。我们玩了半个多小时，瘦猴老输，然后散伙。

车厢内气味呛人，我跑到两节车厢连接处喘息，见放水箱、整容镜的旮旯里有两位年轻男女，男的留着长发和小胡子，一副流里流气的样子。女子坐在水箱上（当初我和老刘没好意思往那上面坐），白净的面庞透着绯红，桃花似的，正悄悄对男子说话，好像笑他的吃相，我只能听见“吃吃”的语声。

到济南南站转车，意外买到了硬卧，我们马上赶到东站乘车。东站正在修建，原来的广场用塑料板、钢管搭起临时候车室，摆上一排排长条木椅。一个新候车室已经投入使用，但不包括我们那次车，几幢楼仍在兴建，新车站大约第二年底才能竣工。从南站到东站走了整一个小时，穿过济南城区。城区挺脏的，一条环城河流着臭水，两岸还有孔洞不停地注入，和头年夏天毕业实习路过时的印象大不相同。

晚六点发车。上车换票时，操着山东口音的年轻乘务员先讲：“师傅，您买本书吧。”

“不买。”

“买袋苹果吧。”

我问问价钱，买了两袋。实在又渴又饿，一路上就花三块三买了点花生米、大豆、面包充饥，火车上的盒饭十块钱一份，没舍得吃。

找到铺位刚坐稳，一个年轻人的身影闪进来，迅速把一只暖瓶塞到茶几下，一问，他说：“我们这边没有壶哇，我瞅那边没人，先偷一个过来。”这是一位温州人，二十七八岁，去烟台找朋友玩。他个子矮，头发烫得挺高，一身新式西装，白衬衫上打着领带，一只手戴着金戒指，提水冲茶后，就坐在过道窗下的小几边安静看书。后来我发现他挺健谈，也见过他刷牙的姿势：右手抓着牙刷，歪着头，左手直直地向后斜伸着，乍手乍脚的，有点像我的一位朋友。

接着进来一位四十多岁的中年人，典型的山东大汉，身高体壮，穿着干净体面。他主动和我们攀谈，原来是烟台农机公司出来开会的。他送给老刘一张名片，上面印着科长、主任、部长三个头衔，见我俩没动静，就问："你们没名片吗？"老刘回答没有，又问我，我也没有。老刘说："我给你写一个哇。"这是和锦州电厂那位燃料管理科科长学的。烟台人把我的姓名写错一个字，我告诉了他，他认真地改过来。我原打算下车时和他要张名片，但火车提前三十分钟到达烟台站，车上一片混乱，也没顾上。

在硬卧里就被冻醒几回，出烟台站觉得更冷了。站外停着许多面包车、大客，还有板车，只听吆喝："威海""潍坊""码头车站"，以"威海"居多。没有龙口，我们正找着，忽听一女声喊了一句："龙口！"我一扭头，瞅见一个大个子转身离开人群，赶忙拉着老刘跟上去。可那人再不吭声，我正犹豫是不是听错了，已经走到一辆面包车前，只见一个穿着黄大衣的人迎上来，男人口音喊了一声"龙口"，也马上转身往后走。我们连忙追上去问："去龙口多少钱？""十二块钱一位。"

车上已有几位，那两位喊人的站在车前不远，始终不出一声。外边人稀后，车又开到离火车站不远的码头等人。

几位山东乘客热闹地攀谈起来，一位断定这跑车的两个是新手，刚才停车时就停在大轿车后，给挡个严实。

这时又有四个人转过来，连声问“去龙口吗”，没人理他们。等他们转过车头，司机赶快招呼：“上车，上车！”一会儿，跟车的女子也上来了。一位破锣嗓子问：“你是拉人的吗？不吱一声，你看看哪个人是你拉上来的？”的确，所有的乘客都是司机和这位破锣嗓子帮着拉的。

车开时，已近18日凌晨五点，在火车站和码头快待了一个小时。天上只一钩淡月。车里没暖气，寒意袭人，车窗外一片漆黑。十几分钟后驶出市区，我只注意到路边长长两排明亮的街灯。司机打开录音机放歌，但感觉冷得更厉害了。

七点半到龙口，天已大亮，司机一路上超了好几辆大客。路过黄县（龙口老城区），简直是一个城市，我猜想龙口一定不错，结果不如黄县。长途汽车站就一间破房，放不下三十个人，旁边一家大酒店，只卖一种什么“面”，最后经过龙口港，发觉大楼挺漂亮。

血光刀影

龙口电厂的正门不算高大，但门左侧有一幢高大气派的办公楼，增加了它的威严。我们向门卫登记并打听清楚后，直奔厂区后面的煤场。煤场边上有一圈三层的单片楼房，楼房围出的空地也呈黑灰色。上午八点五十分，我和老刘走进位于一楼的煤管科办公室。一间房内挤着四张办公桌，桌上摆满一摞摞的票据，房中的两位年轻人都认识老刘，一位常跑各发煤站，抄数据和车皮号；一位矮矮胖胖，姓王，戴着塑料框的眼镜，一头软发平平沾在额上。老王一月份才去过广灵，健谈，一张口先来一个“我×”。

他们不给我们挂账，说山西省煤运总公司已出面挂了。我问起我们站的煤质，老王一脸不屑，低声说：“数你们的煤不行！”我问发热量，他说四千大卡，我一听不对，老刘说过是五千至六千大卡。老刘也一龇牙：“我们在秦皇岛化验过，五千六大卡。”老王一摇头：“不够！”老刘便说是在秦皇岛码头混堆的结果。另一位年轻人补充强调：“不是，那种煤根本不行。”

我想起所有老刘说过我们的煤质最好的话，不禁暗暗生气。在灵丘时我问他，我们的煤究竟属于哪一个煤种，他说：“乱掺搅的，什么都有，烟煤。”烟煤共包括十三种，这样的话我是不敢瞎吹的。虽然一入门，有人介绍这是王副科长，但老刘一口口叫人家“王厂长”，我悄声提醒仍然不行，只得在他又一次叫厂长时，出声更正是“王副科长”，他这才问：“你不是厂长？”

“……”

“你不是正科长？”

“……”

正科长姓刘，一个清瘦的老头，有点像赵子岳。听说我从秦皇岛煤炭工业管理学校毕业，便问：“开滦的煤质咋样？”要命吧？我早忘了，只得说：“开滦煤矿减产，已不够千万吨矿务局。”他又问：“开滦煤是什么煤种？”我想回答烟煤，但又怕再出丑，只好如实回答“不知道”。他便笑笑不说话，坐一会儿便出去了。在他“考”我时，王副科长一直拿眼瞅他，一脸无奈。

我们住进电厂招待所，中午业务员老唐来请我们吃饭。以前他经常去煤站，现在常住大同市里的马口煤矿招待所。正在房中说话时，一个人闯进来，叫嚷着“找老乡”。他细高挑个儿，有一米八，头发向一边梳着，平贴着前额，两腮、嘴上的胡须很浓，说来要上次发完煤的另一半煤款。老唐便说：“你发的什么煤？尽哄我们。哪是大同煤（大同出产的煤因为煤质好，在全国拥有很高的声誉）？”他便在床上挺直身子，瞪圆眼睛，从牙缝里挤出一句：“刘厂长说对这次发的煤‘非常满意’！”原来他是我们县平城村人，姓李，1981年去大同矿务局三矿当长期工。百十号广灵人，他第二个离开煤矿——1988年调入市乡镇煤运公司，公章盖了无数，后来老婆也慢慢调进城，很不容易。现在他常驻天津，五年了，钱挣不少，但人也疲了，不想继续。他常出门，和老刘攀谈甚密，对我爱理不理。

下午老刘不想出去，我待不住，想起王副科长说起龙口矿务局，九一或九〇年有一位我们学校姓刘的学生分配到煤质运销科，便从招待所服务台打电话找号码，按照找来的电话号码打通一问，却是局运销处，下边还有三个煤矿，便不再打。于是出门，坐上二路汽车，去看久违的渤海。

不料我坐错了方向，来时坐在右窗边，望见窗外龙口港务局的漂亮大楼，那边临海；出去时仍坐右窗，始终瞧不见熟悉的大楼，公交车一直往黄县开去。天灰蒙蒙的，城外农村，看不见多少绿色，和家乡差不多。这是最后一趟往返的公交，到终点站黄县后，我立即跳上回程的车。车上挤满了人，我站在车头，倚扶着栏杆，正好继续观望沿途风景。半路的站点都是村庄，人越下越少，后边空出了座位，我没动地方，前面的视野更加宽阔。突然，后车厢吵嚷起来，扭头一看，原来抓住了一个扒手。很精瘦的一位后生，矮个子，正被几个人围着推搡。一位穿风衣、面相儒雅的中年人扇了扒手几个耳光，扒手有些愣怔，眼直勾勾地盯着他，脚步却不住往中门退。到站了，售票员猛然打开门，扒手趁机扭身跳下车，围着他的几个人呼喊着追下去。我也借机下车透透气。外面像是集市，临近尾声但人还不少，我眼见扒手和追他的人没入人堆里。司机招呼车外的人赶紧上车，那位打人的中年人上来了，几位追人的始终没回来。

我仍然站在车头。车开了，又到一站，车门刚打开，那个扒手意外地从中门冲上来，直奔扇他耳光的中年人，这次他手上挥舞着一把短匕首。中年人奋起还击，扒手把匕首在两人眼前来回横划，一下子把中年人的手掌划破了，血滴答到地板上。中年人不得不后退，两手捂住伤口，用脚还击。坐着的乘客定定地坐在座位上，没人出一声。我瞧见了整个过程，直到血滴答下来，突然一股火气直贯头顶，不由得从车头向后车厢冲去，冲着扒手飞起一脚。他早已瞅见我，忙闪身躲过，借机往中门退却。我又冲上去，他已退到脚踏板上，地势更加不利。我一直怒火中烧，居高临下狠狠踹向他，他只得跳出车外。中年人从背后拉住我的胳膊，他怕我冲下车，其实我不会。售票员赶紧关车门。扒手徒劳地拍打着中门。这时大家才发觉，扒手叫了一位同伴，平头方脸，似乎更精壮。两人碰一下头，那方脸的就转过车头左侧，拍打驾驶室的门窗，司机把头由左甩向右，继而开动了车。

车在灰茫茫的田野上行驶，车内仍然没有声响。猛然，一位乘客说了一句："他们追上来了。"大家扭头向后，平头骑着一辆两轮摩托，载着行凶的正追在车后，一会儿又超到车前，不肯罢休。我有些紧张，受伤的中年人站起身，语声急促地说："司机师傅半路不要停，大家也不要下车。我是龙口电厂燃料科副科长，一会儿入城后我让厂里的车送大家。"于是车一路不停。摩托仍然跟着。远远望见城市的轮廓，拐过一个弯，不见了摩托的踪影。

入城了，交警在大街上指挥交通，我放下心来。公交车到电厂正门对面停下，开门，副科长一言不发跳下去，一手端捂着另一只手，一溜烟跑过斑马线，跑进大门，踪影皆无。我在车上有些目瞪口呆，说好的派车送回家呢？

车到招待所附近的站点，我和几位乘客跳下车。他们几人等车，我辨别方向，一位同车的大姐走过来问我住哪儿，然后指给我路。其实我记得路，拐两个弯就到了。

忐忑地回到招待所，老刘和老李谈兴正浓，我断断续续讲述出行的惊险，老乡不屑一顾："出门谁住那营生（惹那种事）。"老刘沉了脸，告诫我出门可千万不要没事寻事，"不要蹲底（闯祸）"。我闷闷不语，不由自主地一遍遍回想车上、路上的种种，一夜不寐。第二天早起，嘴角、下嘴唇下起了一堆火泡。

以后我经常和公司铁路运销科科长老赵搭伴出差，一次在旅店里，我有些得意地向他谈起龙口的英勇事迹，他笑着说："那回老刘还和俺们褒贬你呢，说你出门差点儿蹲底。"我内心不快，却不得不压住火反驳："那是活生生的一个人啊，我能眼睁睁看着？他妈的，那些小偷也太赖了，偷东西让人抓住，挨几下不正常？还敢拿刀子扎人！"话一出口，我俩都长久地沉默。

潍坊没人吃药

19日一大早，我和老刘就退房，可服务员迟到了，心焦地等了快一小时才办完手续，七点上公交，八点终于坐上去潍坊的长途汽车。

汽车出城，我不知道会不会又要经过黄县，会不会再碰上那两个扒手。我和老刘坐在后面，每当有人上车，我就低下头拿眼角瞅。车行驶时，我一直往窗外看，想辨认是不是昨天的路，但昨晚下了雨，早上大雾，根本分辨不出来。

雾气渐渐加重，我仍记住了路过的一座座初具规模的小城：平度、招远、莱州，它们都干净、整洁，新建的楼房形状奇特，一律白色。街道中央栽着修剪得整整齐齐的常青灌木，两边则是乔木，宽阔的柏油路望不到边。过了昌邑县已经大雾弥天，七八十米外看不清景物，车前玻璃上糊满泥巴和冰水。一辆加长一三零横在路中，把一辆长途大客撞到路边，玻璃碴子撒了一地。

司机小心翼翼地超车，希望能为乘客赶出时间，但到潍坊时仍误了十一点半去北京的火车。我和老刘找到旅馆，住到晚上六点一共十一元，算半天。房号“后216”，从地下穿过一段防空洞样的通道，然后踩着铺在水中的一块木板跳上楼梯，上到二层，才看见所有的房门都开着，客人自己入住。

下午老刘在房间休息，我顺着和平路走了一遭。两边高楼林立，装饰现代的宾馆、饭店很多（饭店简直太多了），而一些很有现代味道的层楼上，总写着“配件”“机电”之类，没几家时装店。进而发现这里的人穿着很土，骑的自行车都很破旧，大街上尽是一些姑娘骑着掉了漆的自行车。

这儿的医院，我只见到两家，药店更一个没有。晚上老刘想买感冒药，从六点转到八点，和平路来回遛了两趟，火车站周围转了一大圈，宾馆和商场去过七八家（老刘认为这些地方有药店），转得人头眼生花，两脚轻飘——十几里路下去了。中途我们闯进一家职工医院，在取药房向一位姑娘买药，她要我们先开“药条”，而楼上的大夫却不给开，我回来商量："你卖药，我们给钱。"

"俺不缺钱！"

"不是钱的问题，是他病了，要吃药。"

"没有药条，俺不能卖！"

唉，没办法。

晚饭在一家宾馆里的餐厅吃，里面挺干净，上菜用鱼盘，真实惠！然而，茶壶、茶杯、饭碗都是缺嘴豁边的，山东的饭馆是不是都这样？1991年6月我在临沂矿务局鄂庄煤矿毕业实习，经常蹚过汶河到莱芜城里打牙祭，那时就在小饭馆里碰到过。我到县经委借调期间，一次和一位同年从淄博的山东建筑材料工业学院毕业的朋友聊起，他也有同感。

服务员是七八位小姑娘，都十几岁的样子，边招呼人边蹦蹦跳跳，嘴里唱着，相互打闹，只一位五十多岁的妇女算是领班，然而不说话，只看着。客人吃罢，她们立即上前问一声："吃好了啊？"客人入乡随俗："吃好了。"于是撤盘、抹桌，客人随便停留。她们都穿着一身天蓝色工作服，皱皱巴巴，裤子更显臃肿，像是套着棉裤。问客人点什么时，随便往椅背上一靠。我想起中午那家饭店，吃饭还要先交钱。看来，本地人还不擅经营，尽管城市很有现代味了。几年后也许会变的。

听到老刘要买药，饭店的几位姑娘热心指路，但药店早已关门，她们又给老刘出偏方。"白萝卜泡茶。"一位老太太也掺和进来。我说这儿的药店可真少，她们说这儿的人不生病，所以不吃药，尽讲究“吃”啦!

不知是否被骗

290次车挤满了人，路上又不断有人上来，大伙都没座，站得像冻冰棍一样。老刘出差前就感冒，当下更受不了这活罪，拼命坚持五个多小时后，不得不在济南下车，已是20日凌晨两点。先签了上午八点半去北京的火车，然后让一位口齿伶俐的小姑娘领到一处四合院式旅店，店费按半日算，比潍坊贵点，两个人十四块。路上，她不停和我们讲话，还为我拎包，又大声吆喝店里的小汽车，道一声“拜拜”，走了。当时，济南大雾。

我和老刘每人盖了两床棉被，一觉睡到上午九点才醒，只好再花八块钱改签下午两点的26次快车。

时间还早，我几次溜出候车室到站前广场溜达，最后一次刚出候车室，便被一位女青年拦住。她穿一件土黄色羽绒服长衣，上面有一块块的污垢，肩挎一个小包，多肉的长脸上抹着厚厚的白粉。她低声而急促地说：“同志，请听我说一下，您不要误会啊。不好意思，我是哈尔滨人，到这儿来玩，没钱啦，我想给家里拍电报来接我，可没钱。看您也是有身份的人，您帮我一下忙，留下您的地址和姓名，到时我把钱给您寄回去。”她一口气讲这么多，我的同情心被充分调动起来，虽有怀疑却无法拒绝。我问了一句：“你坐哪趟车过来的？”

“我坐194次来的。”

我刚从东北过来，似乎有印象。

“你住哪儿？”

“我没住店，还是在火车站。”

我不再迟疑：“多少钱就够了？”

“两三块。”

我马上掏裤子兜，只有一块多，于是从上衣口袋掏出五元：“够了吧？”

“够了，谢谢您，您留下地址。”

“不用！”

说罢我快步走开。我做好事绝不图报，唯愿良心平安，但仍有些不相信，到站前列车表上查找，没有194，难道是骗子？我疑惑地往回走，上了台阶，又见她正和另一个男人对面，那人快步绕她而过。我狠狠盯着她，看她还有什么举动。她远远瞧见了我，直接向我走来，我想绕开，她却迎上，再次说：“师傅，谢谢你。”

我匆匆回了句“不用”，赶快进候车室翻列车时刻表，终于找见194次车：佳木斯—青岛。这么说是真的？她那件羽绒服长衣在山东没人穿，用不上。山东人和天津人一样，习惯穿军大衣，只有东北女子才穿羽绒长衣。也许是真的。

快检票时，我见她仍在广场上转悠，又截住一位男士，那人一甩手，走开了。

广场上，有几十个挤在一起的男孩和女孩，像是学生。一位女孩在我走过时说：“我看像二班的。”我真羡慕他们，自由自在地交往，快乐地集体出行，多么珍贵的日子啊。一年前的夏夜，我和同学们结束毕业实习，从各个煤矿集中到济南，不也站在这儿等候开往秦皇岛的火车吗？

回北京听相声

到了北京，21日上午，我和老刘去天安门广场、前门、北京文化宫照相。这次出门，除去山东，我们在锦州、天津、北京都有留影，尽量利用了老刘的相机。直到中午才逛完，一小时后拿到冲洗出来的照片，光影浑灰平淡。洗相店的老板说我们买了旧乐凯胶卷。唉，又上一当。

下午，老刘领我逛王府井，在百货大楼里约好，谁先出去就在门口等一会儿。我想买的衬衫和领带都太贵，于是出去等他，久等不来，忙又进楼寻找。到二楼楼梯口，听见他喊“小张”，一扭头，见他手里拎了三个大号塑料袋，胳膊下夹着一个圆纸盒，原来是三件大衣、一顶棉帽。一件大衣给别人捎的，另两件给夫人和女儿。我赶紧帮他提，想着他站在一件相中的呢子大衣前，听人介绍这大衣怎么物超所值时，脸上不觉漾出笑容、嘴习惯性张开、露出牙齿的样子，旁边的售货员肯定心里又赠送一句“土老帽”，赶快拉他走开。我帮他挑了一个大折叠包，把三件大衣都装进去。他已累得满头大汗，站在商场大门前擦干汗，晾晾，才敢出去。

刚走不远，对面过来一位矮小的中年女人，穿着不像城里人，斜挎着小提包。她伸手拉住老刘："师傅，我问个事，麻烦您一下。"

我等着下文。

"我想问一下，您做一身西服要多少布？您别笑话我，我是丰台来的，为我丈夫拉衣服，不懂裁剪，他和您的身材差不多，所以问问您。"

老刘又笑得两眼眯成缝，习惯性地张开口，露出牙，望望我回头说："两米五吧。"

我纠正他："用不了，两米四。"他才一米六五的身高，不胖不瘦，我家又做过几年卖布的生意，我对这内行。

"不是，您说的是一身吧？我还套一个马甲呢。"

这下，我俩都不知道了。

"这么着吧，您跟我去量量行吧？不远，就在前边商店，麻烦您啦。"

老刘又一乐，看着我："走哇。"

我们从大街拐入小巷，离开街面只十来米，但已少有行人。这里是出租车停车场。我首先想到了抢劫，便四处注意。一位饭店服务员出来，对女人快速点点头，并没什么。

终于入了一间小店，门玻璃上却写着"家电"。原来一位女裁缝在里面搭了半边柜台，她正打发两位客人，一个男人坐在柜台里打电话。我便留心提包。

两位女人开始对话：

“你按他的身材量一下。”

“来，老师傅，我给您等一下。您上前来，我用尺子给您等一下。”她从柜台里伸出一根木尺，一米七的，往地下一杵：“你得一米零五的裤子。”

我便奇怪，我才用一米零五还有点长呢，就说：“用不了，我才一米零五。”

“用得了，我知道。您转过身去，我看看您的肩。哟——您的肩可够宽的（我心说，比我的差远了），一身两米五。”

于是二女开始问答：

“我拉一身，多钱一米？”

“五十九块八。”

“您这样说可不对，我听我们单位人说了，电力局的人是从您这儿定做服装吧？（边说，边拿出一本证件）他们说半价，拉两米要一米的钱。”

“对，对外五十九块八，对内三十，两米收一米的钱。你们定做，实行优惠。”

“我家四口，一人拉一身。”

“四身？剩下三身可不给半价。”

“别介啊，都是家属，不能我穿新的，他们看着。”

“那行吧，照顾你了，你可别出去说。”

“那不能够。我的钱不够，我今天先拉两身，明天上午再来拉，行不？”

"不行，明天这优惠就作废了，上面有通知。"

"那您把另两身的优惠退给我。"

"不行，只扯布，不要就没机会了。"

"买家电行不？"

"不行。你赶紧回去取钱去吧。"

"那怎么着呢？老师傅，这么着吧，我也要不了，我干脆给你吧，两米收一米的钱，你扯那两身吧。您别误会，我是好心，我退不了，干脆给您，还赚人情呢。"

"对，两米收一米的钱，算你赶上机会了！"

"算你赶上机会了！"

"好布，便宜着呢！"

"好布，便宜着呢！"

她俩异口同声了。老刘立即扑上去，抓起那布："小张，咱俩一人一身哇。"

我连忙瞪他，他视而不见，仍嚷嚷着："多少钱一米？啥布？"

"三十元，两米收一米的价，金丝的。"

我抓了一把，又软又厚，确实好质量，深蓝色，好像我家也卖过，便说："你这布摸上去挺好。"

"那是，你说着了。"

老刘又叫："小张，一人一身！你钱够不够？我的刚才花光了。"我有钱，却不愿上当，于是说："我不买，我穿这颜色干吗？要买你买吧。"

又有几个人进来，我赶忙走到提包那儿，老刘自个儿便没主张，不吭声，两个女人面对面，也不吭声。趁那几个人看电器，我拉过老刘："拉黑牛的！"

老刘仍要往女人那边走，我皱眉、怒视，着急地说："她们骗咱们的，别上当，走——！"

两个女人也听见我的土话，裁缝说："回去取钱去吧。"

老刘在我的拉扯下，已明白了些，转过身去说："我们不要了，谢谢。"

领我们的女人还客气："师傅，麻烦您这么长时间。"

我不说话，赶紧拉老刘出去。

晚上，老刘说："我思谋起来了，她们就是骗子，我穿不了一米零五的裤子。"

1992年12月22日下午两点，我和老刘从灵丘站下火车，他直接回煤站，我一个人再乘私营面包车回广灵，结束了平生的第一次差旅。

这次出差对我和老刘来讲，也算一趟"豪华之旅"，我算了一下，光我自己买东西就花去三百一十二块三，其中买衣服、帽子二百九十七块五，买书、贺年卡、邮票十四块八，总计快顶上我三个月的工资。老刘在我们公司属于"土豪"，花得更多。而我俩吃、住、行、照相、通信、寄包裹，总共才花掉一千四百零二块，平均每天九十三块三毛五。再翻开当年的日记，我遗憾没有给母亲买件衣服。

以出差为业

第一次出差回来之后不到一个月，1993年1月20日到28日，阴历腊月二十八至正月初六，我和公司经理、公司铁路运销科科长老赵一块儿出差太原，在东站铁路招待所包下一个带卫生间的三人套间，准备趁春节和太原铁路分局多要几节车皮。

过年了，招待所的餐厅歇业，服务员都放了假，街上的小饭馆也不开门，我们得自己做饭、搞卫生。每天上午经理和老赵出去给关系户拜年，一般中午回来吃饭，只有一次拖到晚上，一身酒气、疲惫不堪地进门。我负责后勤，除夕前一天买好方便面、火腿肠、榨菜、太原高粱白、啤酒等吃的喝的，每人一个精巧的不锈钢饭盒，配上钢叉、一次性筷子，又买一个大口径的电热杯，以后每天用它煮方便面——先给经理，再给老赵，最后轮到我。

下午他们休息，我出去看电影、录像，被“少儿不宜”“内部参考片”一类的字眼所诱惑。黄昏到五一广场流连，看喜气洋洋的人群，镁光灯不停闪烁。那时我才隐隐明白，自己终究是一棵庄稼，无法在城市的钢筋水泥中生长。

等我晚上六七点回去，他俩往往已把毛毯铺在地上喝开了。借着酒劲，经理说上辈子损阴德了，这辈子才做这种营生；老赵好讲自己少年丧父后的苦难；我插不上话，只陪他们喝酒。酒后玩扑克，老赵总赢我和经理的钱。一次我晚上九点多才回旅社，经理和老赵已经喝光了一瓶白酒，见我回来立刻又打开一瓶。酒意上涌，经理批评我晚归，老赵说经理不放心我，已经到旅馆门口转过两回，又讲公司几位常出门的，都在招待所门口被抢劫过钱物。那夜我们都大醉，我趴马桶上吐了三回。

这个春节，经理和老赵要下十七个车皮，回来后经理却被人嘲讽作秀。不久，公司书记和经理互换位置，我在无所事事三个月之后，延续了长达五年的“跑外”生涯。

从日记中统计，1992年12月底到1997年12月底，六十一个月，我有四十一个月有出差任务，另有两个月在位于灵丘县的煤站上看煤，总计四十三个月份出门在外。其中，1992年底一个月份、1993年七个月份、1994年五个月份、1995年八个月份、1996年和1997年各十一个月份。平均每月离家十天左右，有一半的时间在半个月以上。其实出差的月份不止四十一个，1993年7月31日至1994年7月15日写的三本日记被我烧掉了，这中间应该也有出差活动。

之所以烧掉那三本日记，缘于我认为它们记录的生活太荒唐了，其实只是按捺不住青春的冲动，朝思暮想过几位青年女子而已。我发现那时候从外边读书回来的男子有一种作风：短时期里连连处几个“对象”，然后匆匆结婚。所谓“处对象”，不过是两个人凑一块儿聊几次，找几位同学、朋友一伙玩几回，至多两人看一两场电影，这被那个时代的人认为“荒唐”。

我出差的地方以太原为主，毕竟公司报发运计划、要车皮，都离不开太原铁路分局；其次秦皇岛，我们的一批客户营业地在秦皇岛，或者在那儿设有办事处，我们发的煤，少部分销售到秦皇岛，大部分从秦皇岛装船再水运到南方，追寻丢失的车皮、要煤款、访问用户、处理经济纠纷，都离不开秦皇岛；偶尔去天津、唐山，江苏省的南京市、盐城市、东台市、宿迁市沭阳县，山东省龙口市，辽宁省锦州市，内蒙古通辽市，浙江省的宁波、杭州萧山，都因为访问用户；而北京，是我们向东北和东南方向出差的中转站。

请车皮

我出差的业务内容可以分为四类，第一类业务为报计划、请车皮。

这算常规的铁路煤炭运销业务。我自己没找过用煤客户，那属于公司经理和老赵的特权。所谓报计划，就是每月2、3日，我到大同市煤运分公司报我公司下一月的煤炭销售计划，含客户名称、计划发煤量等内容，实际等于车皮计划。8日到山西省煤运总公司看大同分公司报上来的查定表，14、15日到位于太原市迎泽大街东头的晋太宾馆，看太原铁路分局准备上报北京铁路局的查定表，这个查定表是根据山西省煤运总公司报来的查定表做出的，这后两步称为“上查定”或“看查定”，然后通知购煤的客户到北京铁路局找关系“保计划”。晋太宾馆属于太原铁路分局的产业，对外营业，但太铁分局自己占了一层楼，给本局做月度铁路货运正式计划的人员使用。其间，11、12 日，发煤站的业务员可以瞅机会，和太铁分局做查定表的王师傅轻声说一下，准备重点确保的用户的名称。我对这一步无能为力，一切唯老赵马首是瞻。即使是 1993 年 10 月主动找上门来、我在煤校同班同宿舍的老高，他的发煤计划也连续十个多月没有上过太铁分局的查定表，后来当我独自住太原“请车皮”时，他偷偷去了广灵。我回去不久听同事说起送金手镯、金戒指的事，但一直没问过老高，不过他终于从我们公司发了一列煤。

18日，北京铁路局发回分局各站车皮计划；19日，山西省对铁路运力进行平衡，增加或削减某些发煤单位的车皮，下午下班前发煤站的业务员可以看到这些修改过的查定表；20日下午，太铁分局的人员会把最终确定的运力计划寄给各站，然后撤出晋太宾馆。除正式计划外，还有变更计划、追补计划等，从字面上就可以理解。

有了车皮计划，铁路分局也不一定给车皮，这得发煤站的人拉关系去要，称为“请车（皮）”，当月“请”当月的。现在网上也能查到铁路部门的实权派以车皮谋私利的案件。

对于新手来讲，看查定和请车皮都不是件易事。1994年9月10日，我因为弄不明白看查定表的时间，又不会“听话听音”，硬要翻看王师傅办公桌上煤运总公司报来的查定表，虽然此前我公司经理亲自来晋太宾馆当面向他介绍过我，但也被他一顿呵斥。他吓唬我要把我们公司的计划全部拿下，我信以为真，落荒而逃，一时真感觉生无可恋。逃进楼道里，一位不认识的老业务员安慰了我几句，又告诉我“看查定”的时间节点；回到旅馆，灵丘的老李，以及一位相熟的也是灵丘县的年轻业务员教我该怎么做，晚上我又把电话打到老赵家里向他请教。其实，读中专时我们的专业课就有“铁路运输”，对这些有详细的介绍，只是我一直没实地操作过。后来，我遵循老李的指点，在每月10号到20号的上午，尽量抽时间去晋太宾馆王师傅他们占的那一层楼里打扫卫生，混个脸熟，他对我的态度才有所缓解。

至于“请车（皮）”，其实就是每天上午到太铁分局办公主楼里，想方设法见分管车皮的许副局长（后来是唐副局长）一面，恳求他给说句话。老赵跑外多年，和直接调车皮的任师傅关系好，任师傅确实帮过我们不少忙，但我不行。站在楼道里傻等，半天下来头晕眼花。我做过试验，早上花三块钱吃油条老豆腐类素食，到十一点钟就饿得站不住了；早上花五块钱喝一碗羊杂汤，十二点也不饿。我和老赵以吃素为主，老赵尤其节俭。从灵丘到太原坐慢车常晚点，有时走八个多小时，他在火车上就喝一罐头瓶子白开水，非等到下火车后，从东站的小广场前吃一碗没有汤水、全是黏面条的刀削面。我跟他做伴时，刚开始不敢在火车上买吃的，后来惯了，也饿得受不了，就买袋花生米、面包充饥，他也跟着吃。

唐副局长和我公司第一任经理关系不一般。我后来听公司同事讲，有一次经理坐吉普车去太原，在忻州碰上大堵车，恰好唐副局长也被堵住了，正着急。经理立马下车为唐副局长指挥交通，唐副局长如愿上路，因此与经理建立了“交情”。这两人确实有缘，经理1993年春节后与书记换位置，不久唐副局长也不再分管车皮；经理1994年8月重新担任公司经理兼书记后，唐副局长又分管车皮。我当时尽量接近唐副局长，1993年7月24日的日记中写着：“对这一行已开始了解。分局各道门口、路上、走廊里都是求人族，有男有女。男的紧绷面孔，不露声色，女的有的急急匆匆，但大多也是平平静静，不知心里想着什么。”这“不露声色”的人中不包括我，我的做法是当别人进唐副局长的办公室里谈话时，我就在他门外踱来踱去，弄出一连串有节奏的声响，终于他不耐烦了，等把人都打发光，拉开门有些生气地叫我进去。唐副局长似乎确实记得和广灵县煤运公司一位经理的“交情”，一次我请求他帮我们发点追补计划的车皮，他边听边狠狠瞪我，然后挥手写下一张条子推给我。我满心欢喜地来到分局院门外的货运接待室，从窗口把条子递进去，里面的翟师傅接过来看一眼，生气地低语一句“尽瞎指挥”，随手扔地上了。

我的“上查定”和“请车（皮）”生涯整体是失败的，我曾自嘲跑了几年铁路，没为公司做过一点贡献。我的日记里，只偶尔记过一句：“车走得挺好，又甩了几个零担（指单个的车皮）。”

印象中最成功的一次业务在1996年上半年，公司和天津一家单位联营后，该单位外聘的煤站站长要我报半列（二十五个车皮）计划，说是“扶贫煤”。我不相信这能成功，在我的认知里，它属于“过远运输”（指就地就近可以供应的物资却舍近求远；或定有合理流向的物资，超出了顺流方向限定范围的货物运输），还要过一个“铁路限制口”（铁道部在运输能力紧张区段的前方，指定一个车站作为限制口，限制列车的接入数量），怎么也批不下来。但本着听命行事的原则，我还是向王师傅求情。神奇的是，它竟然被批准，下个月还如数发了车皮。站长大受鼓舞，要我连续又报了几个月，却始终没有“上查定”，有一天他在我面前嘟囔：“奇怪，怎么批不下来啦？”我心里明白，光靠我到晋太宾馆打扫卫生的情分，王师傅只能照顾到这个程度了。

“信访用户”

第二类业务是访问用户，主要为加强联系，希望扩大业务，并催收煤款。我不明白当时公司领导为何要称之为“信访用户”。

1994年3月，我和老赵先去位于内蒙古通辽市的通辽发电厂，然后去龙口电厂、江苏省沭阳县的沭阳燃料公司。那个时期的日记已被我烧掉，但我保存着一段1994年5月2日写给中专同桌尹志勤的信，当时写完感觉颇好，于是摘抄下来：“三月份，去了内蒙古、山东、江苏，两次横穿山东全境，连续几十小时的坐车时光，真让人觉得很累。我们还在诸城住过一晚，在小城的边缘，匆匆往里边看一眼，十几个小时后就离去了。对不起，没能为你好好看看它。还经过沂蒙山区，比起沿海地区来，那儿好荒凉啊。宏伟就在临沂工作，我不禁为他担心。那一段日子，从许多同学身边经过，却没有他们的电话，没能很近很近地听听他们的声音。而一日千里的行程，也确实没时间给他们寄去一页纸或一张卡片。以前出门那么兴奋，充满着去异地探险的勇气，而那一次，只觉得很累、很苦、很想家。由山东去江苏，越往南，树越绿而天越阴雨连绵，饥饿和劳累令人昏昏欲睡，蒙蒙细雨让人蜷伏在简陋的车站旅馆里哪儿也去不成。但那总算一次有趣的旅行，希望以后再多来几回。”

尹志勤老家山东省诸城市，她的爷爷闯关东，最后留在吉林省通化市，她高中时曾回诸城市读书。我们班的关祥军，老家山东省兖州市，他的父母亲生活在黑龙江省七台河市，1991年夏天，他那一组在兖州矿务局实习，他也曾回老家走过亲戚。而且山东和东北三省都属于产煤大省，我们班三十七个学生，有九位来自这几个省份。

去通辽电厂，出山海关一路向东北，到通化市梅河口市转向西，直达通辽。火车在东北平原上跑了两夜一天，铁路两边尽是平原和一些小土丘，看着挺没劲。长途跋涉的东北人，冬天健美裤外套着老棉裤，席地而坐；胳膊肘挎一个大塑料筐，里面塞满熟食和卫生纸，一开吃，火腿肠和烧鸡的味道便弥漫了整个车厢。那些毫无准备的外乡人，当时就馋得流口水。晚上，又白又大的月亮像粘在原野上，昏暗的车厢里混合着一股熏肉的味道，我在其中睡眼蒙眬，盼着赶快到达目的地。

第三天凌晨到通辽，一下车，寒冷像刀子割脸，当时以为刮风，却看不见一丝风吹。我和老赵不敢出站，生怕冻死，只好到车站地下室改成的旅馆里眯了两三个小时，盖着租的被子打哆嗦，这还有人图省钱干躺在过道的床上。天大亮了，才走到车站外五六百米远的一家宾馆里休息，路上又是一场与寒冷的搏斗。返北京时先坐火车到赤峰市，再躺在卧铺大巴上回北京，夜过燕山，没有月亮，只有星星挂在山巅，睁着眼睛看了很久。

那趟出差是我第二次去龙口电厂，为了要煤款，我还想着万一碰着我曾帮助过的燃料科副科长，让他帮忙说说呢，可惜始终没碰见。

我和老赵从山东省泰安市下火车，然后一直乘汽车到龙口，再翻过沂蒙山，到达位于苏北的沭阳县，沿着山东半岛的外边走了一圈。我惊叹山东半岛公路运输的发达，一下汽车就马上买到去下一个目的地的票，半小时内发车，根本没时间吃饭。翻越沂蒙山时，我饿得做吃饭的梦，一盘烧鸡刚端到面前就被老赵弄醒了，睁眼一看，他正从我怀里抽一本路上买的书。我直后悔把书抱在怀里。去沭阳只为找我的同班同学老高，他已正式成为我公司的客户，但还没发过煤。

晚上他用自行车带着我去看电影《青蛇》，那是我对沭阳之行最深的印象。

1995年1月3日至12日，我和老赵先到天津军粮城电厂访问，大概我俩穿着太土气，长相又怪异，半路上开出租的老师傅趁老赵下车撒尿时，要我帮他看看后轮胎有气没。我老老实实下车察看，当然有气。后来想，他可能把我们当成抢劫的了。6日，到唐山一家挂靠在唐山市计生委的客户公司访问，受到李经理的接待。我在日记中写道："中午请吃涮羊肉。餐馆档次不高，上菜时左右等不来，开涮后，煤气时时'砰''砰'作响，像不定时炸弹。送煤气的皮管与火锅连接处漏气，有几次冒出火来。大家以为它要爆炸。席上略谈生意，然后送我们到唐山宾馆。1990年秋，我和我的同学曾在这儿漫游，但我来不及重游故地，因为下午李经理要来，我们必须老老实实待在宾馆里等。我们是硬着头皮住进唐山宾馆的。对于我们的补助来讲，不敢奢望，为挣面子而已。幸而饭全由他们管了。晚饭李经理请的，在唐山宾馆后边的贵宾楼，三星级，其豪华程度令我吃惊。楼门口铺着软软的海绵般的东西，中国厅里摆着古色古香的旧式桌椅。李经理口中说谈一谈，中午饭还撑着呢（中午我们根本没吃饱，因为点的两筒挂面都没下锅，全让李经理的司机拿走了）。他为我们点了四个素菜，只有几根油条、十几条萝卜丝、十几粒菜花、几颗栗子、五只虾，最后一盆玉米羹，仅够填牙缝。他们却说正好，就想吃点素的！晚上我和老赵饿得不行，又没处买吃的——这儿没有夜市。”

从天津和唐山回来没几天，1月21日至25日，我和老赵又到秦皇岛访问用户，这次炮兵部队的几位人员接待，还有一位退伍军人，在他开的饭店里设宴。此人高大英俊却稍微有些口吃，据他说自己原在中央警卫团服役，为江青站过岗。他和炮兵部队的一位不对付，酒宴上两人唇枪舌剑，各自的手下也起劲攀比气势，为自己的头儿挣脸面。

1995年11月，我和公司副经理去江苏省东台市某公司要煤款，那公司的原经理刚退，副经理转正，他身材矮胖，把我拉到男厕边撒尿边说：“你知道的，这事和我没关系。”确实，那是上任大个子经理的事。那回主要是几位高个子招待我们，喝正流行的孔府宴酒，唱卡拉OK，听那些总带股哭腔的闽南语歌，吃我没见过的早点，到鱼塘（他们叫“水面”，一个人的“水面”越多越有钱）钓鱼。那时的大小“经理”们喜欢用上臂往肋间夹一个小皮包，放手机、现金等零碎，我和副经理在饭店受请时隔窗外望，每进一人，就笑称：“又来一个‘夹小包’的。”副经理待过三天先回广灵，走前他带我到商场转悠，自己也买了一个“小包”。他让我挑一个，我没好意思。

我一个人住在市政府对面的招待所里（东台人说那儿安全些），省吃俭用。每天傍晚，沿着窄而曲的街道到一家卖卤煮的小店买些卤炸豆腐片，回来泡方便面吃，为此专门花十六块钱买了一个大个、有盖子的不锈钢杯，一直用到现在。那小店只有傍晚时才卸下黑黑的窗护板营业，人们在窗口外排队，老板从一个小小的窗口里往外递东西，从小窗口里也透出昏黄的灯光，像父母家里的白炽灯光。

十多天后，一位大个子业务员相当于把我“押送”回大同。他说自己当过柔道运动员，出差时曾靠充满杀气的眼神吓退过几个流氓——确实他的眼神很凶。我头一回坐飞机，乘图154从盐城机场飞北京，晚上大同下火车，他带我到一栋居民楼的一套房子里，说是他们公司的办事处，有固定电话却不让打，我借故出去想找固话打给经理又让他追回来。第二天早上，我摸黑打的去长途汽车站，然后乘车回广灵，始终不清楚他们的办事处藏在哪条街、哪个小区，我猜想他们在大同一定欠了不少人的煤款，所以行事鬼祟。

后来我和他们的另一位业务员小吴打交道多，其实他比我年龄大，只是个子小。据小吴讲，他们公司按个子分派别，现在这位矮胖的经理是小个子的头儿，爱打篮球，公司里的大个子们也爱打，互不服气，各自组队对战，结果在球场上差点打起架来。以前的经理是大个子的头儿，现在退了，小个子经理把公司分成两个分公司，以个头大小划拨人员。

1996年9月和10月，我公司刚结束一场为期八个月的联营。我们三个人——联营双方的代表我和老杨、以前从社会聘用的原联营煤站站长，一块儿去秦皇岛、江苏省南京市和盐城市、浙江省舟山市嵊泗县、杭州萧山、宁波市处理账务。其实除了原站长，联营双方都不知道到底联营煤站有多少应收款、多少预收款。我和老杨相当于监督人，在南京的接风晚宴上，原站长当着我俩的面仍承揽发煤业务，回到住处，我和老杨只好给东道主打电话揭穿他。盐城也是如此，晚宴后回到住处，我和老杨继续打电话揭发，第二天气氛突变，原来人家打过预付款，现在追着原站长要钱，还立即派人飞大同追债。嵊泗县也好不到哪儿，年轻的业务员带一辆桑塔纳来接我们，路上大谈某人欠他们几个人的煤款，实在还不起，他们几个就把欠债的按住一顿狠揍，挨揍的始终不吭声。我不知道这事最后怎么解决的，反正公家的账上没见过前面说的那些钱，只记得盐城的招待晚宴上，一位中年女士的京剧唱腔真好听。在萧山，老杨当面暗示原站长和接待我们的客户在演戏，“我们听不懂，你们俩明白就行了”，他俩竟然不言语。反正我听不懂。

在宁波，我们待了两天两夜。老杨想去上海追查一列可能到港的煤，原站长大怒反对，我也不想跑那么远，于是站长留守宾馆，我和老杨到普陀山游玩了一天，晚上十点多才回到房间。去时从宁波港坐游轮，回时误了船，只好乘轮渡到舟山市，再坐汽车返宁波。汽车司机欺负外地人，老杨中途停车时上厕所回来晚些，司机不管我的叫喊，径直开车，直到老杨跑着追上来才停下开门。

那回出差我带着公司的公章，准备根据了解到的情况，与我们从没见过的客户签署一些解决问题的文件，事实上一份也没签，害我一路担心公章的安全。尤其和老杨去普陀山游玩那一整天，事先不知该把公章藏在提包的哪个角落——提包是留在宾馆里的，原站长也留在宾馆。此前我有过关于公司营业执照的类似教训，此后我和公司法律顾问到秦皇岛打官司时，法官出示对方提供的一份证据，我也怀疑自己曾经不小心在上面盖过公章，一直担惊害怕到下一次开庭求证后——这一切都是虚惊。

我和老杨一路揭穿站长，从宁波返回北京时，他不顾我俩的反对，非要从票贩子手里买软卧票，而且只买两张：当晚他霸占了一张床，我和老杨只好轮流睡另一张床。

1994年9月，我因为订婚错过一次访问用户的机会。那次老赵和公司临时派遣的小牛去东台市，从南京中转，专门到秦淮河边拍照留念。此前我几次路过南京，不是早晨在候车室里等车，就是晚上到次日上午走，从没有机会逛过市区。未婚妻和准岳父母都说我怎么不早说，可以晚订几天婚嘛——那年代到南方出差是件很难得的美事，等于花公家的钱旅游，别人为我惋惜，我却不觉得什么，订婚要紧。

联营

第三类业务是和联营人联系。

其实从1993年起，我们公司的铁路煤炭运销业务已经江河日下，1996年9月联营结束后就再没发过煤。1993年，煤炭市场开始转入买方市场，加上我们销售的煤炭都是从邻近县区收购的小煤矿的产品，质量控制得不好，销售更加困难。更要命的是，灵丘站位于太原铁路分局的最东端，上行七公里就到北京铁路分局管辖的大涧站。铁路运费按公里收，刘庄煤站每发一吨煤，太铁分局才挣七公里的运费，当然不会多给我们车皮。这种大形势下，广灵、灵丘两县政府又在刘庄村西北一公里处的李庄村新建了灵广运煤专线，称为李庄煤站，原刘庄煤站废弃。

在李庄煤站，灵丘、广灵煤运公司各有二十五个货位，可以整列装车。1995年李庄煤站正式运营，可发运状况更加恶化。2000年1月中旬，经理曾让我起草过一份给太原铁路分局的文件，原来上旬太铁分局起诉了广灵、灵丘两家县政府和我公司，追偿当年垫付的修建运煤专线的工程款。按照经理的口授，我花半个小时写完这份文件，主要包括以下内容：一、我公司无力还钱的主要原因是太铁分局不给我们车皮，导致我公司的煤炭铁路运销业务没有收入；二、我县刚刚遭受自然灾害，财政困难，请求同情；三、正考虑把专用线租赁给太铁分局，用租赁费抵偿债务。

当年，第三条意见得以落实，租赁期限有十几年，可见位置决定着一个站点的生死。只要有车皮，什么货不能发呢？

公司找的联营方五花八门，有军警部队的后勤单位，也有和这些单位挂钩的个人，还有地方一些不知是公家还是私人的公司，反正都有关系、有门路。联营的方式有对方提供客户，我们负责报发煤计划、走车皮的，也有帮助我们请车皮的——当然是天价，请车皮的费用分摊到每吨煤大约有十三四块钱，还有借我们公司名义开设办事处的。我为公司起草或修改过几个联营合同，合作对象有大同的，有吉林的。我也为这些联营人报过正式计划、追补计划，送过煤质化验单等。1995年底，广灵、灵丘两县煤运公司和民政部下属的天津一家公司正式联营，成立联营煤站，天津公司外聘了煤站站长，原两县煤站的人员大部归联营煤站管理。其中，我公司的联营时间为1996年1月至8月，对方投入一百万，大约亏了一半，以双方分担亏损告终。

1996年1月至3月底，我作为铁路运销人员，在联营煤站待了近三个月，主要工作为上煤堆看煤，撵那些拿着口袋沿煤堆拾块煤的村民，后来因为老赵不再为联营煤站“跑铁路”，我于3月26日重新开始“跑外”生涯。

我实际看煤不到两个月，2月，在山西省教育学院进修的妻子放寒假，又过春节，我请了整一个月假。这不足两个月的时间里，我感触颇深。

联营煤站的站长原是太原人，与太原的前妻离婚后到大同长住并再婚。联营后，再婚的妻子做他的得力助手，与前妻生的大儿子当煤站会计，二儿子为煤站驻太原办事处人员。他往煤站放了一位大同人，还放了一位太原人、他曾经的太原邻居。根据这两人姓名的谐音，工人们叫他俩“刘狼”“李虎”。“刘狼”干干瘦瘦，好三根指头捏着半瓶剩酒，从他的办公室兼宿舍走到我们宿舍前的食堂吃饭。他其实人不错，大概顾念同乡之谊，也大概早看出联营的结局，联营结束后我还在别的发煤公司见过他。“李虎”长得不像个人，也不办人事。他人高大粗壮，白面皮上尽红疙瘩，两边的嘴角快包不住一头一颗的尖牙了。他当过车间团支部书记，讲起道理来一套一套，管理中尽出阴招。联营一开始，就让大家写决心书，表达坚决在煤站干下去的忠心，不知从什么年代学来的做法；结果几个月始终“大轮不转”（不发煤），发不出工资，开会说可以预借，我因为问了一句能借多少就遭到他的白眼。当时我虽然已经二十五周岁，但仍然洗不掉书生气，好说别人不愿意说的话，被他当成“刺头”，再加上“刘狼”刚从我公司带回一份关于煤站报送信息的文件，经理在上面亲笔批示由我担任信息员，并“要做好煤站的工作”，更让他们对我心生嫌隙。其实我对这种指示权当耳旁风，人都不管了，还说什么“要做好煤站的工作”？

两个县的煤站人员合并办公，难免明争暗斗，灵丘人拥有地利，自觉要占上风，引起广灵籍职工的不满，按广灵煤站一位老人的说法：“竟然使唤到我的头上来了！”终于，在灵丘人准备争取提高住站补助的前一晚，这位老人先把“李虎”恭维一通，然后嘻嘻哈哈地说出灵丘人的计划，当然还有那个带头的灵丘人的名字——他和老人其实睡一个屋。老人无视我的存在，按他的说法：“我们（广灵人）把你看作孩子，你说啥也不放在心上，灵丘人不行，他们把你当作孩子，还看不起你。”他传授我经验：“先别搭理他，瞅准机会闹他一下，一下把他闹死。”确实灵丘人有一段时间受到“李虎”的压制。

其实灵丘人也有可爱之处。一位高大而身子单薄的汉子，嗜酒，一天三喝，我看他像得了酒精依赖症，动不动就撒酒疯打人，无人敢惹；但一次我让他填一个调查表，他说不会写，于是我问他答，我替他填，几句话问下来，他竟然手足无措，一会儿就满头大汗，不停地用袖子擦额头。常相跟的伙伴正和他相反，矮胖黑粗，也喜欢喝酒，人不难处。酒最终夺去了他们的生命，高瘦者几年后因酒病亡；矮壮者1998年春节前因喝假酒送命——这个案子现在从网上也可以查到，当时山西省朔州市、大同市的灵丘县共有二十六人因甲醇中毒致死，案件查处后，六人被判处死刑。

打官司

第四类业务是打官司，因为联营引发了经济纠纷，联营结束后又过几年，终于演变成经济诉讼案件。

我作为公司诉讼代理人，全程参与过一个案子，与1996年1月到8月的联营行为有关。大概在1997年5月，原联营煤站的一家客户起诉我公司收钱后不发煤，从1997年6月18日我和公司法律顾问第一次赴秦皇岛应诉，到1999年6月灵丘县法院判决，整整打了两年的官司。另一起案件和大同某位开空头支票的联营人有关，我公司被控欠款三百六十万元，我部分参与此案。1999年10月8日至13

日，我陪广灵县检察院两位检察官赴秦皇岛取证，14 日又赶到大同市中级人民法院出庭，用从秦皇岛取得的证据为我们赢得了有利的局面，闭庭后，公司经理、法律顾问、司机和我举杯庆贺。这个案子也拖了好几年，最终结果我不清楚，因为自 1998 年 8 月 16 日起，我转到公司公路煤炭运销部门，也就是大名鼎鼎的煤检站上班，算是为长达五年之久的出差生涯画上了一个句号。

公司的煤检站成立于1995年9月，10月正式运营，当时我正在秦皇岛、唐山间来往催收煤款。至于差旅费，此前两三个月公司已不能开资，前两次出差我是从家里的服装店拿钱垫付。这次出门，我向经理诉说了服装店资金紧张后，他立即从上衣口袋里掏出九百元给我。当经理在电话中告诉我煤检站成立一事，意在鼓舞士气，但我对这个消息的意义毫无所悟。老赵曾说我不早早申请去煤检站工作，是因为妻子在太原进修，我可以借出差的机会与她相见，其实他只说对一半，我知道自己始终不安心待在家乡这个偏僻小县。

小偷与流氓

1996年秋，我单身从灵丘坐火车去太原，因为对午后的这趟慢车太熟悉了，加上旅途寂寞，所以在车上就着花生米喝了二两装的一小瓶白酒。斜对面有四五位年轻的同乡，我安心地斜倚在硬座上昏昏沉沉，恍惚间感觉到露在外侧的左腿裤兜里有些触碰，一扭头，几根手指正离开我的裤兜，一张五十元钞票落到地板上，那手指顺势捏起。我连忙声明那是我的钱。手指的主人是一位个头、身材和我差不多的中年人，长着北方人典型的四方脸，上下唇留着短须。他先向我申明，这钱是他从车厢地板上捡的，不是偷的；其次，我也证明不了这钱是我的。我转头向几位同乡求助，一位年轻的女孩干净利落地回应我："俺们可没见那钱从你裤兜里掉出来。"然后，扒手客气地邀我到两节车厢的连接过道，平静地要求我给他也买一袋花生米，还有两张灵丘到忻州的火车票。我不理解他为什么提这样的要求，或许他有同伴？或许"贼不落空"？但我同意了，收回一多半的损失。

再说1995年10月3日到11月初，我于秦皇岛—唐山间往返，催收上任经理手中由别人联系发煤的煤款。开始公司的老宋和我做伴，后来丢下我一个人长住秦皇岛，和常驻秦皇岛、煤校同级同专业不同班的同学要煤款（搞笑的是，这列煤是公司别人联系我同学单位的另一位业务员发出的，而这位业务员因某种原因离职了）。因为差旅费每天五十元包干，我沿一条大街遛了一个来回，才最终住进一家部队招待所的三人间。房价三十元一天，吃饭后没什么剩余，但招待所的院子不但大，还有水池、凉亭、花廊、绿植，有圆形的石桌和石墩，环境优雅。同房间只有一位皮肤白皙、长相标致的高个男孩。他介绍自己老家黑龙江，现为"三亚绿岛贸易发展公司"的员工，来秦有一段时间了，女朋友好像在一家电影公司工作，是某位知名女演员的跟班。我没见他干过什么工作，老是在床上躺着，手伸进裤裆里，说有湿疹什么的，倒是不时上楼道里接电话，回来说女朋友打来的。他喜欢穿当时流行的细条绒西服式休闲上衣，房间里挂着不同颜色的两件。无所事事的等待中，他带我看施瓦辛格的《宇宙威龙》《终结者》，教我打扑克，慢慢热络了。

一天傍晚，一位三十来岁的陌生后生住进我们房间，和他竟然是老乡。新来的人个子瘦高，皮肤黝黑，上唇两抹八字胡，其貌不扬，我本能地反感，本想找服务员换房间，但碍于那位年轻朋友的面子，最终没有起身。新客一边热烈地和老乡谈话，一边疯狂吞吐一种气味辛辣的香烟，我不觉沉睡。第二天早上醒来，我立刻惊觉装在裤衩口袋里的钱不见了，塑料拉链敞开着，屋里只有我和那位大男孩。我到一楼登记处打听，昨晚入住的人早已退房离去，很明显，那是个小偷。不得已，我报了案，派出所过来做笔录，招待所也为我写了证明，这些都是我回公司报销的凭据。我在绿植中的石桌石墩上做笔录时，同屋的大男孩也下来讲他丢了东西，但他并不报案，反而断定那小偷一定在附近的旅馆里住，他要和我一家一家去找。

我的同学过来接我到他们办事处住，办事处有自己的食堂，从此每天他们吃自己喜欢的海产品，我吃自己喜欢的猪肉。办事处旁边有一家叫“白宫”的大酒店，一天晚上我沾光跟他们赴“白宫”吃酒宴，办事处一位负责人从酒店带一位女士回来，我悄悄提醒同学：“那女的没走。”同学制止我：“不要讲，对长年在外的人来说，这很常见。”

同学的办事处租了两层楼，规模很大，不断有校友来办事处办业务、借宿，下班后还可以到底层的娱乐室打台球，日子倒也轻松。只不过我很少和父母联系（父亲单位的电话老打不通，回来后才知道坏了），也没有及时告知妻子出差的事，她从省教育学院专门请假回家给我送亲手打的毛衣，却见不到我，又不知从哪里打听到办事处的电话。和我通话时，同学正在办公桌前与对面的人谈业务（电话就在他办公桌上），我也不敢多说，听她絮絮讲了半天，匆匆应了一句“那就挂电话吧”完事，惹得她伤心落泪。

我的钱没了，向同学借来五百元。他断定同屋住客和小偷是一伙的，问我要不要找人收拾一下。我不相信，在等待煤款的日子里，还和那位朋友通过电话。后来他也没钱了，张口向我借，尽管同学反对，我仍借给他二百，他请我到批发市场吃了一顿皮皮虾。在我拿到煤款回家之前，他还了我的钱。我至今不相信他和小偷是一伙的。

那笔煤款是同学顶着压力付我们公司的，因为煤炭价格下行，煤一直没法出手，为此，他还挨了一向和蔼的办事处主任的批。他当我的面说起行情太臭时，捂着眼睛流泪。

感觉那几年北京特别乱。一次我路过北京站，竟然碰见一群流氓在售票厅里帮助维持秩序的怪事。他们大声呵斥那些加塞的人，粗暴地推搡他们。

我所排的那一队，一位穿长裙的女流氓屁股坐在售票口外一侧的铁栏杆上，双腿搭在另一侧的铁栏杆上，买票的人得从她的双腿下钻过，刚好一次一个。当我买完票走出人群，窗里的售票员突然喊了一声，我下意识地加快脚步，然后，一位比我矮小却比我强壮的后生追上来，一手扭住我的一条胳膊，一手掐住我的脖子，把我一直推到售票口。我的脸上一定布满了惊恐，经过的人纷纷让开，他们也一定受到了惊吓。

谁知售票员只是忘了找我钱。带着委屈，带着愤怒，我问售票员："那些人是你们站上的吗？"她连声否认，带着歉意说不认识他们。那是不小的一笔钱，比票价多多了，大概排队时令人恐惧的氛围，让我忘了仔细看她递出来的钱和票，我只想快点离开这个是非之地。

攥着找回的钱，我竟然向那个押我返回的人道了声谢，他也意外地怔住了，然后嘟囔一声："你慢点走嘛。"

出了售票大厅，阳光普照，我忘了那是个什么日子，但心里充满了愤怒和委屈。

骗子与官司

北京几个火车站的候车室、售票厅里，经常有抱着小孩游荡的年轻妇女乞讨。第一次，她在我长久的注视下竟然不好意思地轻笑一声，但我看见她怀中无知地四下张望的孩子，才一岁多，目光清纯，不由自主掏出一点零钱。以后再碰见她们，我也和别人一样绕路而行。

假装卫生人员罚款的骗子也不少。那些年北京的大街上、火车站，有不少专抓随地吐痰者的卫生管理人员。这些管理人员不戴什么标志，但会在你有不文明举动时突然出现，亮出工作证或红袖章，然后开收据，罚款，罚多少随他们的标准。当时有个相声，说小两口坐火车到北京旅行结婚，刚出站，新娘子晕车吐了，因为呕吐物面积大，因而被罚得多。一个夜晚，我正出永定门站，背后一只手突然抓住我，说我随地吐痰，要罚款。我连声否认，他拉着我往回走了十几步，幸而地上干干净净，这才作罢，惹得回头找我的老赵哈哈大笑。另一位偶尔出差的同伴很不地道，当时出差的人常买书刊打发时间，书钱均摊，至于书刊谁想要谁拿，而他竟然要我分摊他随地吐痰的罚款，这也可见有不少人大意受罚。由于这种抓现行的工作很隐蔽，加上外地人对自己行为的理亏和进京的胆怯，才有人趁机行骗。

我对此深有体会。1993年夏，我跟着已经改任书记的原经理出差去秦皇岛，路过北京逛王府井时走散，不顾“走散了就回旅馆见”的约定，在人潮里来回找他。不到十分钟，立刻像晕车一样恶心身软，不得已坐到路边花坛前醒神。一支雪糕吃完，仍然脑筋迷糊、眼光迷离，一位黑瘦的“红袖章”走过来罚款，说我脚边的雪糕把儿弄脏了地面。他给我看攥在拳头里的收据：五指一展，立刻又攥紧，甩手把一团纸扔得杳无踪影。我掏了五块钱的“罚款”，他捏走了“把儿”。旁边歇脚的两位女士事后诸葛亮：“你人还坐这儿呢，不会说先搁地上，走的时候再扔垃圾筒里？”我愣怔着起身时，从几步外找见一个当垃圾筒的竹篓，它被严实地藏在灌木丛里。

下个饭馆也有人公然行骗。我和老赵在北京吃饺子，小饭馆的老板和一位正要付款的本地青年挤眉弄眼，青年人先是干瞪眼，然后心领神会，两人硬把一盘饺子的价钱说得翻了倍，菜单当然“还没来得及改”。我敢怒不敢言，老赵云淡风轻地吃饭、付钱，出门口，低语一句：“北京的饺子这么贵哩？”

碰见最多的骗子还是顶着联营或买煤名头的。前者常常扯大旗做虎皮，大话唬人，甚至开车带你到山沟里转悠一通，站在别人的煤矿边上看几眼，谎称是自己的实体，然后吃喝一场打发你走；后者常常收到煤后不给钱，并趁机压价。我印象最深的有两位，一位当联营的事尚未最终敲定时，就在他租来的办公间房门外贴上打印着“广灵县煤运公司驻大同办事处”的A4纸，然后私刻公章，给我们煤运系统的一家单位开出一张数额不小的空头支票。1995年8月22日，我到大同市煤运公司报月度销售计划，有人向我求证这个办事处及支票的事情，我立即向大同公司的相关科室说明情况，又打电话给公司经理，在得到“坚决揭穿他”的指示后，跟踪这位骗子到接收他空头支票的单位，三方对证，同他大闹一场，然后，在经理“注意人身安全”的叮嘱中惴惴一夜。第二天上午，公司来人与我会合，再到骗子的办公室

“调查”，又是我一个人的独角戏，当骗子被我刺激得恼羞成怒，站起来作势要扑打我时，才有一位高大的同事起身拦下他。而等我们一行人下午返回公司后，我赫然发现，公司经理正陪着县里的一位领导，和那位“骗子”坐在县宾馆的小会议室中商议联营之事。看来只有我一个人受骗了。

说起那人私刻公章一事，也和我们的疏忽有关。1993年春节后不久，公司的经理、书记互换位置，而这次联营正发生在两人的身份又一次变换之时。1994年8月底，时任经理退居二线，时任书记再次做回经理并且兼书记。此前，经理正商谈联营之时，曾派我和他的一位亲戚手持公司的营业执照，到大同市里找到那人的办事处——真的“手持”，营业执照外边没有套裹任何东西，赤裸裸地放在我俩眼跟前的圆玻璃茶几上。我被茶几上的一本月刊迷住了，拿起来专心捧读，等放下月刊时，惊恐地发现营业执照不见了，忙问同伴怎么回事，同伴慢悠悠地回答被一个人拿走了。

“你怎么不拦着？怎么不叫我？”

他低声回答：“我见你也不抬头，也不说话，也就没动。”

嗜读的习惯害了我和公司一次。随后我们调查发现，就是那天营业执照被拿走的两个小时里，他们用它从银行开了账户，并刻了我公司驻大同办事处的公章。我不清楚这次联营最终什么结果，但后来有一场官司却和这位联营人有关。

继任经理又先后与几位联营者谈判。1997年6月1日，在大同市里，竟然又有一位联营者向我索要随身携带的公司营业执照，先说要到银行开户，被我拒绝后，又说晚上六点请市领导和开户行行长吃饭，准备给他们看看，只借用半小时，然后让司机送回来——反正不让我跟着。我联系不上经理，副经理又做不了主，但死活没答应。第二天早上，闻讯赶来的经理（头天他就在大同市里）踏进我住的旅馆房间，亲眼看着我从包里取出营业执照，并在我几次保证执照没撒过手之后，才松了一口气。

那些年以买煤名义行骗的人不少，江苏省盐城市下辖的某县级市名声很差。1996年我们与民政部下属的天津某单位联营，就碰到了来自这个市的骗子。联营结束后，大约在1997年5月，他从秦皇岛起诉我公司，要求我公司退还以前联营煤站预收他的购煤款，其实他已经收到我们半列“调卸煤”，算下来倒欠我们几万元，而秦皇岛某区法院的某位法官竟然不顾“原告就被告”的原则，在他们法院受理了这个案子。1997年剩下的几个月里，有五个月，我和公司的法律顾问必须千里迢迢赶到秦皇岛，仅为开一次庭，看原告那位有时迟到、有时醉意未退的律师放浪地和法官扯几句淡，然后闭庭，回旅馆无时限地等候，直到十来天后我们主动提出先回家，等下次通知再来为止。

对方意图通过这样的折腾来使我们退缩，然而他们不知道，对一家国营公司而言，这点折腾根本无所谓，何况我们还可以顺便催收以前的煤款。也幸而我公司聘请的诉讼代理人是广灵县法院退休的老庭长，经验丰富，作为那位年轻法官的前辈、曾经的转业军人，他在法庭上敢和法官拍桌子、瞪眼睛，法官也拿他没办法。

原告之所以有恃无恐，全因为当时虽然联营早已结束，但联营煤站的公章一直还在原先从社会上聘请的联营煤站站长手中，我们怀疑他二人联手，随时伪造证据。然后，天津那家单位，从第二次开庭起，就派人参加诉讼，原告本来不想招惹他们，也没把他们列为被告，但他们更需要为联营投资的亏损找到原因。他们中的老孟是个能干的人，在他的建议下，我们双方的公司领导决定向灵丘县反贪局举报原联营煤站站长贪污与挪用公款，灵丘县反贪局予以立案，并在8月中旬拘捕了站长。我们几位到秦皇岛应诉的人便成了那位原告的眼中钉。

1997年9月底，我们再次到秦皇岛出庭、准备返回的前两天，就有一位女士给我们的房间轮流打电话。当时我因拘捕原站长一事已经心生警惕，何况刚刚听一位一直驻秦皇岛的煤校同学说起过，这段时间秦皇岛正“严打”，“小姐”们都走了，因而觉得这事有点儿反常。恰巧同伴邀我出去买衣服，我想拉老孟壮胆，刚转过宾馆楼层的拐角，就见两个精干的年轻人站在老孟的门外。他们挥手让我走开，我忙跑回房，告诉同伴，然后给老孟的房间里打电话，一次，两次，没人接听。再打，再打，终于通了。我急促地对老孟讲了刚刚所见，门外那两个人也在他放下电话后敲门而入。当时老孟才洗过澡，大概穿着裤头躺在被窝里和那位女士聊天，幸而什么也没有发生，幸而老孟也在天津的公安队伍里干过，于是写一份笔录完事。

我的同学闻讯赶来，事情已经过去，他请我们吃饭兼给老孟压惊，事后告诉我们，那两个人不是那片派出所的，也不知道是不是真警察。

案子久拖不决，老孟决定再次反击。1997年12月，我们找到法院的分管副院长，老孟亮出民政部的招牌，向副院长陈述本案管辖权的使用不当之处，对年轻法官的前途表示出一定的担忧，打动了副院长。

此前，我和天津人员常在广灵、灵丘见面，一方面收集反诉证据，一方面协助处理反贪局那个案子。1998年4月24日，我和煤站的同事去灵丘站货运室复印货运大票，为反诉进一步收集证据，25日，我公司向广灵县法院交纳诉讼费，正式提起反诉，广灵县法院以邮政特快专递寄出传票，但在5月开庭时，被告无人出庭。后来这个案件被秦皇岛那个法院移送到煤站所在地——灵丘县的法院审理，而不是移送到被告所在地广灵县的法院。我们又在灵丘县法院提起反诉。

1999年6月法院判决下来，我方胜诉，不过煤款一直没执行回来。还是被骗了。

时光隧道

1995年9月，结婚四个月后，妻子脱产到山西省教育学院进修，我仍然断断续续地出差。1996年3月底到1997年11

月初，我每个月都有十五到二十天的时间出差，大多孤身一人。其间，我父亲就职的广灵县物资局逐渐发不出工资；母亲、妹妹是农民，本来共同经营着一家小小的服装店，1996年11月，妹妹被一位在大街上练习驾驶大货车的菜贩子撞成重伤，1997年春节前才出医院，此时家中的服装店和其他同行一样越来越不景气，大家只上午开半天门，每当我出差，父亲从病房里出来送我，都送得越来越远；1997年春节后，妻子在进修的最后一个学期怀上了我们的女儿，以后每次与她在太原分别，她越来越多地背过身去抹眼角。

孤独地长年奔波，和妻子、父母亲、唯一的妹妹常常不能见面，自己的工作又看不到希望，这一切令我感到深深的疲惫。

而在旅途中回忆过去，竟然也想不起什么，恍惚中觉得自己就像飘荡在天地之间的一个气球，上下都没有着落，既丢失了过去，又不知将来。有时火车长久地在隧洞中穿行，洞中的灯光慢慢明灭，我竟然认为火车进入了时间隧道，等出来时，世界改变了模样，妻子已经老去，父母已经离世。有时坐在硬座上，我忧伤地想到，自己会死在火车上的，临死前连亲人的面都见不上。其实当时父亲五十岁刚出头，母亲还不到五十，都正值壮年，只是经济的不景气直接影响了家庭收入，令我们不觉陷入对现实和未来的茫然之中。

在我的职业生涯中，这种迷茫一直如影随形。1994年，我参加工作才三年，老赵就对我讲公司已经资不抵债，我应该想办法调到县委办，走升官之路。1996年初，我在联营煤站看煤，他再次建议。在他眼里，我中专毕业，家里看起来有一点门路，应该到县委或县政府谋出路。其实我和父亲、岳父都说起过这事，他们一致认为办不到。那时，煤站的经营状况很糟糕，我对煤检站又一无所知，不知道公司将走向何处；我也曾想跟一位干个体的煤贩子亲戚出去闯荡，却被家人阻拦，自己又毫无办法。

1998年8月到煤检站上班后，我仍然摆脱不掉这种茫然。当时的消息说2000年会取消煤检收费政策，后来又说延长到2001年、2005年、2007年……下岗、开不了工资，一直是我向家人诉说的担忧；在煤检站上班两年，我发现自己根本适应不了那种拦路收费的工作，上一天歇两天的倒班方式，也令我长期睡眠不足，整个人精神恍惚。

2001年5月1日，我如愿以偿、欢天喜地地回到公司办公室，一头扎进昏天黑地的公文写作中。整整五年半的时间，我一个人写公司党政方面及领导个人的各种文字材料，公司的管理机构越来越健全，“领导”越来越多，“领导班子”越来越大，写作任务越来越繁重，我也越来越疲惫、越来越沮丧。而且，我始终是企业干部之一，工作之初，偶尔参加公司的接待活动，经理或书记还会专门向客人介绍说我是“中专生”；另三位，一位由接替而至的外来经理保持，一位是公司书记（后担任经理）的女婿，他后来成为公司副经理，另一位大专生，是公司经理（后担任公司书记，再任经理兼书记）的儿子，后来他先后成为公司工会主席、经理。其他人，连初中毕业都算高学历，他们有一多半是公司各位“领导”的远近亲戚，完全有别于我，显而易见，我难以融入任何一个小群体。

公司常态化的本地人与外地人之间、本地人以公司“领导”为中心的几股势力之间，男男女女、上上下下，争斗不休，像一锅糨糊一样搅了又搅，糊了又糊，毫无原则、毫无规律可言。我始终看不清楚风向，始终搞不明白他们为什么会说那样的话，为什么要做那样的事，我像滚筒洗衣机里一条肮脏的背心，被甩来甩去。我又向往煤检站那种简单的、规矩明确的生活，但当我提出换岗要求时，似乎立刻成为不好安排且不可或缺、无可替代的人。

直到2007年6月1日，我正式回到久别的煤检站，从此，公司红火也好、关门也好，收费政策存在也好、取消也好，再与我无关。我不再担心前途，麻木地上下班，反正别人能活，我也能活。

而生活总是出人意料。2012年起，公司开始拖延工资，两个月发一个月的工资，三个月发一个月的工资，终于，从2013年起，到2014年春节前，整整十四个月，才发了一个月的工资，这还是腊月里职工集体到市里上访的成果。这期间，我先后干过网上荐稿、跑黑出租的活，还到一家私人菌业公司打工半年。在听从公司招呼、回煤检站上了近一个月不开工资的班后，我下定决心离开那里，随后到一家公家单位打工，从事曾经厌恶的公文写作。

2014年12月1日，煤检站正式撤销，人员待分流，我因为越来越厉害的神经衰弱，也因为没有进入体制内的希望，终于在2015年春节长假后，从打工单位告辞，来到已经更名为“晋能集团”的山西省煤运总公司，借调到其下属的一家混合所有制押运公司。

我又回到了曾经长年出差的太原，只不过人事两非。偶尔几次去晋能集团总部办事，常看见下级公司的职工围堵总部办公楼。他们带着军大衣、被褥，在大门外、门庭里或坐或躺，曾经世人眼中的绝好单位竟落到如此地步。

整整一年，我每半个月在家乡和太原往返一次，回家比在外更累，因为两周的家务要用一个双休日干完。由于办不下持枪证，押运公司迟迟不能启动，2015年底，人员放假，公司指定我带着三四个人留守。太原也不能待了，最终在2016年3月，我调出煤运系统，到家乡一家县营公司上班，虽然也常常推迟开资，但总算守在家人身边，安定下来。那些广灵县煤运公司的前同事，大部分从曾经的世界五百强企业分流到国家五百强——山西省国新能源发展集团有限公司，至今仍然待岗，不过工资有保障；少部分留在原单位，工资虽低，所幸能够发放。

我联系过的那些客户，也被时代的洪流裹挟，其形状令人瞠目。曾经令我羡慕的锦州发电厂，于1983年9月19日成立，网上说它“在锦州及辽西地位举足轻重——拥有六台燃煤纯凝发电机组，总装机容量为一千二百兆瓦，为锦州的经济建设以及民生工程做出了很大贡献”，但在2007年被华润电力控股有限公司的全资附属公司收购，更名为华润电力（锦州）有限公司，后来按照国家“上大压小”淘汰落后产能政策，“华润电力（锦州）有限公司于2009年10月31日至2013年9月1日相继关停六台老旧机组，并爆破拆除二期全部设施，彻底解决了环保问题”。2015年2月，拆除工作全部完成。这漫长的拆除过程，令不断旧地重游的原电厂人员、子弟颇为惆怅。

龙口电厂似乎一直站在改革潮头。它曾是全国首家集资办电企业，1981年12月17日开工建设，1984年8月投产，属山东电网骨干电厂；2000年龙口电厂作为山东省“厂网分开”首批试点企业，组建了“山东百年电力发展股份有限公司”；“2010年，百年电力加入华电集团，再次回到国有企业的旗下”；2014年新增风电业务，现称“华电龙口发电有限公司”。

那些更小的客户公司，已经在时间的冲刷下尸骨无存。我以它们当年的住所地为条件在网上查询，看到名称近似的几家公司，而它们的法人代表赫然是曾经熟悉的名字，我相信就是他们。

母校的变迁更加令人唏嘘。它创办于1950年，初名中国煤矿工人学校，以后多次改名，1989年10月我们入校时，叫作秦皇岛煤炭工业管理学校。1990年迎来建校四十周年校庆，作为一名各方面都很普通的学生，我并没有过多地关注相关庆祝活动，只是那几天人如流水车如龙的盛况，令我万万想不到，它会在1998年与位于本市昌黎县的河北农业技术师范合并，初名“河北职业技术师范学院”，2003年更名“河北科技师范学院”，完全褪去了煤校的色彩。

2013年8月5日，我迄今最后一次回到母校。正门依旧，白帆船似的教学楼依旧，三角棱柱形的七层宿舍楼依旧，操场依旧，只是从西侧门进入住宿区，赫然入目的竟是某女子医院关于安全堕胎的巨幅广告。

2016年8月起，我开始从头阅读自己的日记，试图从过去找到初心，为余生指明道路。我猛然发现，年轻时，自己一年可以写三四本日记，中年后，曾经用八年时间才写满一本日记。那八年，我经历了什么？失去了什么？结束出差生涯后的日记，仍然大量与工作相关，现在读来索然无味；对父母亲、妻子、儿女的一些记录，又让我深深感到丢失岁月的痛苦——日记读到一半后无法继续，从此我不再往日记里记录工作。

我已醒悟，和家人一起度过平淡的日子，内心平静自由，才是人生最大的幸福，才最值得永忆。

家山寄畅卧林泉

贾 珺

无锡秦氏家族世代守护寄畅园达四百多年，堪称奇迹。

惠山旧缘

中国古人饮茶，茶叶、茶具、火候之外，对用水也十分讲究。唐朝张又新《煎茶水记》记载，精于赏鉴的刑部侍郎刘伯刍品评与茶相宜的各地水泉，分为七等，以“扬子江南零水”为第一，“无锡惠山寺石泉水”位居第二。张又新另称自己曾在一位楚僧的囊中见到一篇《煮茶记》，文中记述湖州刺史李季卿在扬子驿遇见茶圣陆羽，请教所历烹茶之水的优劣，陆羽说：“楚水第一，晋水最下。”并将天下名水分为二十品，排名榜首的是“庐山康王谷水帘水”，第二名，仍是“无锡惠山寺石泉水”。

无锡是一座历史悠久的江南名城，北倚长江，南临太湖，境内以平原为主，水网稠密，城外有一些丘陵山冈延亘于湖滨河岸，西郊的惠山是其中最大的一座，原名华山、历山，传说因为西域僧人慧照曾在附近结庐修行而得名“慧山”，“慧”“惠”二字相通，故称“惠山”，又名“九龙山”。惠山层叠起伏，宛如群龙盘旋，共含九峰、九涧、九坞，一条名为“梁溪”的河流从山麓发源，流入太湖。

惠山寺位于惠山第一峰下的白石坞，是一座始建于南北朝时期的著名古刹，格局坐西朝东，历代屡毁屡建。唐代大历五年（770年）前后，无锡县令敬澄在寺院西侧的山石间开凿一井，泉水充盈，甘洌清甜，品质上佳，这便是被陆羽和刘伯刍公认为“天下第二泉”的惠山泉。后世为纪念陆羽，又称之为“陆子泉”，在井上建亭覆盖，并在泉下开辟方池，雕刻螭首，形成澄镜照影一般的优美景致，千载以来，文人骚客品题不绝。

唐代贞元四年（788年）秋日，在长安任职的吴郡（今江苏苏州）文人朱宿回故乡，途经无锡，邀请正在这里居留的好友王武陵和隐士窦群来惠山寺游览，品泉烹茶，谈诗论道，赏月观松，并各赋一诗，传为佳话。

北宋文豪苏轼多次到过惠山，有一次特意带着珍稀的御赐贡茶小龙团拜访在此修行的钱道人，钱道人以惠山泉水烹茶，宾主尽欢，苏轼大为赞赏，作诗云：“踏遍江南南岸山，逢山未免更留连。独携天上小团月，来试人间第二泉。”在杭州任职期间，他曾派人持其亲笔所书的诗札向无锡县令焦千之索取惠山泉水。元丰二年（1079年）四月十二日，苏轼、秦观和诗僧参寥三人结伴同游惠山，在惠山寺殿堂的内壁见到唐代王、窦、朱三位处士的题诗，很是钦慕，便次其旧韵，各作诗三首。

秦观是高邮人，字少游，又字太虚，号淮海居士，别号邗沟居士，名列“苏门四学士”之一。这一年他年方三十岁，正在埋头苦读，准备科举应试，被苏轼招来游山玩水，暂时放松一下。秦观见到秀丽的惠山风光，十分心仪，作诗云：“讵得踵三隐，山阿相与邻。”意思是希望步三位先贤后尘，与青山、白泉、长松为邻，逍遥余生。六年之后的元丰八年（1085年），两次落第的秦观终于考中进士，开始了其坎坷的仕途。他先后担任定海主簿、蔡州教授、太常博士、国史院编修，元符三年（1100年）在藤州（今广西藤县）去世，先停殡潭州，然后归葬故乡高邮。

政和年间（1111–1118），秦观之子秦湛担任常州通判，无锡县隶属常州府，惠山正是其常游之地。秦湛经过仔细考察，决定将父亲的墓从高邮迁至惠山最高峰三茅峰下的一块风水宝地，前俯太湖，遥对马山，另在二茅峰构筑守墓道士的居所，由此实现了秦观当初长居惠山的心愿，同时开启了秦氏家族与此山绵延八百多年的一段因缘。

秦氏后人时刻铭记“祖墓在锡”，奉惠山为家族圣地。为便于守护、祭祀祖坟，秦湛之子秦南翁举家定居临近无锡的晋陵（今江苏常州）新塘乡，子孙繁衍，聚为秦村。南宋末年，秦湛十世孙秦惟祯入赘无锡县胡棣乡王野舟家，距离

无锡惠山天下第二泉漪澜堂水池今景。李鸿远 摄

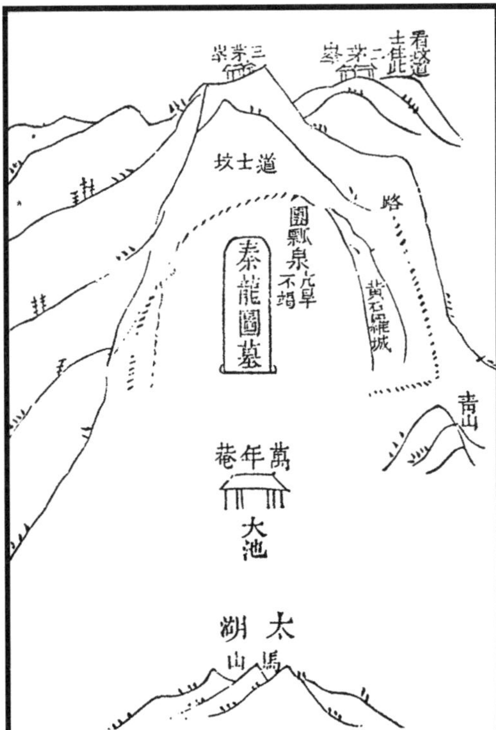

惠山秦龙图（秦观）墓位置示意图。引自《锡山秦氏宗谱》

惠山更近。秦氏这一支系从此将籍贯改为无锡，以秦惟祯为初祖。胡棣乡有一座小山名为“归山”，又名“凤山”，与惠山的别名“九龙山”遥相呼应。秦氏在归山下建了一座凤麓宗祠，被后人誉为“攀龙附凤”。

元朝末年，秦惟祯之孙秦彦和从胡棣乡移居无锡县城内师姑河北岸的玄文里，遂称“河上秦”。

明代成化十八年（1482年），秦彦和的孙子秦旭（1410–1494）将惠山第一峰下的僧舍龙泉房改建为一座园林，名曰“碧山吟社”，包含十老堂、捻须亭、涵碧池、古木陂等八景。当时秦旭年逾七十，须发俱白，与他经常来往的九位朋友也多为年高德劭的耆宿，大家聚在一起，仿效唐代的香山九老会和北宋的洛阳耆英会，举行诗会雅集，吊古抒怀，一时传为盛事。名画家沈周为此绘有《碧山吟社图》，图卷背景为起伏的惠山诸峰，右首可见惠山寺的一座殿堂，捻须亭与一泓方池位于园门外，园内正厅十老堂轩楹高敞，四周古树掩映，山石嶙峋，诸位老者徜徉其间，以茶酒诗文自娱，堂中据案执笔者即为秦旭本人。

凤谷行窝

到明代中叶，秦氏已经在无锡生活了三百多年，家族日益兴旺，子弟积极投身科考。

成化二十二年（1486年），也就是碧山吟社建成的第四年，秦旭的侄孙秦金乡试中举，秦旭特意作诗庆贺，感叹“家山生色”，门第有光，全赖祖上淮海公秦观的恩泽。取得功名后，秦金也将自己一家从胡棣乡迁进城里，住在西水关附近，后来这一支便称“西关秦”，与早先入城的“河上秦”并列为同族的近支两脉。

秦金（1467–1544）字国声，号凤山，弘治六年（1493年）得中进士，为官四十余年，历经孝宗、武宗、世宗三朝，升迁九次，先后担任南京吏部、礼部、兵部、户部尚书和北京工部尚书，还做过右副都御使、湖广巡抚，封太子太保，其西水关旧居号称“尚书第”，门联大书“九转三朝太保，两京五部尚书”。秦金任职期间偶尔回乡，曾召集友人在碧山吟社宴集，但其叔祖秦旭早已去世，不复当年盛况。

惠山寺周边有十几处相对独立的僧舍，碧山吟社的前身龙泉房便是其中之一，旁边还有一座南隐房，惠山寺原住持圆显退任后在此居住，与当地文人邵宝过从甚密。邵宝与秦金也是知交好友，正德五年（1510年）辞官回乡，在惠山寺北侧建了一座二泉书院，一边读书讲学，一边悠游闲居，令秦金非常羡慕。

正德十六年（1521年），武宗驾崩，世宗朱厚熜以藩王的身份入继大统，理论上算是孝宗的嗣子，却想尊亲生父亲兴献王为“皇考”，在朝堂引发“大礼议”之争。秦金对于动荡的政坛深感厌倦，很想和邵宝一样退休归隐，便连续三次上疏乞骸，最终于嘉靖六年（1527年）三月得到朝廷允准，以花甲之年正式告老还乡。秦金回到无锡，便将二泉书院东侧的另一处僧舍沤寓房买下，改建为别墅园林。可惜在一个月之前邵宝病逝，无法履行两人携手同游山林的旧约。

秦金给新建的园林起了一个别致的名字，叫作“凤谷行窝”。“凤”字源自秦金的别号凤山，还含有“雏凤清于老凤声”的美好寓意；同时凤山也是秦氏世代居邻的归山的别名，秦金之父秦霖曾将自己宅院的正堂题为“凤山书屋”。“行窝”的典故出自邵宝的祖先、北宋哲学家邵雍。邵雍祖籍范阳（今河北涿州），少年时代随父亲迁居共城（今河南辉县）苏门山，后来在洛阳定居，好友富弼、王拱辰等集资为他置办宅园。邵雍平时以耕作为生，只求温饱，怡然自得，将所居家园称作“安乐窝”，虽为陋室却名满天下。每年春秋两季，邵雍经常乘一辆小车出门游逛，人们争相迎奉，都说“我家先生来了”。有人模仿他的居所建造房屋，名为“行窝”，只盼他能来小住一二日，便深感荣幸。后世文人常将正宅之外的山林别墅也称作“行窝”，以求体现类似邵雍旧居的素雅情怀。清代乾隆年间，皇家园林清漪园万寿山上建了一个名为“邵窝”的小院，用的是同一个典故。

凤谷行窝位于惠山寺的东北侧，地形起伏，草木丰茂，溪池萦绕，还可直接引惠山泉水入园，可谓得天独厚。秦金并未大兴土木，而是尽量利用原有的基址优势，适当点缀了一些亭榭、奇石，补种少量花卉，营造出清雅宜人的园林环境，独具一种苍凉廓落的气质。因为位于惠山脚下，园中可以从不同角度、不同距离观赏九峰的秀姿。惠山泉水通过曲涧汇入一汪方池之中，带来清越的水流之声，与临近古寺的暮鼓晨钟相互应答。池边有座名为“一鉴亭”的小亭，与松竹小路相通，在亭中可临水赏鱼。

大约在八十多年前的正统年间，惠山寺曾经遭遇一场大火，巡抚江南的工部侍郎周忱考察现场，认为寺院东侧地势过平，从风水角度看缺乏“青龙”护佑，便下令用废墟上的瓦砾，加上覆土，在寺东空地上堆了一座土墩，并在山上种下几百棵树。到明代后期，这座原属“案墩”性质的土丘已经郁然成林，虬枝垂地，浓荫遮天，被秦金纳入园中，形成西部的山景，大有天然之趣。

秦金在凤谷行窝中度过了四年的悠闲时光，与林间飞鸟、池中游鱼做伴，种树浇花，吟诗漫步，还经常在此与朋友聚会，极为自在。

嘉靖十年（1531年），秦金被朝廷起复为南京户部尚书，重回官场，嘉靖十五年才得以第二次退休。此时他将近七十岁，昔日好友均已辞世，长子秦泮英年早逝，自己也衰朽多病，不再有心情置身园林，平时主要住在无锡城中西水关的旧宅中，亲自传授诸孙课业，直到八年后去世。

值得一提的是，无锡秦氏家族从这一代开始，族人的名字往往以金木水火土为偏旁，并且按照五行相生的次序来编排辈分，与明代皇室的取名方式如出一辙。

冷落了十几年的凤谷行窝由秦金的次子秦汴继承。此人是一位藏书家，在家里建了一座万卷楼，将全部身心投入收罗图籍和刻版印书的事业中，对园林毫无兴趣。为避免此园因为无人光顾而日趋荒芜，秦汴决定将凤谷行窝转让给同宗同辈的秦瀚。

秦瀚（1493–1566）字叔度，号从川，属于“河上秦”一系，是修筑碧山吟社的秦旭的曾孙。嘉靖三十三年（1554年），秦瀚追怀曾祖的风范，重建碧山吟社，修筑濯缨轩、十老亭、流馨室、吟台等八景，还准备了厨房、茶具、几案、椅凳、壶觞，以作茶酒之会，并请大书画家文徵明题写“碧山吟社”四字隶书匾额。秦瀚在此组织诗社，顾可学、俞宪等文人纷纷作文赋诗，内阁首辅徐阶为此专门写了一篇《重复碧山吟社记》，声震全邑。

秦瀚的儿子秦梁是嘉靖二十六年（1547年）的进士，正在外面为官，而秦瀚本人已经六十多岁，家住城里，往来

明代文徵明书“碧山吟社”匾额。黄晓 摄

碧山吟社不太方便，正需要在惠山一带寻觅一座别墅以备栖居，得到秦汴转让的凤谷行窝，大喜过望，于嘉靖三十九年（1560年）对全园进行整修改建，面貌一新，仍保留“凤谷行窝”旧名，又称凤谷山庄、古华山墅。

秦瀚非常崇拜唐代诗人白居易。白居易一生中历宦多地，于长庆四年（824年）由杭州刺史迁任太子左庶子分司东都，来到洛阳，在城南履道坊购得已故散骑常侍杨凭的旧第，修筑了一所宅园，晚年退休后在此终老，作有大量诗文描绘此园景致，其中最著名的一篇是《池上篇》，称：“十亩之宅，五亩之园。有水一池，有竹千竿。勿谓土狭，勿谓地偏。足以容膝，足以息肩。”整座宅园占地十七亩，其中房屋占三分之一，水占五分之一，竹子占九分之一，园中除堂台、水池、竹木之外，新筑粟廪（粮库）、书库、琴亭、桥梁。白氏在园内安置从不同地方携归的奇石、灵鹤、船舫、白莲、紫菱，并以友人所赠古琴、青石与友人所授的酿酒之法、《秋思》乐章为伴，尽享城市山林之乐。秦瀚参考白氏园的格局，对凤谷行窝重加经营，还以《池上篇》为底本翻写了一篇《广池上篇》，曰：“百仞之山，数亩之园。有泉有池，有竹千竿。有繁古木，青阴盘旋。”改建工程的重点在于加凿水池、堆叠假山、增种竹子、开辟菜畦花径，并新建了一些建筑，堂、室、阁、亭俱全，更宜于日常生活。另外秦瀚特意搜罗了白莲、双鹤，设置游船，进一步与白氏园当年的景物相对应。

嘉靖四十五年（1566年），秦瀚去世，其子秦梁遵照礼制辞官回乡守孝，春夏秋三季常常住在凤谷行窝，在庭前种了一对玉兰树，仿佛昆仑仙境的碧琅玕。园中高台上有一座振衣亭，旁植松树，与月色十分相宜。

秦梁和李春芳、张居正、杨继盛等名臣是同榜进士，为官二十多年，交游广阔，各地官宦、文人路过无锡时往往都会前来拜访，凤谷行窝成为重要的接待场所，众人在此留连盘桓，诗酒唱和，使得秦家园林声名远播。

隆庆六年（1572年）春天，文坛领袖王世贞和弟弟王世懋出游常熟虞山，一路乘船，顺道来到惠山拜访秦梁，游览凤谷行窝。秦梁与王世贞是老朋友，在园中画舫上摆下宴席，宾主举杯相对，饮酒品泉，还令一位名叫无双的家伎献乐，尽欢而醉。后来王世贞又来过三四次，每次欢聚宴饮秦梁都会喝醉，豪兴大发，提着王世贞的耳朵让他背诵昔日所作诗文，传为笑谈。

万历二年（1574年），江西万安人朱衡从工部尚书任上退休，回乡途中被著名文人茅坤接到无锡，在诸家名园轮番宴饮多日，其间也在凤谷行窝举行雅集。茅坤作诗赞叹："不须金谷丽，疑入武陵源"，"独爱兹园胜，偏多野兴长"。意思是秦家这座山园不像其他江南名园那样追求类似西晋金谷园的侈丽风尚，而是以充满自然野趣的洞花、岩树、云霞、水竹取胜，清新曲折，好像陶渊明笔下武陵渔人误入的桃花源，真可谓凤谷行窝的知音。

清幽景物

万历六年（1578年），秦梁去世，凤谷行窝又一次被闲置。这一时期恰逢大学士张居正主政，厉行改革，秦梁的族侄秦燿正在朝中任职，深受器重。

秦燿（1544–1604）字道明，号舜峰，隆庆五年（1571年）进士，是继秦金、秦梁之后出身于无锡秦氏的又一位高官。万历十年（1582年），张居正逝世，身后遭到政敌攻击，神宗下令清算抄家，并将一批张氏所提拔的官员降职、治罪，秦燿也受到株连，幸亏得到继任首辅申时行的照顾，这才闯过难关。万历十七年（1589年），秦燿出任右副都御使、湖广巡抚，达到仕途顶峰，与七十五年前秦金的官职一模一样。万历十九年（1591年），因为申时行辞官归乡，秦燿失去最后的靠山，又遭弹劾，终于被免去官职，次年返回无锡，度过余生。

秦燿心中愤愤不平，只能靠故乡的碧山茂林和清泉美酒来排解烦忧。他接手荒废十余年的凤谷行窝，从万历二十一年（1593年）起，花费六年时间对全园做了大规模改建，并借东晋王羲之的诗句“取欢仁智乐，寄畅山水阴”，将园名改为“寄畅园”。

寄畅园既保留凤谷行窝的基本格局和清雅风格，又增添许多新的景致。秦燿最初设定二十景，并作有二十首五言绝句，合称“寄畅园二十咏”，后来又续加品题，有所扩充。

明代寄畅园部分景物分布平面示意图。黄晓、戈祎迎 绘

1 正门 2 石丈 3 清响 4 锦汇漪 5 清籞 6 知鱼槛 7 先月榭 8 霞蔚 9 凌虚阁 10 后门
11 卧云堂 12 邻梵阁 13 箕踞室 14 鹤巢 15 含贞斋 16 松石 17 栖玄堂 18 小憩
19 悬淙 20 曲涧 21 爽台 22 飞泉 23 宛转桥 24 涵碧亭 25 环翠楼 26 嘉树堂

诸景之名雅致贴切，大有典故可寻。

名士王穉登、屠隆、车大任分别应邀作有一篇园记，其中以王穉登的《寄畅园记》对园景的记录最为翔实。秦燿另请松江华亭（今上海）画师宋懋晋绘制了一套五十幅的《寄畅园五十景图》，图文对照，清晰呈现了当时的园林面貌。

此园在北墙上开设园门，匾额上书“寄畅”二字。入门即见一尊高大的太湖石，参照北宋书法家米芾拜石的故事，称之为“石丈”，石上爬满薜荔，旁以一株古松相伴。绕过巨石，向南进入一个四面墙垣围合的小院，设有一堂，堂北种植两株白皮松，亭亭如盖，故名“停盖”，下面掩藏着一口六角水井。由此折而向东，穿过院墙上的小门，正对一丛竹林，取唐代孟浩然诗“竹露滴清响”，将门额题为“清响”，秦燿以“时和寒泉鸣，泠泠滴清响”两句诗，描写竹间天籁与泉水妙音相和鸣的声境。

竹林西南面有个小码头，常备一艘画舫，号曰“采芳舟”，船上备有桌凳、酒具、钓竿。登船可驶入一片大水池，池阔近十亩，名为“锦汇漪”，又叫“锦涟汇”，岸边杂植桃树和柳树，春日红花与绿枝交错，在阳光映照下波影摇曳，煞是好看，被秦燿形容为“灼灼夭桃花，涟漪互相向。水底烂朱霞，林端日初上”。池东岸构筑长廊，蜿蜒数百步，其间穿插一座小轩，前临清池，后依翠竹，景名“清籞”，出自唐朝皮日休诗“波际插翠筠，离离似清籞”。相邻的池岸“雁渚”暗合唐朝宋之问“泛舟依雁渚”诗意，驳石参差，有水鸟在此栖息，自成一景。

长廊向西延伸，横跨水上，连接一座水榭，在此可观赏游鱼，体会《庄子·秋水》中“濠梁知鱼乐”的意境，故称“知鱼槛”。再转而向南是一段更长的廊子，称作“郁盘”，南朝徐悱曾经用这两个字表达“曲折阻滞”之意。廊前有红花临水依石，故称“花源”。长廊朝东一面另挂了一块匾额，题为“先月榭”，表示这里可以最先看到初升的月亮——当年白居易在履道坊宅园中水池西岸构筑过类似的廊子，“欲为待月处”。廊尽端抵达水池西南岸，通向书斋“霞蔚”，临池构筑平台，台上种了两株黄杨，西侧以茂密的树林为背景，北侧堆叠山石，在此可近俯清溪碧池，远观白云青霭，景象恰如南朝刘义庆《世说新语》所云：“千岩竞秀，万壑争流，草木蒙笼其上，若云兴霞蔚。”

锦汇漪的东南岸建了一座三重屋檐的高楼，屋顶高出树梢之上，名为“凌虚阁”，登阁可望附近的惠山寺以及河塘一带熙熙攘攘的游人，视野最为开阔。

寄畅园南部被辟为相对独立的生活区，与北部以游赏为主的景观区之间设一道横贯东西的隔墙，以作区分。凌虚阁东侧园墙的南端开了一个小门，由此可入南部庭院。门西开凿方池，四面以栏杆围护，池上架有石梁小桥，过桥为正厅卧云堂，歇山屋顶，分为前后两卷，空间宽敞，为宴会待客之地。堂前有一株樟树，是秦燿担任湖广巡抚时从粤东携归的名种。卧云堂西南侧为小楼“邻梵阁”，南墙之外就是惠山寺山门前的“阿耨池”，与佛殿斋堂也只有咫尺之遥。阁北种桂树，高出屋檐之上，后来阁名改为“天香小阁”。

邻梵阁往西是一个四面游廊围合的院子，西临一湾曲池，院中的主屋叫作“箕踞室”——所谓“箕踞”，就是人坐时两腿张开，两膝微曲，形似簸箕，被古人认为是一种傲慢无礼的坐姿，有时又被视作率性洒脱的标志，比如《庄子·至乐》记载庄子的妻子去世，他并不悲伤，却“箕踞鼓盆而歌”。唐朝王维拜访朋友崔兴宗的园亭，留下诗句“科头箕踞长松下，白眼看他世上人”，夸赞崔氏特立独行的风采。秦燿对此也表示欣赏，在箕踞室周边散种长松，与王维诗句呼应。

箕踞室的北面另有一个围墙封闭的小院，里面建了一座书斋，台阶下有一株松树，松下一石缠满藤萝。风过松枝，簌簌如奏乐，传说南朝时期贞白先生陶弘景最喜欢聆听松风，此斋由此得名“含贞”。东晋陶渊明《归去来兮辞》中又有“抚孤松而盘桓”的名句，秦燿便将此处又题为“盘桓”，还将那块藤萝石比拟为唐代名相李德裕平泉山居中的“醒酒石”。园西南角叠石为山，地势高亢，杂植松梅，所建小亭与箕踞室隔水相望，其“鹤巢”之名来自王维的另一句诗“鹤巢松树遍”，后来更名为“苍雪亭”。

含贞斋之北为“栖玄堂”，用西汉扬雄（字子云）著

《太玄经》的典故。堂前砌筑石台，种植了几十株牡丹。其西倚靠院墙布置山石，墙外有一处名为“小洞重阶”的古迹，街道中央曾筑有一道土墙，将路面一分为二，男女各走一边，传说唐朝诗人张祜曾经在墙上题诗，后人建牌坊纪念。秦燿扩建寄畅园时将这块地方圈占过来，并且拆掉了土墙和牌坊。此举受到当地文人谈修的严厉批评。

栖玄堂的北面便是当年巡抚周忱所堆的土丘，高树密布，夏日在此乘凉，尤为惬意，故名“爽台”。山下是全园水系的引源入口，其声如琴瑟合奏，在西侧的“小憩”亭中静静品味，感觉很奇妙。泉流从石头缝隙间注入一条曲涧，再流向其他溪池，涧边建六角亭“悬淙”，在此可俯视鲜活灵动的淙淙水态。

水流沿着曲涧辗转而行，两旁是茂林修竹和象征“崇山峻岭”的丘壑，被比作东晋兰亭雅集时用于“流觞之戏”的“曲水”。曲水最后凌空汇入锦汇漪，如长江出峡口，水花四溅，形成“飞泉”小景。偏西位置垒成石洞，栽几十株桃树，恍然桃花源的隐秘洞口，故而定名为“桃花洞”。飞泉旁架设曲桥，宛转连接水上的涵碧亭。这座亭子四面开敞，宛如孤艇，在此可体验“微风水上来，衣与寒潭碧”的氛围。飞泉西北有大片树林，其中藏着一座环翠楼，是园中另一处登高赏景的地方，凭栏南望，高台曲榭、长廊复室、美石佳树、花径月亭尽收眼底。

王穉登《寄畅园记》完全按照游园的次序进行记述，

从园门内的石丈开始，到环翠楼结束，一共提到二十八处景致，恰好对应宋懋晋《寄畅园五十景图》的前二十八幅画面。但这套图册一共有五十幅图画，二十八景之外尚有振衣冈、缥缈台、深翠、香篟、鱼矶、骈梁、桂丛、绿萝径、凉荫、禅栖、翘材、芙蓉堤、梅花坞、绾秀、蔷薇幕、夕佳、旷怡馆、濯足流、抚薰、汇芳、云岫二十一景以及一幅写意的全景图。

后二十一景的具体位置不太清楚。从图上看，“振衣冈”和“濯足流”一为高冈，一为清池，取自西晋左思的两句诗“振衣千仞冈，濯足万里流”；“缥缈台”是一座高台楼阁，仿佛云中仙居；“鱼矶”是水中小岛，竖立石峰与石笋；“曲梁”是木曲桥，与涵碧亭旁边的曲桥造型类似；“香篟”“桂丛”“翘材”分别指竹丛、桂树和高大的乔木，“绿萝径”“芙蓉堤”“梅花坞”“蔷薇幕”分别以芭蕉、木芙蓉、梅花和蔷薇点题；“禅栖”是一座独立的佛堂，香烟萦绕；“夕佳”表现的是园外惠山的风光，取自陶渊明诗句“山气日夕佳”；“旷怡馆”是读书的别馆，“抚薰”似为琴室；“深翠”画面上有一座小楼，而“凉荫”“绾秀”都是阔叶高树下的小门；“汇芳”是一座花架，取“汇聚群芳”之意；“云岫”是另一尊大型湖石，源自陶渊明名句“云无心以出岫”。这些景物可能有一部分与前面提及的二十八景重复，只是观赏角度有差异，或者强调不同的节点。

秦燿所定的二十景中，另有嘉树堂、清川华薄、大石山房、丹邱小隐和鹤步滩不在《寄畅园五十景图》的四十九处景名之内。其中嘉树堂曾被列为全园第一景，堂前有古树、碧池，秦燿诗中描述："嘉木围清流，草堂置其上。周遭林樾深，倒影池中漾。"结合其他信息，可以推断此堂位于水池北岸，与现存情况接近。大石山房可能位居全园东北角，鹤步滩则是水池西岸的一块凸出的半岛。

当年秦瀚改造凤谷行窝，作《广池上篇》，是为向白居易致敬。而秦燿则以王维为偶像，拟定的寄畅园二十景明显是在模仿王维的辋川别业，《寄畅园二十咏》堪称王维《辋川集》的翻版，所列诸景的主题多次引用王维的诗句，与这位唐代大诗人心心相印。此外，秦燿对陶渊明也十分推崇，而景名涉及的庄子、扬雄、左思、王羲之、孟浩然、皮日休、李德裕、米芾等人同样都是秦燿所喜欢的先贤名流。

园冶真意

明代后期，江南地区的商品经济极为发达，琴棋书画、美食茶道、家具器皿、花鸟鱼虫、戏曲表演等各种生活艺术空前鼎盛，衣食住行无不华美精致，文化气息浓厚，造园技艺也达到巅峰状态。然而当时朝堂之上君主昏庸，奸佞当道，专制统治极为黑暗。在此背景下，思想界掀起一股反对礼教、强调个性解放的浪潮，文人士子标榜清高脱俗，纵情风月，甚至放浪形骸，最大限度地追逐物质和精神享受，进一步促进了园林文化的发展。

明末清初绍兴文人张岱晚年撰《自为墓志铭》，回忆自己少年时“极爱繁华，好精舍，好美婢，好娈童，好鲜衣，好美食，好骏马，好华灯，好烟火，好梨园，好鼓吹，好古董，好花鸟，兼以茶淫橘虐，书蠹诗魔”。张岱同时也精于园林品赏，在《陶庵梦忆》中描述了种种园居盛况，正是晚明风流的忠实写照。

在这几十年间，江南各地名园迭出，灿若繁星，数量之多，品质之高，足令后人惊叹。南京以及扬州、常州、苏州、松江、杭州、湖州、绍兴诸府见于文献记载的私家园林都不下一二百座，并且出现同一家族拥有多处园亭的现象，比如苏州徐氏的拙政园、紫芝堂、东园，常州吴氏的青山庄、嘉树园、止园、东第园、罗浮园，太仓王氏的弇山园、澹圃、约圃、麋场泾园，绍兴张氏的筠芝亭、砎园、巘花阁、瑞草溪亭、天镜园、众香国、镜波园、万玉山房、苍霞谷等等。到万历年间，无锡秦氏在惠山也据有多座园林，除寄畅园和碧山吟社，还有龙山别墅、五峰草堂、黄涧别业、栖隐园等，各有佳致，但若以名气而论，当以寄畅园为第一。

明代末叶的江南文人不但热衷于营建园林，还对造园的诸般手法和美学法则加以系统研究，出现了精深高明的理论著作，其中最重要的一部是计成所作的《园冶》。

计成（1582–？）字无否，号否道人，吴江（今江苏苏州）人，年轻时精通诗文书画，游历大江南北，才华见识都很高，但是科举不顺，中年以后改以造园为生，在常州为江西布政使吴玄设计东第花园，在仪征为盐商汪士衡营造寤园，在扬州为文人郑元勋改建影园，并总结实践经验，参考自古以来的艺术鉴赏理论和所游历的江南名园范例，于崇祯四年（1631年）完成了一部书稿，最初起名叫“园牧”，后来接受朋友的建议，改名“园冶”，于崇祯七年（1634年）正式刊行。

《园冶》全书共分三卷，起首是“兴造论”和“园说”两篇总纲，之后依次为“相地”“立基”“屋宇”“装折”“栏杆”“门窗”“墙垣”“铺地”“掇山”“选石”“借景”十一篇，涵盖了造园工程的所有环节。此书在中国园林史上拥有极为崇高的地位，并随明代遗民东传日本，很受推重。

秦燿改建寄畅园的时间比《园冶》问世要早四十年左右，计成与无锡秦氏也没有什么交往，但寄畅园的总体格局以及建筑、山水、植株等方面，与《园冶》的文字描述有很高的吻合度，堪称此书在现实世界的最佳诠释。

《园冶》强调，造园的关键在于“三分匠七分主人”，这里的“主人”并不限于狭义的园主，而是指善于勾画设计的园林艺术家，即所谓“能主之人”。包括寄畅园在内，江南很多名园都由诗画修养很高的园主与胸有丘壑的职业造园师共同主持创建，其品味绝非寻常工匠所能企及。

《园冶》明确提出造园有最重要的两条原则：一是“巧于因借，精在体宜”，二是“虽由人作，宛自天开”。所谓“巧于因借”，就是巧妙地顺应所在位置的原有地形、水势、植被，同时善于借用周围远近环境的风光，适当加以修整，点缀亭榭，就能达到事半功倍的效果；“精在体宜”就是所做的一切工作都应该把握分寸，恰到好处；“虽由人作，宛自天开”强调园林虽然是人工所造，最终呈现的景象却应该好像天然形成的一样。这两句话完全可以用来概括寄畅园的经营理念：将所在地段的优越条件发挥到极致，所有的景物都得到最适宜的安排，以精妙的匠心营造出浓厚的自然气息，达到浑然一体的效果。

“相地”讨论园林选址，分为山林地、城市地、村庄地、郊野地、傍宅地、江湖地六种情况，并称“园地惟山林最胜，有高有凹，有曲有深，有峻而悬，有平而坦，自成天然之趣，不烦人事之工”，又说“旧园妙于翻造，自然古木繁花”。寄畅园正是利用一座坐落在山林之中的旧园改建而成的名园，高阜凹穴、曲涧深壑、峻岭悬崖、平峦坦坡、古树密林应有尽有，按屠隆的话说，是“得之天者什七，成之人者什三”，选址之胜，天下罕有匹敌。

“立基”指导全园规划，确立厅堂、楼阁、亭榭、门楼、书房、廊房等各种建筑与假山的位置，其中厅堂作为宴客、聚会的空间，地位崇高，往往设于最紧要的位置，故云："凡园圃立基，定厅堂为主。"寄畅园分为南北二区，南区以起居空间为主，拥有相对规整的轴线；北区以山池景观为主，复杂多变。二区分别以卧云堂和嘉树堂为正堂，分居核心之处，前后均有景致可观。其余建筑、假山也都各安其位，符合《园冶》的规定，如层楼应该"迥出云霄之上"，书斋宜建于偏僻处，亭榭须建于花间水际，长廊要"回旋变幻"，假山散漫延亘而"最忌居中"，如此不一而足。

中国古典园林以建筑、山石、水景、植物为四大要素，王穉登的园记同样将这四者列为寄畅园胜景最重要的内容，排列次序是水泉第一，山石第二，竹木花药果蔬第三，堂榭楼台第四。《园冶》中的"掇山""选石"两篇专论园林假山堆叠、用石标准与池、涧、曲水、瀑布等相关水景的营造，而寄畅园中峰石逶迤、池涧萦回，比《园冶》所述还要更胜一筹。《园冶》没有专门分析植物配置问题，却在各篇中穿插了大量的相关论述，例如"梧阴匝地，槐荫当庭""插柳沿堤，栽梅绕屋""寻幽移竹，对景莳花""编篱种菊""锄岭栽梅"等等，在寄畅园都有具体呈现，而屠隆认为寄畅园的最胜之处就是那些历经数百年的古木，"上参层霄，下荫数亩，虽有神力必不能猝致"。

《园冶》其他各篇中，“屋宇”和“装折”专述具体的建筑设计及室内装修。寄畅园的建筑包含堂、楼、斋、轩、台、亭、榭、桥等类型，采用典型的江南构架体系，内部陈设装修十分精美，外观飞檐翘角，灵动飘逸，可与《园冶》中的房舍做法互为参照。“栏杆”“门窗”“墙垣”“铺地”四篇囊括园林附属设施的种种样式，寄畅园在这些方面同样别出心裁，可以提供丰富的例证。

《园冶》最后一篇是“借景”，具体分为“远借、邻借、仰借、俯借、应时而借”等几种不同情况，说的是如何将园外优美的风光纳入园中的赏景视野，以求最大限度地拓展审美空间，升华意境。对于寄畅园来说，借景是塑造整体环境的重要手段，园中的凌虚阁、邻梵阁、鹤巢亭等建筑和爽台都高出树梢之上，不但可以彼此互为对景，更邻借园外的古寺、古树、清流、坡陀之景，由近及远，由实入虚，俯仰交错，富有层次感。其中南面的惠山寺尤得钟爱，鳞次栉比的殿舍僧寮与清越飘逸的诵经声、钟磬声带来出尘脱俗的感觉——安绍芳咏寄畅园诗有一句“钟声邻寺送”，秦瀚《邻梵阁》诗亦称“时闻钟梵声”，恰如《园冶》所云：“梵音到耳，萧寺可以卜邻。”

寄畅园西倚惠山，南对锡山，远借的景致更为优美。惠山九峰连绵环列，宛似屏风。锡山比惠山低，距离较远，嘉靖元年（1522年）顾懋章等文人集资在山上重建了一座小石塔，万历四年（1576年）常州知府施观民率领当地士绅

明代《慧山图》上的惠山诸景与锡山宝塔。黄晓据《慧山记》插图重绘

在山顶又建了一座七层砖塔，两年后取名“龙光塔”，巍峨高耸，从此成为方圆数十里内最醒目的标志，也是寄畅园最重要的借景对象，被安绍芳描写为“塔影对峰悬”。人在园中的大多数地段，仰头即可见惠山的峰峦和锡山的宝塔，而且四季、早晚各有光影变化，为此宋懋晋的《寄畅园五十景图》有将近一半的画面以惠山为背景，而最后一幅全景图以及“蔷薇幕”“花源”等图上，都可以清晰见到锡山上一高一低两座宝塔。

当时文人对寄畅园的艺术水准多有极高赞誉，如王穉登将之推许为惠山第一名园，屠隆的评价更高，认为此园之胜甲于江南。不过也有人持有异议，比如谈修就认为改建后的寄畅园过于华丽，不如原来的凤谷行窝素雅，也不如南面的顾氏园清新。

顾氏园后来归属邹迪光，重建后更名“愚公谷”，名气凌驾于寄畅园之上，与太仓王世贞弇山园、扬州俞氏园和北京米万钟勺园并列为天下四大名园。明末文人王永积认为愚公谷的优点在于“天香美妙”，寄畅园的特色是“高深之致”，各擅胜场，但在所著《锡山景物略》一书中还是将愚公谷列为第一，寄畅园屈居第二。

栖游雅集

计成写《园冶》的目的，在于总结与造园有关的各种技艺，另一个隐含的主题是探讨如何在园林中风雅地栖居游乐、品赏风景，诸如“山楼凭远”“竹坞寻幽”“看山上个篮舆，问水拖条枥杖”之类，还引用了许多古人园居故事，包括庄子濠濮观鱼、孙登山中长啸、陶渊明采菊东篱、司马光筑园独乐等等，以为典范。

园林本质上是一种景象优美并且富有文化气息的人居环境，与人的各种游憩行为密切相关。中国古典园林拥有几千年的悠久历史，早期君主苑囿中的活动以狩猎、游观、通神为主，后期园林格局渐趋复杂，更加重视通过人的活动来展现园林的景致，依靠人的感悟来体会园林的意境。到了晚明时期，江南文人的园居活动极为丰富，诸如节庆、游览、宴饮、祭祀、雅集、起居、读书等等，层出不穷，对园林的景观构成、空间形态、使用功能、环境氛围乃至审美标准都有显著的影响。

寄畅园中的所有建筑都与某种特定的园居方式相对应——宽阔的厅堂用于举办宴会，高矗的楼阁用于登临远眺，幽雅的别院用于日常居住，宁静的书斋用于读书看画，亭榭廊桥与山水、花木融为一体，是游览过程中随时可以驻足赏景的重要节点。山水本身也是游乐活动空间，参差凹凸的假山可以攀爬，幽深曲奥的洞谷可以穿越，宽阔澄净的水池可以泛舟，曲折委婉的溪涧可以流觞。

古人的游园活动非常注重应时应季，与风花雪月为伴。寄畅园四季各有妙处可寻：春日栖玄堂前牡丹花开，灿若明霞，人处其间，恍若置身于锦幕步障，目眩神离；夏日在池边浓荫下或竹林中闲坐饮茶，凉风习习；邻梵阁之北有一丛桂树，秋日满枝金黄，馥郁袭人，在阁内布置酒席，不饮自醉；冬天鹤巢亭一带梅花绽放，若遇雪天，便可踏雪寻梅，引发诗兴。

游者领略园林之美，除了五光十色的视觉感受，还依赖于其他感官的丰富体验。徜徉于寄畅园中，斑驳的树皮、温润的山石引人以手触摸，花草竹木或浓或淡的香气扑鼻而来，风声、雨声、水流声以及蝉鸣、鸟鸣在耳边回荡，故而秦瀚在诗中屡屡提及“松凝三径翠，桂散一凝香”“泉声当户落，鹤唳隔潭闻”。所有这些精妙细微之处，都令人身心愉悦。

明代江南地区盛行家庭戏班，园林往往是最佳的观演场所。寄畅园西部的爽台可用于演唱戏曲，观众坐在栖玄堂中欣赏，或在台上临时设置几十张胡床，倚床聆听，别有一番情趣。水池中央的涵碧亭是一处更为常用的舞台，在东岸的清籞轩和南面的知鱼槛中分别设置观众席，外来宾朋和家中女眷得以各据一方，互不相扰。邹迪光在诗中描写涵碧亭演剧之时，有“刀环小队”通过曲桥入亭登场，而众人一边看戏，一边欣赏水藻间的游鱼和柳丝间的飞鸟。

白居易曾令家伎在洛阳履道坊宅园的岛亭中排演《霓裳散序》，可算涵碧亭的先声。清代《红楼梦》描写贾家在大观园池中的藕香榭排戏，众人坐在对面的缀锦阁楼下喝酒听戏，贾母说“借着水音更好听”，与寄畅园涵碧亭的情形更加相似。后来屠隆写了一部以佛教因果报应为主题的传奇剧本《昙花记》，万历二十九年（1601年）五月初二日由屠家戏班在寄畅园的爽台和涵碧亭各演一场，邹迪光令自己的两位书童鼓瑟唱曲，观者如痴如醉。

寄畅园不但景致主题各有来历，其中的种种园居活动也大量仿效历史名人，具有典故化的特征，类似情况在明代江南文人园林中极为普遍。从某种程度上说，这些园林本身就是以山水、亭台、花木为背景的特殊舞台，园主的栖居游乐行为有明显的自导自演倾向，或以风雅的前人为扮演对象，或将古人想象为园中的良朋佳侣，以求心灵慰藉。

秦燿继承祖先碧山吟社和凤谷行窝的传统，在寄畅园中多次举办雅集，每次都留下若干诗文佳作。万历二十六年（1598年）春天，园景大致初成，秦燿便邀请姻亲安希范、安绍芳叔侄前来赏玩，三人逛遍全园，依次品评，然后一起欢饮，酒酣之际，以歌舞和击缶助兴。当年秋天，秦燿又请同宗的秦焜、儿女亲家施策和好友屠隆同游，穿越竹中小径和漫长回廊，赏花看月，还乘船在池上绕行一圈。万历二十七年（1599年）夏日，寄畅园完全建成，秦燿特意举办一场开园盛会，嘉宾如云，热闹非凡。

秦燿罢官而归，坐卧林泉，形同隐士，在诗中说自己以前就好比墙上辛苦爬行的蜗牛，现在则是水中自由自在的野鸭，“诸念已平息”“一笑忘百疾”“都忘名利场”，似乎早已释怀。王穉登、屠隆、车大任三位朋友所写的园记，都对秦燿筑园雅居之举表示欣赏，却又对其隐士情怀表达了不同的看法。

王穉登的《寄畅园记》通篇持道家立场，夸赞园居是最美好的生活方式，但常常可望不可即。历史上很多大臣终生勤劳政事，虽然拥有上佳的园亭，却难得一窥，即便熬到退休，也已经老态龙钟，无法信步游园——对他们而言，园林不过是一场虚幻的邯郸之梦。而秦燿中年遭谗被免，反而因祸得福，从此“婆娑泉石，啸傲烟霞”，在园中寄畅抒怀，是何等的自在惬意，远远胜过屈身官场。

屠隆的《秦大中丞寄畅园记》含有佛家意味。他认为自古豪杰之士得志时兼济天下，失意时退隐山野，但往往都会将园林视为理想的居住之所。西晋卫尉石崇炫富逞强，以金谷园为享乐天堂；而唐代宰相李德裕小心谨慎，以平泉山居为退身之地。可这两座名园殊途同归，最后都化作荒烟茂草，无可寻觅。可见世间万事，均逃不过劫数，园林也无法久存，不过是暂时栖身的草庐而已，故而应该学习白居易和司马光，聊寄幽情即可，不必太在意一丘一壑的得失。

车大任的《寄畅园咏序》抱有浓厚的儒家入世思想，认为徜徉于山林之间，沉迷于佛道两家，看似洒脱，却并不见得比身居朝堂更令人舒心。真正的儒者，既不会看重官场沉浮，也不会贪享园亭之趣，而是应该像北宋名臣范仲淹一样"先天下之忧而忧，后天下之乐而乐"。从这个意义上讲，出仕和退隐不是个人的事，而是关系到苍生祸福的巨大责任，无可回避。文中把秦燿比作东山再起的谢安和元祐复出的司马光，预言他不会在寄畅园留驻太久，不久便会得到朝廷征召，重新出山为国效力。

万历中叶，国事纷扰，朝中党争剧烈，又逢宁夏、朝鲜、播州三大征伐战役，亟待良臣拯救危局。王稺登和屠隆都是闲散文人，不问俗务，而车大任却在朝为官，希望自己尊为老师的秦燿能舍身报国，建立新的功勋。秦燿对三位朋友的言辞都未置可否，他本人也许更倾向于道家的逍遥生活，但内心并没有放弃为国尽忠的儒家理想，在诗中说“独有感恩意，未敢忘须臾”，即便身在江湖，依然心怀君上。

可是君上早已忘记了秦燿。罢官之后，朝廷再也没有征召过他。万历三十二年（1604年），六十岁的秦燿去世，临终前留下“分关”遗嘱，在妻舅安绍芳的主持下，将包括田租、正宅、庄房、园林、银两、器物、书画在内的全部家产分给嫡妻安氏和四个儿子，张、高、王三位妾侍以及女儿秦华、长孙秦邦彦也各得二三百石田租。

寄畅园被一分为二，南部以起居功能为主的园区包含后门、卧云堂、邻梵阁、箕踞室、含贞斋、凌虚阁、苍雪亭、佛堂等建筑，北部以游赏功能为主的园区包含正门、长廊、霞蔚、郁盘、环翠楼等建筑，通过抓阄的方式来决定归属——南区由嫡子秦埈、秦埏继承，北区由庶子秦垲、秦堦继承。这样可以保证园林得到良好的维护，避免像凤谷行窝那样因无人照管而沦于凋敝。

不久之后，此园由两部再度划分为四部，秦燿四子各守其一，但景致仍保持原有状态，变化不大。当地诗人华淑来游，发现栖玄堂前又种了许多桂树，郁郁成林；卧云堂前的樟树初栽时仅有一寸多粗，此时已经长成合抱大树；登凌虚阁望园外游人，历历可数，只是过于喧闹，不宜多停留。总体感受是“横斜散落皆成致，不受人间脂粉香”，可见园中依然充满自然气息。

圣祖驾临

万历后期至天启、崇祯年间，大明王朝已处于亡国前夕，内忧外患，风雨飘摇。在此危难之际，许多江南文人仍寄情于园林，提倡种种典雅趣味，号称返璞归真，实际上是一种逃避现实的表现。

崇祯十七年（1644年）三月，李自成的大顺起义军攻破北京，明思宗朱由检在煤山自缢。吴三桂引清军入关，在一片石击败大顺军，随后多尔衮占领北京，宣告清廷正式入主中原。明朝宗室福王朱由崧被拥立为监国，在南京建立弘光政权，次年便被清军攻灭。

清军四处征伐，扫平各地反抗势力，在江南地区遇到剧烈抵抗，于是加以残酷镇压，扬州十日、嘉定三屠而外，苏州、常熟、江阴、昆山、嘉兴、海宁等地也都遭到大规模杀戮。江南的官僚、文人和广大百姓同临大难，无数名园毁于战火，很多园主被杀害，或者颠沛逃亡，往日的清逸风流荡然无存。钱谦益、陈名夏等名士归降清廷，换取苟活的机会。更多文人不愿屈服，或投身抗清事业，或自杀殉国，或立志做遗民。

明末清初思想家顾炎武总结明朝灭亡的教训，认为当时的士大夫阶层流行魏晋名士崇尚清谈的风气，缺乏实际处事能力，最后面临绝境，往往只能自尽了事，正所谓"平时袖手谈心性，临危一死报君王"，虽然气节令人钦佩，却于事无补，并不值得肯定。回顾之前王穉登、屠隆和车大任为寄畅园所写的三篇园记对于入世和出世的辩论，引人深思。

从顺治时期到康熙初年，战乱不止，清廷一直对江南文人采取高压政策，曾借“明史”一案大肆株连，血雨腥风之间，人人自危。昔日园亭大多残荒不堪，无力整治。一些文人将自家废园当作伯夷、叔齐采薇的首阳山，隐身其中，足不出户，寄托故国之思，视清廷为禽兽蛮夷。到康熙中叶，天下渐次安定，战争创伤得以愈合，江南地区的园林也慢慢开始复兴。康熙帝亲政后，提倡文化建设，设南书房，开博学鸿词科，大力笼络汉族士子，江南文人也逐步归附朝廷，纷纷参与科考，积极出仕。朱彝尊、尤侗、陈维崧、潘耒、徐嘉炎、李渔等名士络绎进京，或为官，或寓居，或游观，形成一股潮流。这方面最突出的例子是昆山徐乾学兄弟——徐乾学与二弟徐秉义、三弟徐元文先后考取探花和状元，出任高官，被天下读书人视为楷模，门生众多，广受尊奉。三人在故乡各建园林，召集宾朋雅集，讴歌太平，成为盛世优游的象征。耐人寻味的是，他们的舅父顾炎武在明亡后矢志抗清，至死不渝。两代人的抉择，不啻天壤之别。

无锡在顺治二年（1645年）清军南下之时全城投降，毫无反抗之举，因此没有像其他江南名城那样惨遭屠城，幸运地逃过大劫，并且在战后很快就得以恢复。惠山寄畅园虽然已经分属四支，还有局部地段被僧舍所占，但全园在秦焌长子秦伯钦的悉心维护下，平安渡过时代的狂澜，并无太大的损折。比寄畅园名气更大的愚公谷在邹迪光身后也被分拆，清初陆续转售他人，彻底衰毁。

秦伯钦次子秦德藻（1617–1701）字以新，号海翁，不以文才见长，却是个精明干练的人。他因为兄长秦德澄无子，便将自己的长子秦松龄过继给长房做嗣子。秦松龄（1637–1714）字汉石，又字次椒，号留仙、对岩，于顺治十一年（1654年）考中举人，次年榜登进士，以十八岁的年纪授翰林院庶吉士，不久升任检讨，成为秦氏新一代出类拔萃的人物，光耀门楣。在此家声重振之际，秦德藻顺势将已经分为四部的寄畅园重新合而为一，并邀请造园名家张鉽主持改建、维修，使得园景焕发出新的神采，名满大江南北，声望远超明末。

康熙七年（1668年）五月，太仓名士黄与坚到苏州退休官员顾松交的花园做客，顾氏说自家这座园子没什么可看的，无锡秦氏的寄畅园有很多古树，又有天下第二泉相伴，是真正的名园。黄与坚后来访问寄畅园，亲身体验之后，感叹顾氏所言不虚。

此时秦松龄的仕途出现了波折，受亲戚拖欠租税案连累而被罢官，回乡陪伴父母，无锡知县吴兴祚邀请他修纂县志。康熙十八年（1679年），秦松龄被推荐参加“博学鸿词科”考试，得中第一等第八名，恢复翰林院检讨的旧职，两年后出任皇帝的日讲起居注官。

清代王翚所绘《康熙南巡图》中的秦园。故宫博物院藏

康熙二十三年（1684年）秦松龄升任左春坊、左谕德，八月主持顺天府乡试，遭人弹劾，九月再次被免职。就在当月，康熙帝开始首次南巡，十二月回銮途中经过无锡，驾临寄畅园。此时秦松龄还滞留京城未回，其二弟秦松期在园中代替父亲秦德藻接驾。康熙帝和随行大臣们在卧云堂小憩，向秦松期询问了家世，还问起秦松龄和你们是不是一家，秦松期一一回答。皇帝看见庭中那株樟树冠盖巨大，枝叶繁茂，问这树有多大年纪，秦松期回答说从先祖秦燿算起，至少一百二十岁，皇帝听了十分高兴。

康熙二十八年（1689年），康熙帝第二次南巡，十二月渡钱塘江祭祀大禹陵，次年（1690年）回程，再次临幸寄畅园。秦松龄、秦松期兄弟一起迎候，康熙赐下御书“品泉”

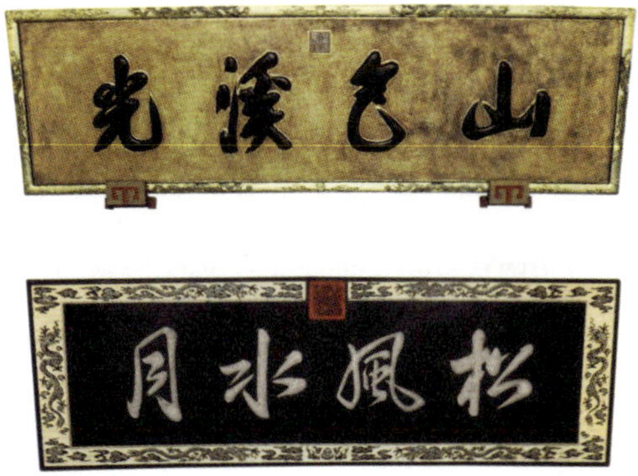

康熙帝御笔“山色溪光”“松风水月”两块匾额。贾珺 摄

二字，令秦家聘高手匠人摹刻成匾，悬挂在水泉之上。康熙帝见樟树似乎比从前更为粗大，又问此树是否无恙，到底有多少年了。秦松龄说不太清楚具体年岁，大概有二百岁。

康熙三十八年（1699年），康熙帝第三次南巡，重回寄畅园，御笔题写“山色溪光”“松风水月”两块匾额。两年后秦德藻病逝，秦松龄与弟弟松期、松桥、松如共同继承寄畅园，并未分家。

康熙四十二年（1703年）第四次南巡，康熙帝又一次临幸寄畅园，下旨恢复秦松龄原来的品级俸禄，还将秦松龄长子秦道然带回北京，入值上书房，教皇九子胤禟读书。

康熙四十四年（1705年）和康熙四十六年（1707年）康熙帝最后两次南巡期间，同样都驻跸寄畅园，赏景品茶，两次赐秦氏兄弟克食（满族点心），御书王维诗联"明月松间照，清泉石上流"，还作了一首七言诗："是谁妙笔点峦容，蕴藉迎入四五峰。堪挹山泉烹雀蕊，并添新黛入瓯浓。"

康熙帝六次南巡，每次都亲至寄畅园游赏，流连忘返，一方面出于对园景的真心喜爱，另一方面也是为表达对江南文人世家的眷顾，令秦氏大感荣宠。留居京城的秦道然（1658–1747）不负家族厚望，于康熙四十八年（1709年）考中进士，和父亲一样成为翰林院编修。

康熙后期，"四王"之一的著名画家王翚按照秦燿《寄畅园二十咏》的次序绘制了一套《寄畅园图》册页，原作已佚，有画工曾经临摹过一份，共含十六景，秦氏后人秦祖永和画家王粟畦分别于咸丰和光绪年间重临了一套。从摹本上看，当时园景有一些新的变化，但基本维持明末以来的旧貌。

寄畅园的声誉扶摇直上，四面八方的文人纷纷慕名而来，瞻仰御笔匾联，评点古树清泉。《红楼梦》作者曹雪芹的祖父曹寅担任江宁织造期间，曾经乘船来游，并作了好几首诗，其中一首《惠山题壁》诗云："合抱枫香老桂枝，卧云堂上旧题诗。兹身久分无丘壑，可慕秦家濯足池。"感叹自己没有这样美好的园林可以寄身。《桃花扇》作者孔尚任也对园景赞赏有加，在《游秦太史园》诗中说"不少真山当户牖，最难活水到阶除"，强调此园除了四面以青山为门

清代秦祖永临王翚《寄畅园十六景》之嘉树堂和大石山房。引自《锡山秦氏寄畅园文献资料长编》

窗之外，最难得的优点是将山泉活水直接引到台阶之下。著名诗人查慎行曾来拜望秦松龄，在诗中咏及康熙帝念念不忘的古樟树：“平安上报天颜喜，此树江南只一枝。”另一位大诗人吴伟业作诗三首，分别吟咏园中山池塔影之景和连接涵碧亭的宛转桥。常州文人邵长蘅有一次雨后游园，评价说此园既有亲切怡人的平池小丘，又有高深幽奇的峰峦岩壑，“龙山爽气，苍翠欲滴”，可谓“兼胜”之地。

秦氏仍在园中举办各种雅集，留下大量诗词文赋。方文以“行酒赋诗群彦集，落花飞絮寸心闲”两句诗描绘某年三月宴集的场景。文坛领袖徐乾学、大词人陈维崧和尤侗、施闰章、严绳孙、刘体仁、顾湄等名士都曾在寄畅园做客，妙词佳句频出，颇为园景增色。

明清时期江南地区流行昆曲艺术，无锡盛产昆腔曲师和优伶，诸家园亭中的家班各擅绝技。秦德藻和秦松龄父子都是昆曲爱好者，也在寄畅园中蓄养了一个戏班，每逢节庆欢宴，都要演剧奏乐。康熙九年（1670年）九月，秦松龄邀请戏曲家余怀和其他几位朋友一起在园中赏曲，众人乘舟而至，先沿着长廊、山径逛了一圈，观水听泉，然后在山林间设席，六七个家伎身穿青衣、脚踏丝履，坐在石上，弹琴吹箫，一展歌喉，“累累如贯珠，行云不流，万籁俱寂”，余怀听到如此雅音，大喜若狂，作诗赞道：“悠扬宛转风前度，曲终不用周郎顾。”

巨匠叠山

在漫长的中国园林史中，明末清初是一段非常特殊的时期，园林的普及程度大为提高，成为上层人士不可或缺的生活场所，提倡多元的审美体验，追求更多的文人趣味。江南地区不但营造了大量的名园胜景，还涌现出一批技艺高超的名师巨匠，造园手法也出现重大的转变，在全国范围内确立了至高无上的地位。

相比前代而言，明末清初的江南园林布局趋于复杂多变，建筑类型和数量都明显增多，空间塑造更加细致；对于植物更注重单株的姿态而非成片铺展；水景方面逐渐摒弃长期盛行的规整方池，改以形状自由的曲池为主流；假山也在构筑理念、峰峦形态和游赏方式等方面出现颠覆性的革新之举。从嘉靖年间的凤谷行窝到康熙年间的寄畅园，正好处于这个转折时期，其山水、亭台、花木既包含少量的旧式痕迹，又处处反映新的风尚。

造园工程包含堆筑假山、开挖河池、建造房屋、栽种植物、室内装修、题写匾联、设置小品等诸多内容，其中难度最高的是叠山，品鉴一园水准之高下，大半要看是否拥有独特雅致的假山之景，因此明清时期常以“山子”二字作为造园师或者叠石匠师的代称。明末以来，江南造园名家张南阳、周秉忠、计成等人都精通叠山之技，而最负盛名的造园世家则首推对假山艺术的革新做出重大贡献的华亭张氏，被后世尊为“山子张”。

中国很早就有在园林中堆山叠石的传统，成语“为山九仞，功亏一篑”来自《尚书》，意思是“堆九仞高的山，只缺一筐土而不能完成”，证明先秦时期已经开始以人工方式堆造土山。秦始皇、汉武帝分别在兰池宫和建章宫水池中修筑仙山岛屿，西汉茂陵富户袁广汉也在自家郊园中造了一座长达数里、高十余丈的大假山；东汉时期，洛阳御苑西园中有假山仿关中少华山，大臣梁冀庄园中筑假山仿东西崤山；曹魏、两晋、南北朝时期洛阳、建康等地所建的华林园中均以景阳山为主景，宛如中国版图西北部高山的化身。这些假山的尺度接近自然界的真山，主要用泥土夯筑而成，局部叠加石块，风格写实，追求“真而大”的效果，其主旨被晋朝葛洪概括为“起土山以准嵩霍”——嵩山、霍山都是敦实厚重的北方名山，一个“准”字，道出与真山比肩齐高的意图。

东晋、南北朝之后，另一股潮流开始兴起，喜欢在园中营造小型假山，或竖立造型奇绝的单株峰石。此风在唐宋时期尤为盛行，一直延续到明代后期。这种假山擅长以小尺度的山石来表现大山的形态，希望将百仞之山浓缩于一拳之内，风格偏于写意，追求“假而小”的效果，被唐代李华称为“立而象之衡巫”——衡山、巫山都是灵秀诡奇的南方名山，一个“象”字，表达了浓厚的象征意味，例如唐代李德裕的平泉山居在溪流两岸堆叠各种奇石，模拟长江沿途的群山。中唐时期正式出现“假山”一词——对于这些具体而微的奇峰灵岫，人人皆知其假，欣赏方式也以近观平视为主，并且需要观者有很好的想象力，才能于咫尺之间体会到千里江山的神韵。

到明朝末叶，这种标榜“小中见大”的假山不断遭到质疑。计成在《园冶》中讽刺罗立群峰奇石的琐碎手法就好比排列炉烛花瓶、刀枪剑戟，呆板可笑。还有人说，明明就是几块石头，却非要人当作泰山、华山来看，实在有些自欺欺人。更重要的是，这类假山石峰类似盆景，虽然美轮美奂，却几乎都不能攀登，狭小的洞穴也不能进入，无法给人带来置身青山的真实感受。

在此背景之下，一位划时代的叠山大师横空出世。

此人名叫张涟，号南垣，松江华亭人，出生于万历十五年（1587年），从小学画，擅长画人物、山水，曾经向当时的大书画家董其昌求教，熟谙元代名家倪瓒、黄公望的笔法。张南垣后来投身造园事业，三十多岁时便已成名，五十岁时迁居嘉兴，极受尊奉，公卿、文士、富豪竞相聘请，几十年间足迹遍布江南各地，筑园堆山数以百计。

张南垣曾于万历四十七年（1619年）为名画家王时敏的太仓乐郊园穿池种树，堆叠假山，花费几年时间才完成。其他见载于文献的园林作品，还有松江李逢申的横云山庄、嘉兴吴昌时的竹亭湖墅、太仓吴伟业的梅村、常熟钱谦益的拂水山庄、吴县席本祯的东园、嘉定赵洪范的南园等等，无不匠心独运，大有巧思。张南垣与大名士吴伟业、钱谦益的交情最好，经常拿他们开玩笑，吴、钱二人毫不生气，还分别为他作传、写诗，对其叠山绝技推崇备至。

张南垣很鄙视穿凿逼仄的缩微石峰假山，认为以一丈之地、五尺之石，号称名山胜景，完全是骗小孩的把戏。他所叠假山深受元代山水画的影响，以土为主，另在山脚、山腰位置点缀一些寻常的石头，不求奇峰绝壑、悬崖峭壁，但求平冈小坂、陵阜陂陀，与短墙、树林相配合，其主旨是“截溪断谷，仿大山之余脉”，就是以真实的尺度仿造真山的片段，追求“真而小”的效果，起伏随机，疏密得宜，可游可

基本保持张氏之山特点的寄畅园假山山谷。贾珺 摄

入，让人感觉好像正处于天然山麓之中，并且产生墙外还有层峦叠嶂的联想，意犹未尽。

这种技法破除前代假山矫饰虚伪的积弊，开创了一个全新的流派，被学者王士祯誉为“曲折平远，巧夺化工”。张南垣每次去园林现场主持施工，面对遍地的乱石、渣土，心中早已了然成山，一边与朋友谈笑，一边指挥工人搬石运土、版筑堆砌、移植树木，不知不觉间佳景便已在眼前铺展开来，浑然妥帖。有时候已经堆筑了很长的一段土山，看上去平平无奇，突然添加几块石头，立刻“盘亘得势，全体飞动”，令人惊叹不已。黄宗羲在《张南垣传》中说，张氏叠山之技堪称大画家荆浩、关仝、米芾、倪瓒画作的真实立体版，鬼斧神工，难以形容。

大约康熙十年（1671年）前后，张南垣以八十多岁的高龄去世。其长子张熹、次子张勳、三子张熊、四子张然、侄儿张鉽以及张元炜、张淑等十位孙辈都得其真传，成为新一代造园名匠，其中以张然声望最高。张然于康熙十四年（1675年）应邀来到北京，为大学士冯溥改建万柳堂，为另一位高官王熙建怡园，后来又应宫廷征召，主持南海瀛台和玉泉山静明园的设计，名震京师。晚年再次入京，参与修筑海淀御苑畅春园，康熙帝特赐予其一顶小轿，以示恩荣。

张南垣父子在江南造园无数，偏偏没有在无锡留下作品。秦德藻重修寄畅园时，对张氏仰慕已久，便聘请张南垣之侄张鉽前来擘画布置，使得园中假山更胜从前，大有清趣，号称“妙极天成”，人游其间，如在群山之中。

随着时光的流逝，当年张氏家族所叠假山绝大多数都已经彻底消失或面目全非，而寄畅园虽然也经历了种种变故，其中的假山却一直基本保持张氏之山的特点，弥足珍贵。只是张鉽之名慢慢湮没，秦氏后人都误以为这些峰峦出自张南垣本人之手，引以为傲，倍加珍惜。

祸福之间

康熙晚期，诸皇子为争夺嫡位，各结党羽，钩心斗角。康熙六十一年（1722年），康熙帝在北京西郊畅春园驾崩，皇四子胤禛出人意料地继承大位，次年改元雍正。

雍正帝登基后，为翦除威胁，以狠辣手段整肃自己的兄弟和政敌，重点打击八弟胤禩、九弟胤禟、十弟胤䄉、十四弟胤祯一党，将他们先后革爵圈禁，关系密切的大臣均被抄家、治罪。雍正四年（1726年），胤禟被削宗籍，改名“塞思黑”，身加枷锁，关进保定监牢，不久就暴死狱中。

秦道然于康熙四十二年（1703年）随驾进京，奉旨教授胤禟读书，后来考中进士，官至给事中，仍与胤禟交好，曾经兼任其贝子府的管领。雍正年间胤禟失势，其亲信被一一逮捕，秦道然也被撤职查办，雍正帝还斥责他“仗势作恶，家产饶裕”，逼令交出十万两银子，以充甘肃军饷。秦道然交不出这么多银子，暂时被押回原籍待罪。过了一阵子，雍正帝余恨未消，在一份朱批谕旨中诬称秦道然是南宋奸臣秦桧的后代，活该得到“恶人之报”，下旨将他重新押到北京，交宗人府审讯。秦道然只承认自己应该赔银三千两。于是雍正帝又令人将他解回无锡，交地方官严加看管，继续追讨欠款。秦道然变卖家产，四方筹措，前后赔了一万零三百多两银子，距离十万之数差得很远。

雍正初年，秦家在寄畅园南侧建造贞节祠、牌坊、门厅、永思阁、秉礼堂等建筑，以作祭祀之用。随着秦道然获罪，此园的主体部分亦被抄没入官，新建的祠堂仍由族人守护。无锡另一世家钱氏购得园东南角一小块空地，建了一座钱武肃王祠，供奉其祖先吴越王钱镠。

雍正十三年（1735年），雍正帝在圆明园驾崩，皇四子弘历继位，次年改元乾隆。乾隆帝为缓和矛盾，赦免了一批被父皇残酷处置的王公大臣，朝堂局势为之一变。

乾隆元年（1736 年），秦道然之子秦蕙田（1702–1764）探花及第，授翰林院编修，乘机上《陈情表》，说自己父亲年近八十，体弱多病，在老家已被关押多年，实在无力赔付巨额银两，自己情愿被革去职衔，以赎父亲之罪，恳请皇上恩准。乾隆帝恻隐之心大发，便下旨宽免了秦道然，还将寄畅园发还秦家。

秦道然重获自由后，一直活到乾隆十二年（1747年）才去世，享寿八十九，但之前的这段惨痛经历在他心中留下很深的伤痕，无法抹去。

按照清朝刑律，如果获罪抄家，祠堂、祖坟、祭田可以免于没官——《红楼梦》描写秦可卿死后给王熙凤托梦，特别提到："便是有了罪，凡物可入官，这祭祀产业连官也不入的。便败落下来，子孙回家读书务农，也有个退步，祭祀又可永继。"出于同样的想法，为保证寄畅园彻底免除被抄没的风险，秦道然在去世前一年召集秦氏各房合议，在园中正式设立祖祠，并由秦蕙田执笔写下一份文书，强调："园亭究属游观之地，必须建立家祠，始可永垂不朽。"园中一座厅堂更名为"宸翰堂"，专门收藏康熙帝的墨宝。嘉树堂改为双孝祠，堂中供奉以孝贤著称的明代两位秦氏祖先秦永孚、秦仲孚的牌位，另以秦燿、秦德藻、秦松龄等六人配享。全园被定为家族公产，“一切基地、官粮、房屋、墙垣、山池、花木”均由秦瑞熙（字五辑）一房负责管理，其余各房协助维护，任何人不得损伤一草一木，否则以不敬不孝罪论处。

秦道然生前写了一组《寄畅园十咏》诗，分咏宸翰堂、嘉树堂、清赏亭、三叠泉、鹤步滩、知鱼槛、卧云堂、清川华薄、天香小阁、大石山房，应为当时园内最重要的十处景致。

乾隆帝在位期间国库丰盈，四海升平，号称盛世，他本人好大喜功，贪图苑囿之乐，投入巨大的人力、物力修建皇家园林。

北京西郊是御苑集中之地，皇帝长期在圆明园居住理政，以畅春园为太后行宫，另有静明园、静宜园等园林以备游观。乾隆依然不满足，于乾隆十五年（1750年）将西郊的瓮山改名为“万寿山”，将山下的瓮山泊改名为“昆明湖”，以营修水利、训练水军和为太后祝寿祈福的名义大兴土木，开始建造一座全新的御苑。

转眼到了乾隆十六年（1751年），工程进展顺利，这座新园林正式定名为“清漪园”。当年元月，乾隆帝奉太后钮祜禄氏首次巡幸江南，皇后富察氏以及其他妃嫔、大臣、侍卫共两千多人随行，乘御舟从北京出发，沿着运河一路航行，沿途官员士绅迎送不绝，铺金砌玉，极尽奢华之能事。二月二十九日，御舟进入无锡境内，停泊北营盘。次日清晨，乾隆帝换了一艘小船，驶到河塘码头，登陆改乘四人轿子抵达寄畅园。

秦氏一门二十四人在园门外跪迎，以年近九十的秦孝然为首，还有八十多岁的秦实然、秦敬然，七十岁的秦荣然，以及六十多岁的秦寿然、秦芝田、秦瑞熙、秦莘田、秦东田，九位老人的年纪加起来有六百岁。

乾隆帝在大臣陪伴下进园，用过随驾尚膳房进呈的早膳，当场御制七律一首，前四句云："轻棹沿寻曲水湾，秦园寄畅暂偷闲。无多台榭乔柯古，不尽烟霞飞瀑潺。"诗中对园内的古树、瀑布称赞不已，还将秦家的九位老人比作唐代的香山九老。诗成之后，皇帝命兵部侍郎汪由敦手持诗稿去园门宣读，让秦家诸人作诗唱和，可是居然没有一人响应，场面有点尴尬。乾隆帝倒也没有怪罪，赐给秦家二十八匹彩缎，乘轿出园，去游览惠山寺和天下第二泉。随后太后、皇后和几位妃嫔也过来逛了一圈。

三月，御驾回銮经过无锡，乾隆帝再度临幸寄畅园，又作五律一首，并赐秦家貂皮、彩缎，还特别赏银千两，用于维修园林。

乾隆帝这次驻跸寄畅园，让秦家彻底扭转了雍正以来所遭遇的厄运，重新成为盛世恩宠的表率。秦家九老事后补做和诗，感激涕零。随行的宫廷画家张宗苍和钱维城分别绘制《寄畅园图》长卷，后来另一位画家董诰所绘的《江南十六景》册页、国家图书馆藏《江南省行宫座落并各名胜图》以及《高宗南巡名胜图》《南巡盛典》插图中均有一幅《寄畅园图》，完整呈现当时的园景面貌。

从图上看，乾隆年间寄畅园的正门已经改在东侧，入门即为知鱼槛，前临水池锦汇漪。园南凌虚阁、卧云堂、天香阁仍在原地，那尊被称作“石丈”的太湖石移至西南隅，又称“美人石”。池东北架设了一座长长的七星桥，嘉树堂位于北岸，鹤步滩居于西岸，其后假山参差，与碧水互映，山谷中掩藏着一条名为“八音涧”的涧流，西北山巅建有一座梅亭。

相比康熙年间而言，此时寄畅园的格局有一些明显的变化，但大致仍保持相对疏朗的风格，不像同时代其他园林那样稠密，因此乾隆帝在诗中特别强调园中“无多台榭”。

乾隆帝回京后，清漪园工程正在如火如荼地展开。他对寄畅园的风光十分艳羡，决定在万寿山东麓仿造秦氏园的格局修建一座园中之园，三年后建成，定名为“惠山园”。

这座惠山园西枕万寿山，与寄畅园西依惠山的地形十分相近。南部以水池为中心，引后溪河之水沿山石逐层跌落入池，再现寄畅园引惠山泉的奇景。水池沿岸布置载时堂、墨妙轩、就云楼、澹碧斋、知鱼桥、寻诗径、水乐亭、涵光洞八景，北部堆筑假山——其中载时堂、水乐亭、知鱼桥、澹碧斋、就云楼与寄畅园嘉树堂、知鱼槛、七星桥、卧云堂、天香阁一一对应，涵光洞、寻诗径比拟八音涧、鹤步滩，水池宛如锦汇漪的翻版，假山形态也有很重的模仿痕迹，同时设有类似的曲折长廊。在花木方面，尽量参照寄畅园的品种进行配植，最大的遗憾是北方冬季苦寒，梅花不能露天存活，只好以几株白色的山桃替代，初春之际略有一点江南白梅的风采，对此乾隆帝在诗中说："山白桃花可换梅，依依临水数枝开。"

惠山园建成后，乾隆帝尚未满足，又于乾隆十九年（1754年）对圆明园廓然大公景区进行改造，在水池北部仿寄畅园堆叠大型假山，崎岖盘旋，并增筑了一些轩榭亭阁，从西北山谷引来涧流，与寄畅园的格局有几分相似。

乾隆二十二年（1757年），乾隆帝第二次南巡，重访寄畅园，连续题了好几首诗，夸赞"清泉白石自仙境，玉竹冰梅总化工"，御笔亲题"玉戛金摐"四字匾额和一副对联，并取《易经》"中正自守，其介如石"之语，将石丈改名为"介如峰"，绘图为记，还赐给秦寿然"翰林院编修"的头衔。就在这一年，秦蕙田出任刑部尚书，兼领工部，成为秦氏又一位显宦。

之后二十多年间，乾隆二十七年（1762年）、三十年（1765年）、四十五年（1780年）和四十九年（1784年）各有一次南巡，乾隆帝每次都亲临寄畅园，反复作诗吟咏，赏赐不断。

乾隆年间的秦家完全恢复了康熙年间的荣光，寄畅园被视为无锡第一名园，文人墨客来游惠山，都以入园一观为最大幸事。汤世昌、钱大昕、褚人荣、翁照、袁枚、顾斗光、蒋士铨、赵翼等名人均有诗赋描绘园景。其中蒋士铨诗云“池开十亩名泉汇，石并群山远翠连”；钱大昕《游寄畅园》诗云：“名园结构自然佳，真在青山绿水涯”，还说就连辋川别业也不能与之相比。

秦震钧（1735–1807）是秦家另一位杰出人物，工于书法，乾隆三十五年（1770年）通过捐官入仕，一生中在许多地方任职，政绩斐然，很受民众拥戴。他曾得皇帝御赐《三希堂法帖》，受到启发，便于嘉庆六年（1801年）将秦氏始祖秦观以降的历代祖先墨迹以及宋、元、明三朝名人为寄畅园所作诗文原作汇集起来，刻成石碑镶嵌在园墙上，称“寄畅园法帖”。

嘉庆帝继位前，曾经以皇子身份扈从父皇乾隆帝第六次南巡，到过寄畅园，并写下一首七律咏园诗。他在位期间没有机会再次临幸江南，对寄畅园很是怀念，在一首描写圆明园廓然大公的诗中提到：“寄畅风光仿八景，惠山雅致叠成图。”他于嘉庆十六年（1811年）下旨对清漪园中的惠山园进行扩建，在池北岸增添了一座体量较大的涵远堂，将就云楼更名为“瞩心楼”，墨妙轩更名“湛清轩”，澹碧斋更名“澄爽斋”，载时堂更名“知春堂”，水乐亭更名“饮绿亭”，并且用游廊将水池周边的建筑全部串联起来，空间更为规整，但变得有些拥挤封闭。“惠山园”之名也被改成“谐趣园”，表达“以物外之静趣，谐寸田之中和”的意蕴。

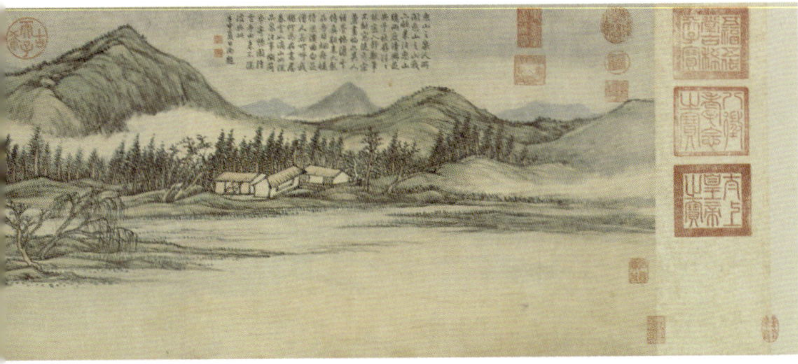

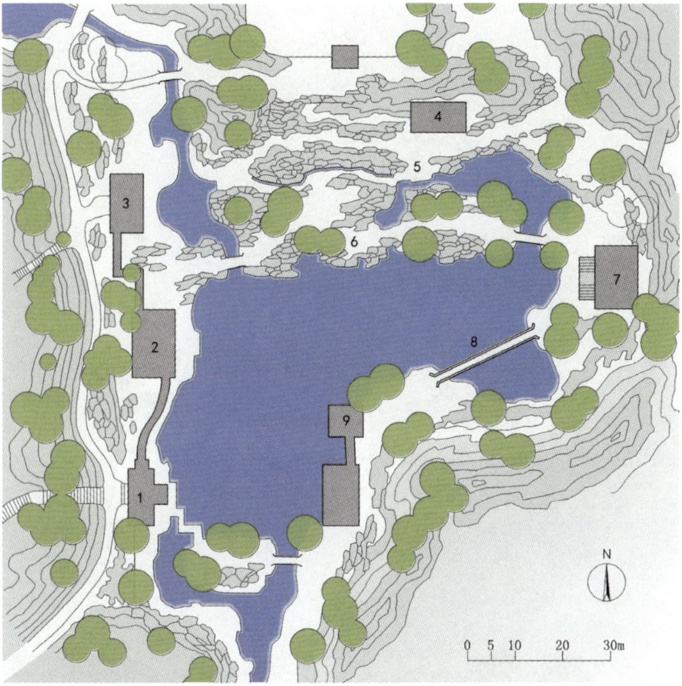

乾隆时期清漪园惠山园平面复原图。黄晓据周维权《中国古典园林史》插图重绘

1 园门 2 澹碧斋 3 就云楼
4 墨妙轩 5 涵光洞 6 寻诗径
7 载时堂 8 知鱼桥 9 水乐亭

清代董诰所绘《江南十六景 · 寄畅园》。清华大学艺术博物馆藏

圆明园廓然大公假山遗址。贾珺 摄

劫后重生

道光年间的寄畅园保持乾嘉时期的格局，《无锡金匮续志》中有一幅《惠山图》，描绘了寄畅园一带的风景。热衷于游赏园林的满族官员麟庆曾经前来探访，在《鸿雪因缘图记》中留下以“寄畅攀香”为题的文字记载和园景图画。当时正值九月，秋高气爽，人在园外一里远就能闻见浓烈的桂花香气。麟庆入门后沿着水岸依次经过知鱼槛、嘉树堂、梅亭、宸翰堂、天香阁、卧云堂、凌虚阁、介如石，还折了一支桂花带回去。

道光二十六年（1846年），秦氏族人对寄畅园花木进行全面核查，编了一本《树册》，将园中重要树木的位置、品种和径围一一记录，如后轩左右天井中有梧桐和香樟各一株，前面石桥左侧花墙至河亭右边共有柏树、冬青、山杨、沙椐等树十七株，天香阁南有梧桐、金银桂树共计十株，如此等等。后来发现族中有人私自盗伐园中树木，全族于道光三十年（1850年）再次公议，立下契约，严禁私取一草一木，违者重罚。

咸丰年间天下动荡，寄畅园景致略微有些颓败，而且门庭冷落，不复当年盛况。邵宝的八世孙邵涵初编写了一部《惠山记续编》，记录当时寄畅园中尚有爽台、宸翰堂、涵碧亭、一松亭、迷花亭、苍雪亭、凌虚阁、永思阁、环翠楼、天香阁等建筑。晚清思想家魏源来园中游览，作诗云：

“屋借惠山屏，径随惠泉转。谁道园中湖，却涵园外巘。”

咸丰十年（1860年）四月，太平天国军队攻占无锡，兵火蔓延至惠山，寄畅园大受摧残。同年秋季，英法联军占领北京，对包括圆明园、清漪园在内的三山五园大肆焚掠，清漪园中的谐趣园也一并被毁。

同治二年（1863年）十二月清军收复无锡，局势稍稍平息。此时寄畅园只剩下双孝祠三间正堂和凌虚阁尚存，其余建筑全部化作败瓦颓垣，陷入荆棘荒草之中，所幸的是山水轮廓没有遭到大的破坏，介如峰以及几株老树犹在。秦氏族人痛心疾首，倡议重修，但囿于财力，一时无法着手。又过了二十年，寄畅园重建工程才陆续展开，光绪九年（1883年）秦复培等人先筹资复建知鱼槛、修理凌虚阁，之后秦逢

道光年间佚名绘《惠山图》。引自《无锡金匮续志》

伯又用举办家祭的余款建造大石山房。

几年之后，远在北京的清廷重修清漪园，更名为“颐和园”，以作慈禧太后“颐养天年”之所，并基本按照嘉庆时期的旧貌复建了谐趣园。慈禧和光绪帝从来没有到过江南，但对谐趣园也很有兴趣，慈禧还经常来这里闲坐并吃些点心，为此特意在附近增建了一座酪膳房。

民国六年（1917年），寄畅园中的凌虚阁突然坍塌，秦氏将一处祖宅出售，并募集捐款，在秦效鲁、秦琢如、秦润之等人的领导下，将凌虚阁改建为西式风格的三层大楼，又修先月榭、七星桥、八音涧诸景，新堆假山九狮台。

晚清以来，随着上海开埠、沪宁铁路通车，无锡成为东南沿海重要的都市，繁盛更胜往昔，寄畅园也受到近代商业

道光年间佚名绘《寄畅攀香》。引自《鸿雪因缘图记》

风气的浸染。民国十年（1921年），无锡城中的天真照相馆在园中开设分店，生意兴隆。秦家有人还想把园子租给商人莫如爵开设游乐场，因全族一致反对而作罢。

此后寄畅园一直命运多舛。民国十三年（1924年）江苏督军齐燮元与浙江督军卢永祥两大军阀之间爆发混战，战火波及无锡，将寄畅园中新建的凌虚阁烧毁。秦氏便在凌虚阁原址上建造了三间平房，租给三家商户作铺面。寄畅园董事会于当年正式成立，由秦亮工担任园董，尽力筹措资金，重建清响斋、涵碧亭和长廊。十年之后，秦兆甡夫人周氏出资复建含贞斋。至此园景大半得到复原，但抗战期间又遭日军轰炸，双孝祠被毁。

到新中国成立时，秦氏家族已经世代守护寄畅园达四百多年，堪称奇迹。1952年，秦亮工代表董事会将全园捐献给国家，从此改为公园，向社会各界开放。1954年园林东侧的秦园街拓宽，园墙西退七米，并将砖雕大门移到北面。1970年重建嘉树堂，而《寄畅园法帖》石碑和乾隆御碑在“文革”期间被砸毁。

二十世纪八十年代先后重建梅亭、邻梵阁，整治假山，清理水池，疏通曲涧，重置碑石，并按照明代陈设重新布置凤谷行窝厅、秉礼堂、含贞斋。1999年至2000年又陆续重建凌虚阁、卧云堂、先月榭等建筑，基本恢复了清代乾隆年间的格局，局部再现明末和康熙年间的面貌，一代名园，就此获得重生。

颐和园谐趣园夏景。贾珺 摄

颐和园谐趣园冬景。贾珺 摄

1933年，秦氏族人秦理斋全家在寄畅园留影。引自《锡山秦氏寄畅园文献资料长编》

寄畅园现状平面图。戈祎迎 绘

1 正门 2 凤谷行窝 3 秉礼堂 4 邻梵阁 5 九狮台
6 卧云堂 7 御碑亭 8 介如峰 9 镜池 10 凌虚阁
11 先月榭 12 锦汇漪 13 郁盘 14 知鱼槛 15 清响
16 侧门 17 涵碧亭 18 清籞 19 七星桥 20 嘉树堂
21 大石山房 22 鹤步滩 23 八音涧 24 梅亭 25 含贞斋

当前寄畅园正门设于西南侧，门内庭院之北为正房，悬“凤谷行窝”匾额，西墙嵌康熙帝“山色溪光”和乾隆帝“玉戛金摐”御笔石刻。院西另设一院，内辟圆池，三面游廊环抱，一面为秉礼堂，俯瞰小池，侧壁嵌有重刻的《寄畅园法帖》石碑；东为邻梵阁，楼南正对惠山寺，北侧是民国时期所叠的九狮台。再东为卧云堂，堂东有石拱桥，桥下溪流环绕，向南流出园外。园东南角为六角形平面的御碑亭，其东花台上竖立介如峰，前临镜池。由此折而向北，为二层的小楼凌虚阁，以曲廊连接水池南岸的先月榭。

水池锦汇漪的形状类似葫芦，南北宽，中间收束，东岸建长廊，穿插郁盘和知鱼槛，其北为清响门洞、涵碧亭、清籞轩，东北部有七星桥截断水面。嘉树堂居于北岸，视野开阔，层层递进，可近观池水、长桥、游廊、水榭，远眺锡山龙光塔。堂东北为大石山房，与叠石相伴。

西岸的大假山是全园精华，主要用黄石叠成，局部点缀湖石，最高处不过四点五米，却拥有回环曲折的山径、凹凸有致的形态以及参天翠盖的乔木。知鱼槛对面的鹤步滩一带依山临水，系以石板桥，旁植高树，其间一条小径若隐若现。池西北山口石壁上刻有隶书“八音涧”三字，由此入山，走到山南右转，可见叠石水口，在此引惠泉之水入园。游者回头转向东南，便进入另一条山路，宽窄不定，变化多端。人行谷中，头上是遮天的树荫，脚下是潺潺的流水，两侧是壁立的山石，大有深山幽谷之感。嘉树堂西侧还有一条山径，从这里拾级而上，可登土山之巅，来到全园位置最高的梅亭。山南为含贞斋，面东而立，与九狮台相对。

近年来，园外的惠山寺、碧山吟社、钱武肃王祠、顾端文公祠、二泉书院等建筑都得到重修、复建，形成了一个完整的风景区。天下第二泉清澈依旧，与寄畅园水系息息相通。山泉自西墙入园后，先聚成一洼小池，然后以潜流伏于石下，再涌现为曲溪，在涧谷林壑之间跌宕辗转、长流不息，叮铃之声不绝于耳，宛如无锡音乐家阿炳那首著名的二胡曲《二泉映月》，深沉婉约，悠悠地诉说着几百年来的风月传奇。

八十四秒

唐 瞬

“确实如此。我们都不要目光短浅。”

拆解：如何看透一支八十四秒的广告片？

2022年4月，我所在的广告公司接受了客户委派的一个新项目：为一款新摩托车创意视频广告。按照我们的流程和惯例，每个项目前期调研阶段，需要搜集大量的参考视频，进行筛选、观看、分析和探讨，以明确大致的创意方向。最开始那个星期，项目小组各显神通，从视频网站、品牌官网、视频App上下载了近两百条广告片，涵盖国内外各大摩托车品牌。经过几轮内部讨论后，临到五月给客户做第二次提案，我们的创意总监敲定了三条参考片，其中一条是本田为超级幼兽Super Cub诞生六十周年拍摄的短片，时长为八十四秒。

这是一支我自以为比较熟悉，但其实并没有留下什么清晰印象的广告片。三年前在为客户做品牌广告创意时，总监曾让我们认真观看过这条短片。

如今听总监一说，我赶紧从视频库里调出这条片子，又认真看了一遍。当时还是没有什么特别的感觉，整条片子，没特写，没情节，没悬念，没冲突，也没有时下流行的混剪、快剪、金句、情感独白和节奏感强劲的背景音乐，在我看来，无论是画面、人物，还是故事、表演，它都属于平平无奇、没有太多技术含量的“中庸之作”，放在一堆视频里，它显得相当普通，毫不起眼。

但随后在总监办公室再次观看这条广告片时，他不经意指出其中的两个“看点”，瞬间改变了我原来的那种刻板印象。

总监指出的第一个看点，也是让他尤为佩服的地方，是全片的每一帧画面所呈现的车辆，都是按照顺时针方向转动，所有画面连起来后，完美展现了车型三百六十度的各个角度。最重要的是，这种精妙的设计藏在故事场景里面，并没有刻意跳出来，如果不认真观看，你根本体会不到前后衔接的两个画面，其中车型摆放的细微变化——就是这种藏匿起来的“精确性”，让他对这条短片赞不绝口。

另一个让他佩服的地方，是全片的时间安排和场景安排。从黎明时分到清晨日出，到中午、下午，再到傍晚、夜间，然后是时间线上的重复，一日接一日，一日复一日。这种简简单单、自然而然的呈现，按理说，也没有什么令人惊奇的地方，但总监解释："片子里的每一个画面，都很好地捕捉到自然的光感，还有日常生活的美感，视觉不出奇，但真实，特别真实。而且，导演选取的拍摄场景，都像是真实的用户，真实生活、工作、劳作、休闲的场所，像拍纪录片一样，没有丝毫加工的痕迹，超级幼兽和这样的场景互为一体，将产品令人喜爱、受人欢迎、朴实无华的一面，表现得既亲切又实在。"

回到自己的座位上，我开始反思一个问题：为什么我的第一感与总监的第一感出现那么大的偏差？问题究竟出在哪里？为什么我不能像总监那样一眼就能看出最细微的差别？如果不能识别出什么是好作品，又怎么能创意出好的作品？如果不能从一堆事物中鉴别出更有意义、更有价值的事物，又如何做选择，如何做判断？如果无法做选择，无法做判断，又如何应对眼前这个令人眼花缭乱的纷繁世界？

我的第一感出了什么问题？是因为我一直依赖直觉、习惯、大众审美灌输的套路在做选择做判断？还是因为我对Super Cub这款产品的市场背景和历史背景完全不清楚，所掌握的信息不够支持自己做出明智的判断？又或是纯粹的眼力和眼界不够，无法发现影像之美的精髓？还是像台湾作家唐诺所说的那样，好的东西不一定在你的习惯之内，很多新鲜事物的出现都是反直觉的？那我又该如何改变自己蜻蜓点水浮光掠影式的观看随习练就一双火眼金睛？

带着这些问题和反思，我踏上了自己的“Super Cub之旅”。

我所做的第一件事，是像电影学院的学生“拉片子”那样，一帧一帧地拆解了整条片子，将八十四秒的动态视频，分解成六十八张图片，然后又将图片排进一个PPT文件中，顺带请教朋友，弄懂了片中两句日文的意思——承载大家的梦想，明天也要继续跑下去。拆解过程中还有一个意外的发现，整条片子，除了本田展览厅和本田生产线那两个镜头，其他有用户出现的场景加在一起，刚好是六十个，不知道这是巧合，还是导演有意为之。

第二件事，为扩充信息量，我又通过网络搜索，浏览了大概二三十篇资讯，并摘录了部分内容，形成一个原始素材文档。随后，又陆续通过其他渠道补充一些信息，在此基础上，花了一个上午时间，整理出一页纸的《超级幼兽年谱》，从1952年“幼兽F型”电动自行车发售，到2022年新一代超级幼兽上市，时间横跨七十年，从中挑选了二十二件大事。

但信息搜集工作还没有结束，我又做了第三件事——在移动端两大电子书平台上，检索“超级幼兽”关键词，并阅读了较为重要的检索结果，其中包括《创新者的窘境：领先企业如何被新兴企业颠覆？》《极简法则：从苹果到优步的深层简化工具》《第一特性：跨越创新的第二曲线》《互联网+：传统企业的自我颠覆、组织重构、管理进化与互联网转型》《下流社会：一个新社会阶层的出现》《发明：詹姆斯·戴森创造之旅》《经营战略全史》《MBA轻松读》等著作中涉及超级幼兽的部分章节和段落。这些著作有日本人写的、美国人写的、英国人写的，还有我们中国人写的，有的是商业管理类，有的是企业家传记，有的是商业史，有的是社会学著作，它们从不同的角度切入，分析了超级幼兽作为创新产品、热销车型、全球行销的成功之道，有史料、有逸闻、有论述、有观点。在翻阅过程中，我将这些著作中部分段落拷贝下来，拼凑组合在一起，形成了一份一万六千字的资料文档。

紧接着我又做了第四件事。一个周末，我跑到新华书店，通过询问店员，找到一本关于本田宗一郎的著作，书名叫《本田宗一郎："原始人"的经营法则》，作者是日本享誉盛名的"知识创造理论之父"野中郁次郎教授。我花一个上午的时间泡在书店，认真翻看了自己想要着重了解的部分章节，主要关于Super Cub这款产品特有的历史和文化，包括最原始的企划意图、研发过程考虑到的种种细节、第一代车型发售价格和市场销量数据等等。阅读过程中，我还在手机记事本上摘录了部分"融入理性和感性"的文字，比如下面这一段：

1958年（昭和三十三年）7月，至今仍被看作本田最热销的商品超级小狼发售。它是一种小型摩托车，发售当年就售出了九万辆。截至2016年12月末零点，加上修订版，世界生产累计销

量约九千七百五十七万辆，是一款引人喜爱、风靡全球的商品。这一纪录不仅在两轮车中是最高的，还超过了美国的福特T型车，也超过了德国的大众甲壳虫，甚至在包括汽车等安装有发动机在内的所有输送设备中，都是空前绝后的数字。

最后，当我决定像解剖一只麻雀一样解剖这则八十四秒的广告片时，又补读了几册曾经读过的书：一本是华杉的《超级符号就是超级创意》，另一本是玛格丽特·马克的《很久很久以前：以神话原型打造深植人心的品牌》，还有一本是劳拉·里斯的《视觉锤：视觉时代的定位之道》。之所以像折返跑一样折返回去重读这些著作，一方面是因为这些书曾给我的工作带来很大的影响；另一方面，我在拆解的过程中，将引用到书中的部分观点。

做完上述五件事，时间已经到了六月底。从拆解整个片子到重读品牌营销经典作品，如果将整个过程中找资料、读资料、整理资料的时间累加起来，估计超过了五十个小时——大致相当于观看五季美剧《风骚律师》的时长。

这个时候，当我再回过头去，观看那条曾经不以为然、视为“中庸之作”的短片时，才感觉自己有点入味，找到感觉了。

也由此想明白一点：有些东西，我们心里没有，眼睛就习惯性屏蔽掉、忽视掉；别人能够看到，是因为他的心里有，观念里有，所以一眼就能感知到、领会到。

标志：片头的 Logo 为什么不能剪掉？

前期搜集参考视频的时候，我们项目小组找了近两百条片子，其中包括两个版头的超级幼兽Super Cub六十周年宣传片。这两个片子只有一个地方不同，其中一条在片头放了一个本田专为纪念Super Cub六十周年设计的标志。相比那个将片头纪念标志剪掉的版本，我更偏爱这个。

有两个理由：一是我喜欢这个标志设计；二是放和不放这个标志，其中有很大的区别。

这个标志，从形状上看，像一颗红心加上皇冠；从图像联想上看，它让人第一时间联想到扑克牌里的红桃K；从传播效果上看，它几乎可以让人一眼就记住。更难能可贵的是，它还涵盖丰富的信息：

一、Super Cub诞生于1958年；

二、Super Cub已经六十周岁了；

三、Super Cub全球销量突破一亿台；

四、Super Cub经典的前脸设计。

所有超级幼兽的车主，看到一个这样令人眼前一亮的标志，我想人人都会认识，人人都会熟悉，人人都会喜爱。那一年，本田线上线下的系列宣传活动、宣传物料中，这个标志随处可见。

我不是车主，也喜欢这个标志，因为还受到下面两则故事的影响。

一则是关于红桃K的故事。一副扑克牌中，有J、有Q、有K，它们分别是英语Jack（侍从）、Queen（皇后）、King（国王）的缩写，所以，我们通常的理解，红桃K对应的就是“国王牌”。此外还有一种解释，常见的十二张牌里的画像分别代表历史上十二个人物，其中红桃K上的人物原型是查理大帝。传说当年的技师为扑克牌雕刻印刷雕版，在刻查理大帝的画像时，手中紧握的凿子滑动失控，不小心将查理大帝上嘴唇的胡子刮掉了，最后印制红桃K扑克牌时，还是选择了这张“失手的画”为标准，由此诞生了“没有胡须的国王牌”——红桃K。由六十岁的Super Cub，联想到“年轻的国王”，让人禁不住会心一笑。

一则是关于本田宗一郎对红色情有独钟的故事。这则逸闻我是在《本田宗一郎：“原始人”的经营法则》中看到的。据作者野中郁次郎介绍，当年本田一款小型汽车S500量产时，宗一郎敲定的首选车色是大红色。但在当时，生产红色汽车是不被允许的，因为它跟红色的消防车容易混淆，这让本田宗一郎感到不可思议，居然会因为这种莫名其妙的理由禁止厂方生产红色汽车，为此在报纸评论栏中发布“红色是设计的基本颜色，没有任何一个国家实施了禁色政策”的主张，并最终拿到了红色汽车的生产许可。

除了这两则故事带来的感性认识，我还从书中获得一些理性的认知，来支持我的第二个理由：放和不放这个标志，其中有很大的区别。

其中一个认知，是从劳拉·里斯的著作《视觉锤：视觉时代的定位之道》中获取的。这位劳拉就是大名鼎鼎的“定位理论之父”艾·里斯的女儿。她在书中论述的核心观点是，定位规划的目的，是要把一个字眼或一个语言的概念植入消费者的心智中，最好的方法，不是依靠文字，而是依靠具有情感诉求的视觉。这一观点的依据是，我们的左半脑习惯“语言”思考，习惯处理线性、逻辑性、数据性的信息；而右半脑习惯用“意象”思考，习惯处理图像性、直觉性、整体性的信息。在全方位对比语言和视觉的传播优势上，劳拉特别强调一点：“和语言的概念不同，视觉元素可以无须翻译就跨越国家的界限。”

从劳拉的理论来看，毫无疑问，本田为Super Cub六十周年纪念活动设计的“红心+皇冠”标志，就是一个强有力的视觉锤，而且是一个通过广泛传播已经植入用户心智的视觉锤。将这个视觉的锤子放在片头，几乎可以不费吹灰之力，就在目标受众的心智中建立情感联系。

另一个认知，源自华杉的著作《超级符号就是超级创意》。在论述过程中，华杉提炼出“超级符号”概念，并对此给出了三个判断标准：其一是要有“明确的指称”，其二是“浓缩巨大的信息量”，其三是“必须具有强烈的感情能量”。他说，如果同时具备这三个特征，超级符号就能释放难以想象的传播力：“超级符号之所以厉害，就在于它能够四两拨千斤。四两就是这个压缩包，而千斤是它拨动的受众的潜意识和感情。这个潜意识会向接收者发出行动指令，这个潜意识的信息量比符号本身要大一千倍，大一万倍。”当我们在销售终端、网上商城、官方网站、手机App上，通过不同的传播渠道、不同的应用平台对产品进行传播时，需要同一个“超级符号”或说“视觉锤”来形成一致的品牌形象，成为Super Cub全球用户的共同观念和共同体验。总而言之，从“视觉锤”和“超级符号”这类品牌营销理念来看，片头纪念标志的放和不放，有很大的区别。

最后，联系日常生活观察，再提供两个有趣的信息。一个是我们看电影时，放在片头播放的，如果你留意到了，就会发现，往往不是片名，不是主演，也不是制片、导演，而是联合出品公司的标志展示；另一个是我们通过手机界面，登录各式各样的App，开屏那几秒动态效果展示的，往往就是这个App的标志和广告语，即营销专家劳拉·里斯反复念叨的“视觉的锤子”和“语言的钉子”。

时间：如何将六十年浓缩到八十四秒？

一个小问题和一个大问题。小问题是：“since 1958”这一帧画面是否多余？大问题是：导演如何将六十年的历史时间浓缩成八十四秒？

在探讨问题之前，我们先回到广告片。片中的第二、

三、四个镜头依次是：Super Cub车型标志；Super Cub 诞生时间：since 1958；本田展厅中的第一代Super Cub。跟同事讨论该片的时候，我提出一个问题：这条片还可以删减吗？还有多余的镜头吗？还有压缩的空间吗？还有更好的呈现方式吗？讨论一番后，我们将话题引向since 1958这个画面。既然在前面六十周年纪念标志中已经涵盖了这个信息，为什么在这里还要重复一次？

有人反问，Super Cub在标志里也出现过，不是也重复了一次？有人回答，那毕竟是车型标志，超级幼兽最重要的品牌资产。有人接话，对啊，since 1958也是超级幼兽在用户心智中最重要的信息，一点不亚于车型标志的重要性，更何况这是一条六十周年的纪念片。也有人提议，那为什么就不能将两个画面合二为一呢，变成：

Super Cub

since 1958

这样真的可以吗？

当然不可以，既不可以删除，也不可以合二为一。

我的第一个理由是，这一帧since 1958像全片的一个锚点，给观众提供了时间上的具体性和确定性。从画面与画面的衔接和对比来看，第一镜“纪念标志”和第二镜“车型标志”，都是高度抽象、纯粹象征性的视觉锤，有点形而上，对不熟悉、完全不了解超级幼兽的普通观众来说，这种高度抽象、象征内涵丰富的信息，不一定能在瞬间感知到、领会到，存在被忽视的可能。为此，导演在第三镜和第四镜，安排了since 1958和本田展厅中的第一代超级幼兽。从影像叙事逻辑和结构上来说，这两个画面是对第一个画面的重复和补充，一方面在时间观念上与普通观众连接上，另一方面在图像概念上，能调动起观众的记忆和印象。当然，说得更玄乎一点，就像黑格尔所言，精神必须落入时间，因为他致力于精神获得具体性和确定性。

亚里士多德曾将时间定义为“计算在早先与晚后的视野上照面的运动时所得之数”。从全片的整体结构来看，第三镜“since 1958”和第四镜“本田展厅中的第一代Super Cub”，与倒数第四镜“明日も、走りつづける”（明天也要继续跑下去）和倒数第三镜“本田生产线上新一代Super Cub”，形成完美对照。如果贸然删除第三镜，不仅破坏了全片微妙的平衡感，也使“明日も、走りつづける”这个“晚后”时间结束点，缺少一个“早先”的时间锚点。这是我坚持不能删，也不能合二为一的第二个理由。

当然，这个理由还要结合第二个问题一起来考虑，那就是：导演如何将六十年的历史时间浓缩成八十四秒？从结构上看，全片采用了大部分美剧和好莱坞电影都采用的主流方法——“三幕戏”式经典叙事框架。拆解每一幕内容，你就会发现，第一幕呈现的是“历史状态”，包括前面四个镜头；第二幕呈现的是“日常状态”，包括中间五十九个镜头；第三幕呈现的是“将来状态”，包括最后五个镜头。而在数字对应上，“日常状态”的五十九个，加上“将来状态”的倒数第二个，合计为六十个镜头，与六十周年形成完美对应。而这种数字上的精确性，与詹姆斯·卡斯在《有限与无限的游戏：一个哲学家眼中的竞技世界》中表达的时间观念——“被划分为各个时期的时间，是剧本式的时间。一个时代的开始与终结之间的时间流逝，犹如幕与幕之间的一个场景”——高度契合。

从时间性来看，全片这种从“过去”到“日常”再到“将来”的线性串联，也非常符合海德格尔的哲思：“历史意味着贯穿过去、现在与将来的联系。”当然，导演将超过百分之八十的叙事主体放在“呈现日常状态”上——如果再进一步拆分第二幕的五十九个镜头，你会发现这些镜头被安排在“从清晨到夜晚”日复一日循环的时间线索上，其中第二幕的最后一镜，和第三幕的倒数第二镜，是印象较为深刻的两个镜头，从画面中的晨曦可以看出，这是新的一天清晨，同时，也预示着Super Cub新的开始。

从内容安排来看，第一幕“历史状态”四个镜头，用了十秒；第三幕“将来状态”五个镜头，用了十四秒；中间的“日常状态”五十九个画面，用了六十秒。平均下来，一个镜头差不多一秒。这种“慢—快—慢”的节奏安排，一方面体现了导演在一个时间线上对信息量松弛的整体把控，另一方面也表明，Super Cub的历史状态和将来状态，在全片中并不具有优先地位。导演想表现的影像叙事重心，始终放在呈现超级幼兽的“日常状态”，包括不同场景、不同用户、不同时间、不同状态下的产品表现。

既然已经谈到了叙事节奏，这里再探讨下：究竟什么是节奏。李诞曾在《李诞脱口秀工作手册》中，分享了自己的创作经验：“节奏，就是先同步，再引领，然后无限循环。”我特别着迷于这个说法，曾拿它当工具使用，用来拆分歌曲、电影、小品等，研究它们的叙事结构和叙事节奏，经过多次试验，感觉慢慢领悟了节奏的内核和关键所在。在拆解这条八十四秒的广告片时，又惊喜地发现，它所呈现出来的节奏感，再一次完美地印证了李诞的观点。在他看来，所谓的找节奏（当然，他所指的是专业脱口秀演员在舞台上所呈现出来的节奏感），就是“不停找到同步，做出一点点引领，打破，重建，再同步，再引领”。如果像我一样已经将这条片子拆解成六十八个画面，那你试着从“同步”“引领”“循环”三个层面，来将六十八个画面分组，对，首先找到同步，再找出引领，最后找出循环；如果还是没有感觉，那就再来一遍，找同步，找引领，找循环。这样反复几次，你会慢慢琢磨出对“节奏”这个特别抽象的概念的一点点认识和理解。

在我看来，整条片子，就是按照这样的节奏，重复，重复，再重复，让观众沉浸在心流中，沉浸在记忆和观感中，最后带着愉悦的心情结束。

产品：如何全景式呈现产品？

如何表现产品？从世界五百强公司到国际4A公司，几乎每个专业的营销人、广告人，都有一套清晰的逻辑，一套成熟的打法。从以下信息，可以管窥到他们在做产品广告、品牌广告时的大致思维框架。

世界五百强公司的“产品简报”告诉我们，营销人至少要弄懂八个方面的问题：

一、Purpose of Product Launch（引入市场目的）；

二、Marketing Targets（销售目标群体）；

三、Product Concepts（产品概念）；

四、8 Major Features（产品的八个主要特征）；

五、Superiority（相对于竞争对手的优越性）；

六、Originality（独有之处）；

七、Innovativeness（创新之处）；

八、Others（其他重要信息，比如可选配置、可选色彩、零售价格等）。

国际4A公司的“创意简报”告诉我们，广告人要研究清楚以下七个问题：

一、Communication Objective（广告目的）；

二、Advertising Target（广告对象）；

三、Target Insight（消费者洞察）；

四、Perception（产品认知）；

五、Proposition（广告主张）

六、Facts to Support the Proposition（支持点）；

七、Tone of Voice（广告调性）。

前扬雅广告公司副总裁玛格丽特·马克在其著作《很久很久以前：以神话原型打造深植人心的品牌》一书中，介绍“如何寻找品牌内涵”主题时，也提炼出七个问题：

一、这个品牌的主要功能或价值，能够清楚地传达出来，让使用者都明白吗？

二、这个品牌属于高度参与，还是低度参与的产品类别？

三、使用者是偶尔，还是会固定使用到这个品牌？

四、消费者是不是会专门选择，或主要使用这个品牌，还是说，这个品牌只是消费者可以接受的众多品牌之一？

五、消费者对这个品牌有什么感情？

六、你是否想抓紧目前的生意，或吸引原来喜欢别家品牌使用者转移到你这边来？或者你尝试以吸引他们认识你的品牌为手段，扩大此一产品类别的整体使用率？

七、你是不是只想针对那些已经使用你的品牌的人，增加他们的使用频率？

于我而言，从2006年入行至今，除了经常会用到上述工具表辅助自己思考，还会掌握一些基本原则，比如这一条“产品法则”：我们的产品是图像的核心。

我们为产品自豪，这就是为什么它们是主角和品牌大使。有了它们，就有了生命。他们总是表现出真实情况——这是我从铃木品牌手册中学到的。而这一次，在解析Super Cub六十周年纪念片的过程中，我又学习到一条产品表现法则：全景式呈现产品。具体一点来说，这个“全景式”，包括全时段、全场景、全角度、全功能表现产品。

全时段：全片采用从“过去”到“日常”再到“将来”的时间线串联。具体到第二幕，导演将叙事主体放在呈现Super Cub的日常状态上，按照日复一日的循环节奏，安排了相应的场景和镜头。其中第一天，从天刚蒙蒙亮的黎明时刻，到光线最为强烈的正午，再到天色渐黑的黄昏时分，不同时间段，共安排了三十一个镜头；第二天，也是按照从早到晚的时间线，共剪辑了十五个镜头；第三天、第四天，也是根据天色的早晚变化，各设计了六个镜头；第五天，导演只挑选了一个日出时分的镜头，预示新的一天，新的开始。

全场景：除了第一幕出现的本田展览厅和第三幕出现的本田生产线，第二幕中出现的五十九个场景，包括了荞麦面店、餐馆、豆腐店、修理铺、河边小路、蔬菜摊、鱼档、加油站、隧道、田野、铁轨旁小道、杂货铺、棒球训练场、草地、广场、农场、桥上、露营地、沿河公路、街头一角等，涵盖了劳工阶级和中产阶级各式各样生生不息的生产、劳作、工作、休闲场面。

全角度：从第二幕第一镜“车头朝右的正侧Super Cub”开始，到第二幕第三十一个镜头，变成“车头朝左的正侧

Super Cub”收尾，每个画面，以顺时针方向，大概旋转十二度的样子，最终在流淌的画面中，展现了Super Cub三百六十度全视角。而第二天、第三天、第四天以及第五天清晨的二十八个镜头，又重复来了一遍，从“车头朝左的正侧Super Cub”开始，又转回到“车头朝右的正侧Super Cub”。从时间的隐喻性来看，在人们各色各样的生活场景中，Super Cub像时钟的指针在缓慢摆动，呼应了片头博物馆那幅画面里出现的“嗒嗒、嗒嗒”的背景音效。

全功能：这是全片做得精妙的另一个地方。整部片子，感觉就是一幅接一幅的底层生活百态图，没有任何说教式、洗脑式文案旁白，但细细品味下来，又能切切实实地感觉到，Super Cub的所有重要功能它都有展示。这里简单罗列几个主要特征：它具有强大的装载功能，可以当作商店送货的配送车；它轻便省力，可以在田野间推行；它非常省油；它操控简单，适合男女老少全年龄段用户；它时尚可爱，年轻人也特别喜欢；每一代超级幼兽各具特色，但设计精髓代代相传；它可城市、可乡村，可通勤、可休闲，可实用、可玩乐，毕竟在日本，每一个人心目中都有一辆属于自己的超级幼兽。

如果你跟我一样，所做的工作需要研究产品的功能、应用场景和拍摄角度，那毫无疑问，这条纪念片是最佳样本，它告诉我们，营销人、广告人应该如何像解剖一只麻雀一样，将一款产品拆解开来，像科学家研究分子结构那样，将每一处细节研究得清清楚楚、明明白白，而不只是停留在肤浅印象和主观想象。尤其是，在拿到客户的广告项目时，我们就必须明白，这款即将上市的产品，已经有一个团队为它付出了几年几十个月几千个日夜的努力，从设计到试制，从开模到试产，从测试到量产，每一个环节，都凝聚了少则十余人多则上百人的努力，我们做广告所投入的精力和时间，远不及他们的九牛一毛。所以，为拍出一支好广告，付出再多的工夫，都是值得的。我也坚信，这条广告片背后的日本执行团队，为拍出一条能够匹配上Super Cub“全球销量第一”历史地位的广告片，肯定倾注了全部精力。

场景：如何表现生活百态?

通常而言，摩托车广告片拍摄场景选择，会有以下四种范式。

A．专业影棚拍摄，利用转盘、移动导轨、摇臂、背景布、灯光等设备，核心表现产品的整车设计和局部亮点。国内外摩托车行业，大多数新车型上市前的亮相视频，都会采用这种视觉表现方式。

B．户外场景拍摄，利用跟拍车、车载相机、大摇臂、无人机等设备，核心呈现产品从A点移动到B点、B点移动到C点、C点移动到D点，不同场景、不同视角下的骑行动态。高级一点的品牌，会根据目标受众的生活方式，定义出现在镜头里的场景和氛围。部分品牌的车型广告，为更好呈现视觉的神秘力量、暗黑风格，会刻意选择夜晚的城市街道或长途公路拍摄。

C．专业影棚＋户外场景结合，前者着重表现产品的静态质感和设计细节，后者着重表现车辆在不同环境中骑行的美感。国内外很多中高端生活用车，都采用了这种方式。

D．棚拍＋外拍，结合虚拟场景＋3D特效合成，核心呈现亦真亦幻的美学风格。

考虑到制作难度和拍摄成本，广告制片和导演一般会将外景地压缩到三到四个，适合摄制组在两天内完成整条片子的拍摄。当然，能够一天之内完成整个拍摄，才是最理想的制片选择。在制片费用允许的前提下（单条片拥有四十万元以上预算），制片和导演会考虑更多的场景，特别是那种容易增强全片美术效果的外景。

与以上范式不同的是，本田的Super Cub六十周年纪念片，在前期策划阶段面临两个超级难题：一是用户基数庞大，全球累计产量超过一亿台，Super Cub经典形象在日本无人不知；二是数十代产品——从2013年的一款主题为Honda Super Cub History的旧海报来看，从1958年Super Cub C100到2013年Dream Super Cub，本田共推出了二十一代超级幼兽。数十年间，Super Cub不断变化，不停升级，但其设计理念、设计精髓始终保持不变，依然是藤泽武夫当年奠定的基调："让任何人当成日常交通工具，能够轻松安全骑行的摩托车。"这样一来，在用户基数、产品销量和设计理念的共同作用下，制片和导演选择了一种多场景还原用户真实生活的纪录片式拍摄方式，尽量减少设计痕迹，减少摄像炫技，减少视觉包装，重在还原Super Cub"为生活而生"的朴实无华和日常百态。

从最终的视觉呈现效果来看，不断变换的场景，结合不断变换的人和产品，每一个瞬间，每一个刹那，都是无比真实、无比自然的生活即兴，没有任何装腔作势，没有任何刻意造作，流淌的画面连接起来，给人既丰富多姿又凝聚万象的观看体验，从空间的维度，完美再现在日本普通民众中，Super Cub嵌入生活的厚度和广度。

当然，那些看似随意、自然，真实性十足的场景，经过一番观看和分析，就会发现，片中的每一个瞬间，都是导演精心设计和筛选过的。下面拿第十三秒、三十三秒和第六十八秒的三个场景做些特别说明。

第十三秒，也就是全片的第七个镜头，感觉像是一个身着白色工作服，单手提着荞麦面，准备骑上Super Cub去送外卖的店员。这里面藏着一个本田人人都熟悉的故事：当初，本田宗一郎在开发第一代Super Cub时，他最朴实的愿望是，造一辆车，能够让面馆的伙计可以一只手驾驶去送外卖。野中郁次郎在《本田宗一郎："原始人"的经营法则》中，记录了他的这段讲话："今后，要制作可以供荞麦面店外卖人员骑的东西，让他们可以左手提着荞麦面，仅用右手和两条腿就可以骑，是一种可以轻松驾驶的轻便型摩托车。不过，开动的时候必须用一条腿支撑着车。”

这个荞麦面店的场景，和接下来的中餐厅、干货店、松针菇种植户等几个场景，片中的人物都在用Super Cub送货，既着重强调了该车的实用性和便利性，又朴实地传达了本田创始人宗一郎最原始的开发意图。一个镜头，可以让熟悉本田的和不熟悉本田的，从两个角度来加以理解和感受，它既是真实的、写实的，又是人文的、信念的。

第三十三秒、全片第二十六个镜头，选取的场景是几位钓鱼爱好者在海边垂钓，一辆蓝白相间的Super Cub停在他们旁边。这里需要简单介绍一下另一个市场背景，在Super Cub面市的第二年，本田进入美国市场，在洛杉矶成立分公司，与美国市场领导品牌哈雷-戴维森同场较量，并迅速打开了市场。为进一步扩大车型销量，本田还为钓鱼爱好者研发了钓鱼时骑的Super Cub，为狩猎爱好者研发了狩猎时骑的Super Cub，甚至还想出在体育用品店和渔具店销售Super Cub的妙招来。六年后，本田占据了美国轻型摩托车市场六成的份额，美国几乎每两辆摩托车中就有一辆是本田的，迫使竞争对手哈雷-戴维森转向生产更大型的摩托车，将自己定位在更高端的市场。

第六十八秒、全片第六十二个镜头，也是第二幕的倒数第二个镜头，导演精心布置或选择了一个年轻人在户外露营的场景。这个场景，让我们联想到前面出现的两个画面：一个是年轻人在棒球场馆训练的情形，一个是年轻情侣在观看棒球比赛的情形。这些场景的加入，一方面平衡了前面较大篇幅、较大笔墨呈现Super Cub实用性和便利性；另一方面，将不停升级进化的全新Super Cub在社交和玩乐方面的个性，也充分地展示出来。总而言之，导演将第二幕选取的五十九个生活场景融合在一起，相互协调，相互平衡，凝聚万象，既兼顾了通用性和个性，又完美传达了Super Cub“承载着大家的梦想”这一广告主旨。

人物：凡夫俗子该如何拍？

全片六十八个镜头，出镜的超过一百人，包括骑车的和不骑车的。出镜者来自各个行业，都像是真实的用户，有面馆师傅，有配送员，有种植户，有维修师，有销售员，有普通青年，有普通农夫，有个体户，有学生，有钓鱼爱好者，有棒球爱好者，有露营爱好者，有夫妻，有情侣，有单身男子，有单身女子，有成群结伴的农夫，有休闲玩乐的年轻族群。但是，即便你来来回回看上几遍，这支广告也不会有一副面孔给你留下深刻的印象，为什么？

具体分析起来，这里面有很多原因，人物服饰的、拍摄技巧的、剪辑手法的，各方各面因素都有。其中给我留下深刻印象的有三点：一是每一幅画面的视觉焦点，都放在主角Super Cub身上，不管是静态的，还是运动的，骑车的、用车的、推车的人，都只是生活场景中的必要元素，而不是视觉焦点所在；二是画面中的每一位用户，都没有与镜头，也没有与观众形成交流，摄影师在采撷素材的时候，好像有意识地避开了人物的表情和眼神，没有特写镜头，也没有细节交代，大多数镜头抓拍的是人物背身、侧面、低头、转身离去、回头告别的瞬间；三是人物服饰，大多数以黑、白、灰、咖啡色等中间色系为主，全片只有四个镜头里面的人物身着红色或黄色的暖色系上衣，总体来看，这些服饰既不抢眼，也不影响整体的视觉调性。

对比国内摩托车广告，通常的做法有两种，一种是表现骑手或车手的专业性，服饰造型方法，经常会用到较为专业的骑行服，像机车夹克或带护具的骑行服等；另外一种是表现代步、休闲、娱乐、社交等方面的日常骑行，国内广告主习惯聘请职业模特拍摄广告片，男的都很帅，女的都很美，男女都穿得花枝招展的，既时尚又个性，还要潮酷、另类。初看时觉得有感觉，有品味，很好看、养眼，但看多了，看久了，也就觉得腻味了，觉得相当矫情，不自然，不那么接地气。

究其根本原因，可以从以下三个方面来谈谈。

第一，不同品牌对广告人物形象的理解各不相同，有的理解更深，有的理解更浅，深有深的做法，浅有浅的做法。

就摩托车行业而言，像宝马、本田、铃木，这些品牌对广告人物的要求是：呈现真正出现的情况，真实的动作、真实的感情、真实的人、真实的产品，一切都要求建立在真实原则上，用这种真实的、真诚的人生态度，来影响和打动目标受众，所以，在这种品牌理念的影响下，广告画面很少会出现不协调不自然的东西。

相反，国内很多广告主，既没有系统的品牌理念，对产品设计的美学也没有国际大品牌那么自信，他们只想找最靓最酷最帅最性感的模特来提升产品的关注度、认知度和影响力，至于产品本身与人物形象是否匹配，与目标受众的观感是否吻合，和谐不和谐，自然不自然，这些都不重要，重要的是广告画面本身的冲击力、声像效果的震撼力。

第二，关系到品牌的层级搭建和产品目标受众的设定。本田的“经营天才”藤泽武夫在企划Super Cub时，最原始的想法就是打造一款“市场金字塔底层”的产品，当时的本田为尽快赶超欧美，还在同步开发250cc、300cc等较大排量的摩托车。据资料记载，1958年8月Super Cub C100上市时，售价五万五千日元，而当时应届大学生的月薪是一万三千四百六十七日元。由于普通大众也能买得起，这款车一问世就大受追捧。因此，Super Cub六十周年纪念片中所谓“承载大家的梦想”，这里的“大家”指的就是普罗大众，广告片所诉求的基本意念、基本感受，也是大众的情感面或直觉面，导演通过模糊一片的众生相，来创造一种亲和力，一种极有可能让Super Cub所有用户都能感同身受的亲和力。

第三，品牌原型：凡夫俗子。这个概念源自玛格丽特·马克的那本《很久很久以前：以神话原型打造深植人心的品牌》，她在书中建立了十二种品牌神话原型，其中包括“天真者”“探险家”“智者”“英雄”“亡命之徒”“魔法师”“凡夫俗子”“情人”“弄臣”“照顾者”“创造者”“统治者”等。刻画在我们心理结构中的“印记”，影响了我们所喜爱的艺术人物、文学人物，以及世界各大宗教和当代电影中的人物。柏拉图称这些印记为“基本形式”，并将其视为构成物质现实之基模的概念结构。精神分析学家荣格则称之为“原型”。

在行销界，我们未曾有过类似的概念或语词，不过事实上，品牌是这些恒久的深层模式在现代最生动的展现之一。无论是透过有意识的努力或幸运的意外，有些品牌——不论是候选人、超级巨星、产品或公司——确实因为具体展现永恒的原型意义而达成了深刻且持久的区隔和重要性。事实上，最成功的品牌一向如此。

在书中，玛格丽特充分吸收了荣格的《心理学与宗教》和约瑟夫·坎贝尔的《千面英雄》对“原型”概念起源的探索和全新的阐释，并且从品牌资产、意义诉求、概念定位、形象包装、案例分析等方面，发展出一套计算消费者对品牌的认定和原型形象之一致程度的演算系统，广泛地影响了现代行销专业人员。

原型意义的运用，不光是不知取舍地把意义“粘”到产品上而已。虽然说原型意义确实可以发挥区隔商品品牌的功能，但这个功能却不是它最好或最上乘的用途。能取得偶像般地位的品牌，才算彻头彻尾地具备了原型的特质。

在书中“凡夫俗子”这个章节，玛格丽特将这一原型描述为：“当凡夫俗子的原型表现在个人身上时，他可能会穿着工作服或是其他不起眼的服装（即使他很有钱）、口操市井俗语，完全看不出一点精英的样子，它的基本理念在于，每一个人一定都是天生我材必有用。同时它也坚信，享受生命的美好是每个人与生俱来的权利，不只专属于贵族或精英分子。”同时，她还将凡夫俗子的特征归纳为：简简单单的普通人，具有平易近人的个性，容易跟人打成一片；这种原型完全不需要故弄玄虚，不需要摆臭架子，因为它本身就有一种平实的特性；代表了务实、脚踏实地、稳重和刻苦耐劳的行为；他们的穿着看起来都差不多；他们做人非常可靠，而且拥有丰富的基本常识；他们讨厌机巧、虚浮，以及装腔作势的人；在这个社会中，这种原型的形象属于中产阶级到劳工阶级，无所不在。

玛格丽特最后将凡夫俗子的特征与品牌定位做了一个运用上的结合：你的品牌若具备下述特点之一，凡夫俗子的原型或许可作为一个适当的定位——

它有助于大家产生归属或觉得有归属感；

它的功能在日常生活中运用得很普遍；

它属于中低价位（或者把平常卖得不贵的产品提高了等级）；

它的制造或销售公司拥有淳朴的组织文化；

它希望以正面的方式突显自己，以便和高价或精英取向的品牌做出区隔。

从以上各方面的描述性属性来看，本田Super Cub毫无疑问，是“凡夫俗子”品牌原型在当代的一个最佳示范。

动作：表现动作才是关键？

看完整条片子，我在想一个执行层面很现实的问题：这么多场景，这么多人物，这么多产品，如果真像拍广告那样，靠广告公司选景、选演员、准备车辆、设计镜头、设计造型、购买道具，然后一个一个按分镜脚本执行出来，得花多少预算啊？

如果不是广告团队采用那种拍广告片的方式，而是像纪录片团队那样，去Super Cub真实用户的实际生活当中去搜集素材，那么，摄制组又如何事先规划这些要拍摄的对象和场景？执行拍摄时，导演和摄像在记录这些用户的真实生活片段，他们是按照一个什么规律、什么要求来抓取镜头的？最后成片，后期制作又是按照什么剪辑逻辑来安排画面，将这些不同生活场景中的画面一个个衔接起来，既要显得特别协调自然，还要有一定的故事性?

我们试着去片中寻找答案。

国际大导演阿巴斯在与电影爱好者谈论如何拍电影时，讲到他坚持的两条原则：其一，不管人物要什么，不管他们做什么，都需要在身体上表现人的动作；其二，用影像讲故事时，不要哲理化，不要解释，只描述我们所见的东西。细细品味全片，发现Super Cub六十周年纪念片的导演和摄制组，也是深谙此道，从六十八个画面所呈现的视觉效果来看，“表现人的动作”和“描述所见”贯穿始终。

我以“动作”为线索，将全片拆解为以下十组镜头：

往车上装东西的画面：八处

戴头盔准备出发的画面：四处

踩离合、踩启动杆发动车辆的画面：五处

在路上骑行的画面：十二处

在路上推行的画面：九处

车辆停放在街边、店门口的画面：十二处

从车上卸东西的画面：三处

车辆停放在休闲活动场所的画面：四处

加油站加油的画面：一处

摘下头盔的画面：一处

如果将上述“表现人的动作”单独拎出来，按照实际生活中的日常使用，重新编排，将呈现一连串的用车动作：

装东西；戴头盔；启动车辆；上路；骑行中；停下来休憩，喝水或看看周围的风景；继续上路；到达目的地，卸东西；返程；继续行驶；路上碰到熟人、推行车辆、边走边聊；路过蔬菜摊或小超市，随便买点东西；路过加油站，顺带加点油；回到家，摘下头盔——所有细微的动作连贯起来，就形成了一个较为完整的产品使用展示，一个全景式的生活用车图景。

如此一来，为提前掌握这套关键动作，就要求职业的广告人或营销人，一方面要通过市场调研、实地走访，事无巨细地掌握Super Cub用户的真实生活状态，投入时间和精力去观察他们的用车细节；另一方面要能将不同人群、不同场景、不同状态下的用车细节提炼并整理出来，形成拍摄台本或指导拍摄的原则。当然，用“抓住动作”来做叙事线条，这是很多纪录片导演最擅长做的事。例如，纪录片导演任长箴在介绍《舌尖上的中国》第一季的拍摄经验时，讲到团队在前期策划节目时，为拍出打动人心的故事，舍弃了传统美食按“八大菜系”或“柴米油盐酱醋茶”来策划节目的叙事套路，而是另辟蹊径，重点围绕“食物的获取”“食物的消费”“食物的加工”“食物的储藏”“食物烹调”“食物的调味”“食物的养殖”等七个动作，来收集素材和寻找故事。在实际播出的成片中，我们也看到，这套真实动作背后，又勾连出各种各样有意思的人物，和他们面对食物的理念、情绪和态度，由此唤起了无数观众对美食发自内心的爱和认同。同样道理，Super Cub片中的每个动作，也都是依人依事依境而定，由动作关联到骑车的人，由骑车人关联到生活场景和日常状态，再由这些日常状态交织成芸芸众生组成的Super Cub大世界。

如细细品味，还会有一个发现：片中每个动作都那么自然天成。无论推着车、转身跟客户告别，还是将车停在路边、倚着车喝一小口水，这些动作与片中的人和生活场景，都是协调的、自然的，真实得毫无做作、生硬之嫌。整条片子，就是这些细微动作构成的叙事主线，在牵着你往前走。归根结底，这得益于前期策划、拍摄执行、后期剪辑中的每一个环节，都吃透了前文提到的“表现人的动作”和“描述所见”这套想法的逻辑，才能将片中的每一个动作，呈现得如此收放自如，如此亲切又实在，完全看不出一点突兀的痕迹。

从最后成片来看，剪辑师在处理节奏上，还是花了很大的工夫。如李诞所言，“节奏，就是先同步，再引领，然后无限循环”，片中每处动作的处理，都暗合这一规律。从第十三秒到十六秒，剪辑师重复安排了四个用户往车上装东西的镜头，从第一幅画面中男子单手提着送货箱走动，到第二幅画面中男子双手将送货箱轻轻放进装载箱，再到第三幅、第四幅画面中男子固定尾架上的送货箱，每一处动作都有细微的变化点；与这组画面对应的是，第二十九秒到三十二秒，剪辑师连续安排了三个用户从车上卸东西、送货的重复性镜头。另外，像处理骑行的画面，剪辑师也是安排了几组连贯的画面，从第二十三秒到二十六秒，从三十五秒到三十六秒，从五十五秒到五十九秒。推车行走的画面，也是如此，从第二十七秒到二十八秒，从六十一秒到六十五秒，有节奏地重复。连续重复，大量重复，通过Super Cub在不同环境、不同场景中重复运动，始终保持着一种平衡状态“无限循环”下去，直到广告主题中的另一句文案“明日も、走りつづける”出现，直到新的一天开始。

细节：哪些细节看N遍才注意到？

自从将这条八十四秒的广告片拆解成六十八张图片之后，我对这则视频的观感就悄然发生了变化。

刚开始它在我面前展开的方式，是平面的，一帧一帧的画面，通过双眼获取的视觉信息，并没有太多的东西在内心世界击起涟漪。后来，它慢慢地立起来，在我的意象世界里，开始变得像一口六十八米的深井，我浸泡其中，时间越久，越发现这个封闭的世界里，有太多意想不到的惊奇和惊喜，以至于我像潜水员一样，在其中潜游了很长一段时间。

通常而言，我们不习惯反复咀嚼和回味同一件事物，觉得没劲，没味道，缺乏新鲜感，就像我们不习惯在习以为常的事物上投射太多的精力和时间一样。我们宁愿吃快餐，也不愿炒冷饭、吃剩饭。我们一天可以刷几个小时的短视频，但从来不会认真到将同一条视频看上数十遍、上百遍，以此来打开我们的眼睛。我们从来没有像训练投篮的手感那样，训练我们的眼睛，训练我们的眼力。这也导致大多数人的目光短浅，眼界平庸，不能洞悉事物的本质，也不能观察周边世界的自然美好之物，更不能欣赏艺术的细微美感。

我们习惯依赖种种本能、感觉、欲望去观看，去看情节离奇的电视剧，去看紧张刺激悬念迭出的电影，去看扣人心弦视觉惊艳的广告大片，整个身心被条件反射带着走，被情绪波动带着走。我们喜欢享受那种过山车式的观感。现代娱乐产业又迎合我们这种观感，塞给我们车载斗量的短视频，以至于我们观看了太多粗制滥造的东西，却始终无法培养出欣赏影像和理解影像的方式方法。

哲学家柏格森说："眼睛只能看到心愿意理解的事。"

一条八十四秒的视频，我们可以忽视其中多少关键信息？比如，片中第三个画面，伴随 since 1958 字幕出现，剪辑师融入了一小段"嗒嗒""嗒嗒"的时钟声，你听到了吗？第二幕的第一个画面，黎明时分，夜色蒙蒙中，男子赶早出发的镜头，伴随一阵"嘟嘟""嘟嘟"的引擎声，你听到了吗？第二幕的最后一个画面，同样的引擎声又重复了一次，你听到了吗？倒数第三个画面，本田生产线上的工人，他们都穿着白色的工作服，你注意到了吗？一天当中，从清晨到夜晚，所有画面的 Super Cub 车身角度加起来，刚好像时针一样转完一周，你注意到了吗？即便这些你听见了，又看见了，但能够理解它们对你观感和触动带来怎样的改变吗？

刚开始观看这条片子时，我也没有留意到上述细节设计。我只注意到自己想看到的信息，如何表现车辆，如何拍摄人物，如何选择场景，场景与场景之间的衔接，动作与动作之间的自然过渡，还有不同场景里的光影变化，以及人物的服装造型特点，还有全片的整体氛围和整体结构，甚至我觉得自己已经从片中理解和欣赏到想要的一切信息了。

戏剧导演赖声川说："眼睛只是感官。到底看到什么，看多看少，是心在决定。"

后来，我不断地补充一些信息，掌握更多的史料，弄明白在上世纪六十年代，日本很多报纸派送员，每天破晓时分就骑着Super Cub走家串户去派送报纸。对许多日本家庭来说，他们就是被Super Cub"嘟嘟""嘟嘟"的引擎声吵醒的，所以Super Cub那种低低的引擎声，又被当时的人们称为"日本的清晨之声"。如果你能理解这层含义，就会瞬间明白，为什么剪辑师在第二幕的第一画和最后一画，融入非常明显的引擎声——原来那是"日本的清晨之声"。

另外，顺带再讲一个细节。当我看到倒数第三个镜头，就是本田生产线上，全新的Super Cub正式下线那个画面，看见画里的工人们都穿着白色工作服时，不由自主地会心一笑。因为它让我第一时间联想到在《本田宗一郎："原始人"的经营法则》一书中看到的一则逸闻。通常来说，白色服装很容易沾上污渍，而且弄脏后十分明显，所以很少有工厂老板要求员工穿着白色的工作服，然而本田宗一郎的想法特别“奇葩”，跟普通老板的想法刚好相反，他要求本田流水线工人像医生、护士、厨师那样穿白色工作服，而且还不允许工人们弄脏工作服，因为他认为，工作服越干净，就越意味着他们的技能更熟练、操作更准确。联想到这里，再看着第七十八秒生产线上那一个个白色的身影，就不由自主地笑了起来。

由此可见，对影像细节的理解和欣赏，还取决于我们本身所掌握到跟影像相关的信息量，以及各人独具的观看方法。英国画家约翰·伯格在《观看之道》中表示：“我们观看事物的方式，受知识与信仰的影响。”同样一条广告片，懂本田、懂Super Cub的去看，和完全不了解本田、不了解Super Cub的去看，所注意的细节，当然会有所不同。同样一条广告片，导演，剪辑师，市场部的营销主管，Super Cub的忠实用户，与普通观众形成的印象，也会有天壤之别。毕竟，就像约翰·伯格所说的那样：“我们只看见我们注视的东西，注视是一种选择行为。”

同样一幅爱德华·霍珀的画作，在我们看来和诗人看来，会有何不同？如果你看过马克·斯特兰德《寂静的深度：霍珀画谈》一书，就会明白，那些霍珀画笔下的房间，成为诗人眼中“欲望的悲伤港口”“一种削简的韵律”“一种愉悦的疏离感”——诗人能够透过空间造型、色彩浓淡、光影变化，捕捉到潜伏其间若有若无的情绪。而在我们眼中，那些空荡荡的房子，就是空荡荡的房子啊，怎么可能感受和理解到暗藏其中的情绪？如果我们连那些有形有色的影像细节都无法注意到，又怎么可能留意到这些画作中那些无形无味的弦外之音？

法国作家普鲁斯特说："创意的旅程不在于寻找新的景观，而在于得到新的眼睛。"

就目光和眼力而言，这世界大致有两类人经常被人谈论，一种是"花半秒钟就看透事物本质的人"，他们被形容为"目光深邃"；一种是"花一辈子都看不清的人"，这类人被形容为"目光短浅"。很显然，我们每一个人，都不想成为"目光短浅"的人，而是想成为一个目光如炬、洞若观火、情深似海的智者。《纽约时报》的专栏作者詹姆斯·内斯特，就是这样一个"目光深邃"的人——他曾以一年多的时间走访海洋研究者、自由潜水员，并亲身体验深海潜游，从零至六百五十英尺的"光合作用带"，到六百五十至一千英尺"中层带"，再到一千至一万英尺"深层带"、一万至三万五千八百五十英尺"深渊带"，最后抵达三万五千八百五十英尺以上的"超深渊带"，在那里，获得令人震撼的生命体验——参照普鲁斯特的观念来看，詹姆斯·内斯特从此"得到新的眼睛"——"我们在海中下潜得越深，一切就变得越奇妙。"正如他在《深海：探索寂静的未知》所说的那样，"在一千英尺深，海水更加冰冷，周围几乎没有光。另一种感官正式开启：动物们依靠听来感知周围的环境，而不是看。”对我来说，观看就如潜水，有人一辈子待在“光合作用带”，也有人一辈子永不满足，一直往深处潜游，像内斯特那样潜到深层带、深渊带、超深渊带，去领略“海洋呈现出深邃宇宙一般令人胆战心惊的美”——在未来，我将以此来激励自己，去刻意训练自己的观看之道。

风格：是斧子也是尺子？

什么是风格？各种元素有机组合在一起构成的整体视觉观感。大至结构、场景、产品、人物，小至画面中最微小的动作、不起眼的声效和字幕，这一切都有可能影响最终所呈现的视觉风格，改变观众对片子的看法。

从构想层面来说，“如何明确想要的风格”，这涉及一系列的选择和判断。品牌调性如何？产品有哪些特征需要表达？用户在实际生活中如何使用产品？谁是主流用户群？哪些应用场景使用频率明显偏向？什么样的拍摄方式更适合这款产品？是纪录片式还是广告包装式？是追求真实性还是追求电影级艺术质感？如何呈现产品细节？我们需要什么样的场景？什么样的氛围和情境？需要什么样的人物形象？在画面中不同的产品如何衔接？是线性叙事还是平行叙事？是美术搭景还是实地拍摄？是高度还原还是适度修辞？最终的主题是什么？这个主题如何落到实处……

在这个阶段，最明显的特质是，需要创意人员深度地理解和透视产品、品牌与用户三者之间的关系。真正具有创意头脑的人，能够看到一切的相关性，并将这种相关性落实与具体的生活场景关联起来，形成一个复杂、有机、完整的作品雏形。

在为客户撰写创意简报时，我们通常会在最后提到广告片的“风格”，更具体一点说，是“表现风格”或“视觉调性”。这里头主要包含两个部分，一个是整体风格的定性，我们通常会采用一系列“关键词”来定义好范畴，诸如它是“真实的、自然的、简单的、轻快的”，或是“活跃的、活力的、挑战的、激情的”；一个是具体细节的选择和判断，我们会从整体出发，将它拆解成像“产品”“场景”“人物”“故事”“影调”“语气”这样一个个具体细项，如此一来，就能够将极为抽象的整体风格呈现在具体的细节当中。配合创意提案，设计师需要将这些具体细项，通过“合适的图片”与“不合适的图片”的对比来视觉化，一方面是方便客户能够更精准、更形象地把握风格的精髓，以及决定调性表现的关键元素，另一方面是指导执行，让执行层面的团队成员能够事先明白创意的边界，避免踩坑。

从执行层面来说，“如何实现想要的风格”，需要从大处着眼，从细处着手。

制片需要通过风格设想，将合适的场景、合适的用户找到；摄像师需要根据风格定位，在现场找到合适的机位、合适的拍摄时机；道具师需要根据创意构想，明确产品的呈现方式；灯光师需要进一步确认现场的光线是否充足，是否需要补充灯光；美术需要在现场进一步确认人物的服装搭配，和现场出现的各种物件的摆放位置；导演需要跟用户或模特提前沟通，最佳的拍摄方案或理想的拍摄状态是怎样的，需要他们做什么动作，需要他们在现场如何走动或者交流。每一个拍摄现场的决定、细节设计，都跟素材所呈现的美学风格关联，都深刻地影响成片的质感。如果没有美学风格这把尺子作为标准，所有细节都无法精准定位，一切就会草草了事。

在后期剪辑阶段，从初稿到成片，风格成了审片的尺子。

从一帧一帧画面的甄别和筛选，不同场景、不同细节的互相连接，小至一刹那的驰骋，大到完整的作品，不论是内容还是形式，感性表达还是理性表达，都得统一在构想层面预设的风格下，剔除开不相关的镜头，处理好对整体风格形成破坏的画面，逐步将无序、杂乱、粗糙的素材，雕琢成完整、有机、精确的作品，然后将它交付给客户，交付给播出平台，等待成千上万双眼睛的观看和评判。

这就涉及在鉴赏层面“如何看”的问题。

“眼睛只能看到心愿意理解的事”，心所看到、所感受到的一切，都根源于自己心中的累积。同一幅梵·高的画，用一双大卫·霍克尼的眼睛去看，一双未经训练的普通青年的眼睛去看，其观看到的结果，当然判若云泥。

所以赖声川说，“如何看”成为培养创意的关键技巧。在《赖声川的创意学》中，他提炼出一种叫“双视线”的创意方法——细节和整体同时都能看到。更具体一点说，就是我们在看局部的时候，能意识到这部分与作品完整面貌的关系；在规划整体的时候，能想到它与各种角色、情节、小细节之间的紧密联系。通俗一点讲，就是整体里有细节，细节里有整体，从细节到系统，是连接一体的。

虽然赖声川所指的“双视线”是一种创意方法，但在这里，也可以视其为一种观看技巧。当我们学会用“双视线”来观看，无论是一幅画、一支舞、一部电影，还是一首歌、一册小说、一座建筑，都可以看到各种状况的大画面，也能看到容易让人忽视的小细节——这会让我们的视野变得更敏锐，同时也更宽广。

另一种观看技巧，叫“平衡感”。

日本生活美学家松浦弥太郎在《关键是品味！》中指出，所谓好品味，是永无止境的平衡感。推而广之，如果我们默认广告片的导演，真正拥有像弥太郎所说的“好品味”——美学风格方面、艺术修养方面的好品味，他就会在创意作品中追求这种“永无止境的平衡感”——内容与形式的平衡，感性与理性的平衡，开头与收尾的平衡，细节与整体的平衡，动态与静态的平衡，商业与艺术的平衡，技巧与人文的平衡。如果某个画面，某个小细节，让观众感到突兀，感到刺眼，感到不舒服，那就是失去平衡，那就是对细节的打磨功夫还需要修炼和提升。

再将视线回到Super Cub身上来。在搜集资料的时候，我找到了一些不同国家、不同时期的Super Cub的广告，有日本的、美国的、泰国的；有六十年代的、九十年代的，也有近期拍摄的；有平面的，有视频类的。这些广告的风格跟日本版的Super Cub六十周年纪念片的风格完全不同，它们结合了当地用户的喜好、消费环境、广告诉求等因素来制作，视觉风格呈现千奇百怪、五花八门。比如上世纪六十年代，刊登在美国《时代》《生活》《展望》等杂志的一条Super Cub广告，广告语为“You Meet the Nicest People on a HONDA”（出色的人骑本田），配的插图上画有各式各样的人，出于各种各样的目的骑上Super Cub，其中还包括圣诞老人。

再如，泰国本田拍的同主题广告片，形式上更侧重讲故事。全片讲述了泰国某个城市里的小卖部店主发现自己的孩子和宠物不见了，她告诉了骑Super Cub的街坊邻居，随后这个小伙子拿着店主给他的照片穿街走巷去找孩子，并告诉了他认识的所有人，一传十，十传百，最后发动了数百辆Super Cub在街头聚集，孩子终于找到，但悬念也揭晓了，小伙子发现店主要找的不是自己的孩子，而是一只宠物狗——喻指一头幼兽。相比日本本田自然、真实、平淡的纪录片版本，泰国本田的版本更幽默、夸张、热闹。因观看偏好不同，有人喜欢日本版的，也有人喜欢泰国版的。

话说回来，风格因人而异。对创意人来说，风格是一把斧子，要用它来砍伐枝蔓，聚焦真正的内核，和围绕这个内核构思细节，定义边界和范畴。对执行者来说，风格是一把尺子，它可以精准地限定你作业的边线，多一分则浓烈，少一分则寡淡。对观看者来说，风格是一根针，在你的眼界之上，合你的胃口，它可以瞬间洞穿你的眼球；在你的眼界之下，不是你的菜，你可以对它视而不见，犹如空气。总而言之，风格源自不同层面的选择和判断，构想层面有构想层面的设计，执行层面有执行层面的决定，观看层面有观看层面的视角，所有层面归结起来，底子是好品味，直指人心的好品味。

溢出：从热销现象演变成文化现象？

2022年，本田推出了新一代Super Cub。知根知底的车迷老手一眼就能看出，全新亚光灰色配色和经典的红色坐垫，是在向1958年的原版Cub致敬。作为有史以来产量最高的摩托车，这种类似的“Super Cub情怀”在全球范围遍地开花。

因为太流行，它逐渐成为流行文化的一部分。1964年，美国迷幻摇滚乐队“海滩男孩”发布了他们的歌曲“Little Honda”（《我的小本田》），这使得Super Cub在当时变得更加出名，更加流行。这首歌特别自由轻快，即便是今天听起来，依然能感受到其中那种特有的纯真和快乐。

2008年，由室贺厚执导，斋藤庆太、长泽奈央主演的电影《超级幼兽》上映，讲述主人公驾着Super Cub穿街走巷送外卖的故事，很多新世代的年轻人因此迷恋上它。2021年4月，由藤井俊郎执导的十二集电视动画片『スーパーカブ』（《本田小狼与我》，别名*Super Cub*）在日本播出。故事讲述了山梨县孤苦伶仃的少女小熊，与世上最优秀的机车——一台中古Super Cub 50相遇后，她的世界所绽放的小小光辉。这个非常治愈的成长故事，让新一代Super Cub走进更多Z世代的日常生活。

因为太成功，Super Cub成为很多商业专著和论文的重点研究对象。早在1984年，Super Cub就被麦肯锡公司的理查德·帕斯卡尔写进他的重要论文《战略的视点：本田成功背后的故事》中，重点探讨和论述所谓的“本田效应”。随后，Super Cub在全球范围内的热销现象引发更多的关注、研究和发现。像在《创新者的窘境》中，美国作家克莱顿·克里斯坦森从创新的角度，解析了Super Cub在美国市场取得成功的种种原因，并从中提炼出关于企业、品牌与产品在全球营销时应该遵循的游戏规则。后来，在《极简法则：从苹果到优步的深层简化工具》一书中，理查德·科克和格雷格·洛克伍德又引述了这则案例。而在日本《经营战略全史》中，作家三谷宏治用更大的篇幅，介绍了Super Cub在美国市场的经营情况，并将它称为“可看作是定位学派的范本”。

即便是在像《发明：詹姆斯·戴森创造之旅》这样的传记作品中，Super Cub也有一席之地。戴森创始人在讲述自己的成长经历时，多次提到本田Super Cub这款车，讲他当初如何看上它、喜欢它，如何骑着它去上课，去探访女友。后来创办公司，做吸尘器的时候，又受到它“尺寸很小但性能强劲”的启发，研发出重量只有一点五千克，小到可以放在一张A4纸上的筒式吸尘器DC12。该产品迅速占领了日本百分之二十的市场份额，并成为日本最畅销的吸尘器。

更离奇的是，当社会学家在研究市民消费现象的时候，也注意到了Super Cub的热销现象。在《下流社会：一个新社会阶层的出现》中，日本社会学家三浦展就提到了上世纪六十年代，日本大量消费时代来临时，催生了一系列像Super Cub这样的商品：“1958年发生了什么事情？这一年中，东京塔建成，‘美智子热’狂卷日本，富士重工的‘斯巴鲁360’甲壳虫家庭轿车、本田技研的‘超级幼兽’摩托车、日清食品的鸡味拉面等相继面世，让人真真切切看到了一个大量生产、大量消费的时代的到来。”

就这样集腋成裘，聚沙成塔。从一则八十四秒的广告片出发，穿越一条流淌六十多年的Super Cub河域，再从这条河道逆流而上，摸索到本田在全球的扩张史、发展史和壮大史，也由此知晓更多关于本田宗一郎的传奇和藤泽武夫的逸闻。无论是产品层面、品牌层面、营销层面，还是商业层面、社会层面、文化层面，每个切口都有具体而微的案例和细节，跟最初的出发点连通起来，让我像一滴水里观沧海那样，管窥到Super Cub世界的宽广和深邃。

最后，再分享一个让人由衷感慨的场景。这个场景，我是在《本田宗一郎："原始人"的经营法则》中看到的，它记录了本田宗一郎和藤泽武夫第一次见面时的一段对话。

二人初次会面时，宗一郎跟藤泽这样说："金钱的事情都交给你，但关于今后要做什么，我不想受到任何制约，因为我才是技术人员。"

藤泽的回答如下："那金钱的事就都交给我吧。若是想买机器或其他东西，请采取最简单易懂的方法来跟我说明。因为你才是社长，所以我会听从你的吩咐。只是不要目光短浅，看不到未来。"

"确实如此。我们都不要目光短浅。"

宗一郎回答说。

这句话，像是穿越时间迷雾的灯塔，点亮了我的这趟Super Cub之旅。

附录一
超级幼兽史（1958–2013）

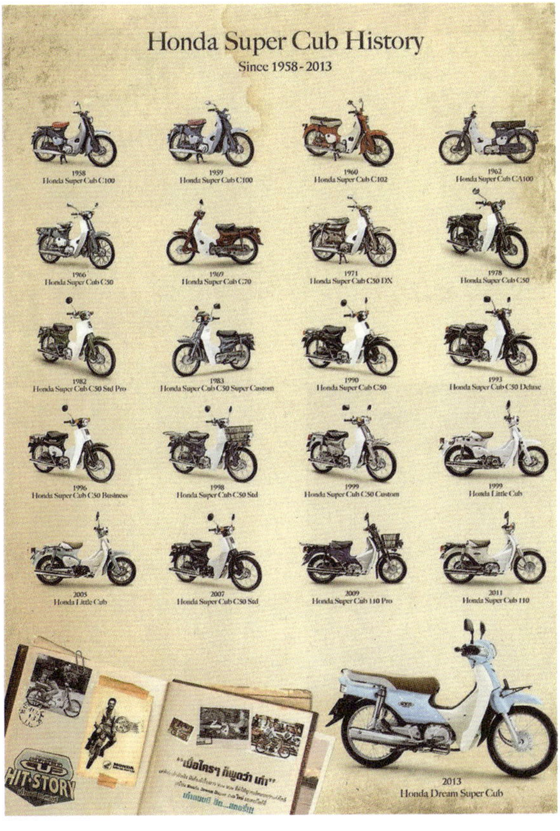

附录二
从八十四秒的广告片中，分解出的六十八张图片

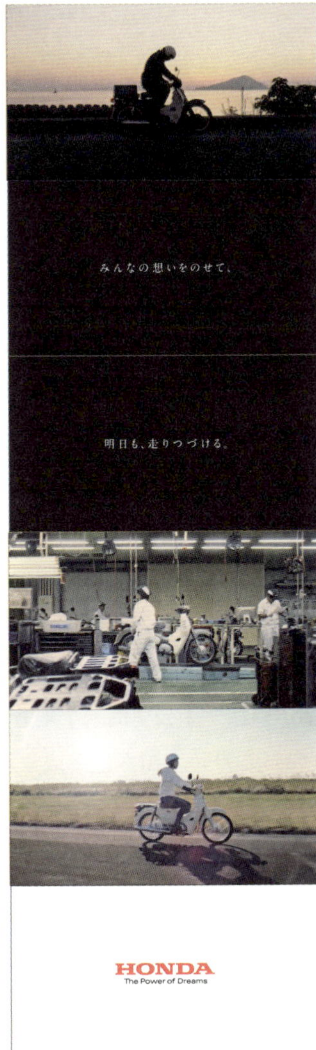
みんなの想いをのせて、
明日も、走りつづける。
HONDA
The Power of Dreams

附录三
超级幼兽年谱

1952年，本田发售红色引擎的“幼兽F型”电动自行车。

1958年7月，本田以五万五千日元的定价发售超级幼兽C100，当年就售出了九万辆。

1959年6月，本田在美国洛杉矶成立法人机构。同年，Super Cub在美国上市，当时售价仅为二百九十五美元。六年后，本田占据了美国轻型摩托车市场百分之六十的份额。

1960年，本田铃鹿（SUZUKA）工厂建成。

1961年，超级幼兽进军欧洲。同年6月，本田以联邦德国的汉堡为据点，成立欧洲分公司。在当年的曼岛TT比赛中分别包揽了125cc和250cc级别的前五名，被称为“世界的本田”。

1962年9月，本田在比利时创办发动机销售公司；次年，在布鲁塞尔以西二十公里的一个地方开始建设工厂。

1964年5月，本田在巴黎成立法国分公司。同年，Super Cub也被引入到东南亚、南亚地区，成为备受推崇的家庭交通工具，它巧妙地应对了主要城市日益增长的交通拥堵。同年，美国迷幻摇滚乐队“海滩男孩”发布了他们的歌曲“Little Honda”（《我的小本田》），这使得Super Cub更加出名。

1965年9月，本田在伦敦成立英国分公司。

1988年，Super Cub被评为全球十大经典车型。

2006年，Super Cub全球销量突破五千万台。

2008年4月，Super Cub总累计生产六千万辆。同年，由室贺厚执导，斋藤庆太、长泽奈央主演的电影《超级幼兽》上映，讲述主人公骑着Super Cub穿街走巷送外卖的故事。

2013年，本田推出第二十一代Honda Dream Super Cub。

2014年，日本专利局通过Super Cub的3D商标注册，承认其外形和设计为Honda的标志性产品，并使其成为第一款获得这一地位的机动车辆。

2017年，Super Cub全球销量突破一亿台。10月29日，本田在日本熊本县举行纪念超级幼兽Super Cub系列车型全球累计生产一亿辆的下线仪式，创造了摩托车史上的销售神话。

2021年4月，由藤井俊郎执导的十二集电视动画片『スーパーカブ』（《本田小狼与我》，别名Super Cub）在日本播出。原作小说是超级幼兽Super Cub总产量超过一亿辆的纪念作，故事舞台为山梨县北杜市，失去双亲、没有朋友的孤苦少女“小熊”，与一台中古Super Cub 50相遇，透过摩托车而扩展自己的世界并逐渐成长。

2022年3月，本田正式发布搭载新发动机的超级幼兽系列Super Cub 110和Cross Cub 110。

贰臣心迹

王 鹤

舆论攻势疾风骤雨般投向贰臣，曾经降闯又降清的龚芝麓被击打得踉踉跄跄。

龚芝麓（1616–1673）的诗文成就较高，是清初文坛领袖，与钱谦益、吴梅村并列“江左三大家”。康熙初年，蒙求奖掖的士人前往京师，必定要带着诗文去拜谒龚芝麓。

而他更著名的身份，是下面两个：

秦淮八艳中特别活跃的顾媚（1619–1663），于崇祯十五年（1642年）在南京与龚芝麓定情，次年中秋两人在北京团聚，此后相伴二十年。龚顾情缘中包含了太多值得言说与玩味的元素，男主角龚芝麓因此频繁被人提起（详见《读库1205》“秦淮之水异香澌”一文）。

龚芝麓是清初贰臣群体中很重要的一位。他的仕途大起大落，康熙年间官至尚书。当年，舆论攻势疾风骤雨般投向贰臣，曾经降闯又降清的龚芝麓被击打得踉踉跄跄。

那些混杂着险绝与香软、羞臊与风光的路途，他是怎样走过的？

亡国

崇祯七年（1634年）春，十八岁的龚芝麓进士及第，之后在蕲水（今湖北浠水）当知县七年。刚到任时他年纪轻轻，幸而身材魁梧，人家觉得这位小知县也还显得成熟。那几年，有多股农民军在荆楚攻城略地，许多州县失陷。龚芝麓上任才十来天，农民军就兵临城下。他率领兵丁在城头死守，以火药退敌，或奔赴山间袭击，此后则增高城墙，加宽护城河。

蕲水县城那几年虽然多次被围困，但因守城得法而获得保全，免罹兵火。当时龚芝麓还不认识顾媚，给岳父童玄俊的信上说，敌寇虎视眈眈，“屠寨逼城，殆无虚日”。自己日夜都在城头，顾不上梳头洗澡，“黄花白酒之兴，俱销磨于风戈露雉间。如此苦情，想岳翁必闻而怜我矣”。

在太平时节，龚芝麓则经常指导学子，管理乡兵，逐乡踏看，奖励耕织，赈济灾民，还积极募修县学宫与桥梁等。

龚芝麓判案的审语保留了不少，从那些民事纠纷、刑事案件中，可以窥见晚明社会的鲜活景象：流氓群殴，恶少谋财，荡子败家，悍妇奸猾诬告书生，民女被拐流落风尘，秀才无行私通姑母……龚芝麓或依照律法治罪，或杖责以示惩戒，处理得清清爽爽。明明是一地鸡毛，他的判词却文采斐然，妙语纷呈，毫不枯燥。

龚芝麓的祖父和父辈都有文名，祖父是万历年间举人，当过浙江分水县知县，后升迁云南禄劝州知州，未赴任，居家乡培养子弟。伯父是万历年间进士，任太仆寺少卿。龚父擅长诗画，有多部诗集，合肥地方志说他“丰姿伟干，磊落出群”。龚芝麓才思敏捷，诗文书画都广受称赞，人称合肥才子，少年时期他的八股文就广为流传。

知县的官阶低，俸禄薄，事务杂，责任大，蕲水经常被战火灼烧，已几乎成为前线，监军的太监又喜怒无常，难以伺候……龚芝麓一直没有机会调往京师任职，私底下也不无抱怨：“七年老县令，陪奉乡里小儿作折腰生活。”

崇祯九年（1636年），龚芝麓担任湖广乡试分考官，由此跟主考官吴梅村相知甚深。崇祯十四年（1641年）官员考绩时，龚芝麓成绩显著，铨选入京。次年春经过南京时，与顾媚定情。他抵京后担任兵科给事中，频繁上疏，就边疆御敌、进贤惩奸等国事畅所欲言，直声轰动朝野。崇祯十六年（1643年）十月初七，他因弹劾首辅陈演等权臣，锒铛入狱。那时顾媚经过一年的辗转跋涉，抵达北京才五十多天。

“人间兵甲满地”。明亡之前一个月，刚刚出狱的龚芝麓写过《感春二十首》，思猛士，啸哀丘，悲四海风烟，哭文士路穷，积满大难来临的绝望，也有心辞职。有点诡异的是，第二十首的尾联为“薄福东风消不得，峥嵘布帽与青衫”。1644年三月十九日，崇祯帝自缢煤山，农民军占领北京，丧魂失魄之际，龚芝麓、顾媚改姓埋名，变换装束（果真布帽青衫），夹杂在普通人家的仆佣中，试图逃离，但遭俘获，“窘辱万状”，被打得皮开肉绽。后来整理旧诗时，龚芝麓为之大恸：“曾几何时而寇陷都城矣，悲哉诗之为谶也！”

龚芝麓先降大顺，后降大清，两度失足的耻辱，难以洗刷。他曾上书摄政王多尔衮，表示“衰病残躯不能供职，乞恩放行”；也几次以尽孝为理由，说自己与饱经颠沛的父母阔别多年，“伏见圣明以孝治天下”，乞请回籍养亲或请假省亲，都未获批准。

由明入清的大乱中，十来岁的儿子士稹与母亲童氏逃难时受尽艰险，龚父龚母也从烽火刀丛中死里逃生。后来他们终于回家，祖孙三代相守，总算安全了，但衣食艰难。乱后萧条，筹措不易，龚芝麓有一次给家里寄钱，仅四两银子，他与顾媚在京靠变卖藏书藏画度日。儿子来信总是述说家中窘况，他也告知自己的处境：“自去年以来，求死不得，欲归不能，千辛万苦，千愁万困，以至今日。”比身心困苦更难捱的是舆论压力，既为世人睥睨，又无法立刻抽身，焦头烂额中，安慰的话也说得有气无力：“今闻汝母子无恙，始稍稍放心。天翻地覆后，复有聚首之望，真不幸中之幸也。家中贫苦，我之所知。但我处贫苦，亦不减于家中……且耐心数时，再作道理。此身既在，或不至饿死也。”

龚家几代缙绅，遭逢兵荒马乱，尚且如此艰窘，寻常百姓在乱离中如何挣扎求生，可想而知。

龚芝麓清初写给岳父的信上说，这两三年九死一生，备尝艰阻，虽然外貌无太大改变，生趣已销亡十之八九（其实生趣还是有的，毕竟有顾媚陪伴），请岳父时不时去自己家中慰藉父母与童氏。

龚士稹后来仅中乡试副榜，靠恩荫入仕，当过工部员外郎与湖广按察司佥事（五品）等。职位、收入不算很高，但以廉洁清明、慷慨好施为人称道，经常捐俸禄救助贫困者。一次他路过河间府，有位官员突然去世，其秀才儿子因积欠被捕，差点死在狱中，士稹倾囊将其救出。龚芝麓为之欣慰：“鹿田一举，甚合吾意。凡事如此行去，不减范氏麦舟矣。”

失路

龚芝麓的《定山堂诗集》收录约四千首诗，清晰记录了他由青年至老年的行踪、心迹，也勾勒出一部明末清初重要官绅、文人的交游史。他的交往圈子宽泛，又饱经宦海沉浮，足迹遍及湖广、江南、北京、广东等地，与当朝高官、致仕名臣、落魄迁客、前朝遗民、失意文士、方外之人，都有往来，其中不乏知交。龚芝麓与朋友们时常聚会，春日赏花，重九登高，萧寺访僧，庭院观剧……最后总要饮酒畅谈，论文吟诗。顾媚与吴山（岩子）等女诗人，有时也会参与这些雅集。

人们对龚芝麓印象最深的，是其才思敏捷，倚马可待。即便在丝竹满堂的闹热中，也可悄然构思，转眼吟成，且精警美妙。次韵让人棘手，他却不以为难，总能从容安排。龚词在清初也有盛名，广受赞叹，著名诗人尤侗说："公之魁梧奇伟，予故得而识之。及观其词，则如花间美人，更觉妩媚。"学者彭孙遹在《金粟词话》中说，长调难度大于小令，需要语气贯串，不冗不复，徘徊宛转，龚芝麓的长调则"芊绵温丽，无美不臻，直夺宋人之席"。

龚芝麓很推崇苏轼的尺牍、小品，他的书信、题跋等也十分精彩，有时骈散夹杂，篇幅短小却流丽华美，写景状物灵动飞扬，谈诗论画有真知灼见。他偶尔写作骈文，也颇清雅新丽。

龚诗中多迎来送往、宴饮应酬之作，往往一个题目落笔就是十首八首，稍显芜杂，还夹杂客套、过誉之词。但他的抒怀、纪游、酬答等诗有不少出色的篇什，从容闲雅，工稳蕴藉，流露了厚密的情感、复杂的心迹。其诗歌成就虽然低于钱谦益、吴梅村，但位列"江左三大家"绝非浪得虚名。

龚芝麓喜欢使用典故，比较浑成，有时也伤于古奥。有的诗不怎么用典，平易中仍不乏深切、含蓄，比如这首《喜唐髯孙至白下》（之二）：

荻芦风劲一江秋，为尔停帆上水楼。
破浪客来新雁后，销魂别在古沟头。
时危处士无林壑，兴就寒花惬唱酬。
落日台城凭极目，子山杨柳不胜愁。

清初，龚芝麓的诗歌特别萧瑟，频频出现愁、病、恨等字眼，既悲故国沦亡，更叹自身遭际："隔代沧桑真梦幻"，"失路风波罪管城"。他卧床不起，"药罐扶我过中秋"，"红窗弹泪乍闻笙"。被时代的悲风苦雨浇淋，无所逃遁，满篇流水呜咽，落叶黯淡。

丁忧后"闲居无事，托咏写怀"，他用阮籍的原韵写下四十六首《咏怀诗》，纠缠着自我排遣与难以开解，充满矛盾：时而饱含士大夫的入世之志，不甘心老死房帷，欲有所作为。转念又觉得万事犹如浮云，易飘易散，何必追逐荣名；时而羞愧于"遭时一差跌，进退难自禁"。很快却涌起被弃置的失意，叹息和氏璧资质非凡，却难遇知己之赏识……

龚芝麓与同样仕清的李雯（舒章）、曹溶（秋岳）、金之俊（岂凡）、李元鼎（梅公）、陈之遴（素庵）等处境相似，都被遗民施以冷眼，心态相近，也都擅长诗文，几人经常往来。

顺治四年（1647年）病故前，李雯与龚芝麓经常见面，一起赏花饮酒，在诗中伤山河碎裂，痛老友凋零，流露未能尽忠守节的羞愧和遭逢乱世的悲郁。龚诗《皃公、舒章重九集饮有作，遥和原韵》云："早霜故国清砧远，斜日中原画角多。四海交游纷落叶，百年生事一悲歌。"跟李雯、曹秋岳等冬夜雅集，龚芝麓抒发失路之哀：

无数遥烽迷去鸟，有情别泪到秋虫。

灯前残菊如羁客，乱后绨袍饱朔风。

有一次与李雯等同看明代传奇《吴越春秋》后吟诗，龚芝麓分到"端"字韵："……名花倾国人何恨，烟水藏身计果难。歌舞场中齐堕泪，乱馀忧乐太无端。"西施、范蠡的离合与吴越两国的兴衰让人扼腕，而更触发情绪并让他们纷纷洒泪的，是"崔九堂前韵未残"与"乱馀忧乐太无端"——被时代的狂潮飓风裹挟，个人命运飘忽无常，诗人因此对杜甫在安史之乱后重逢李龟年的悲慨，特别有共鸣。

顺便说说李雯。知名度与品貌都不亚于顾媚的柳如是，少年时代与松江才子陈子龙、宋征舆有过情感纠葛。陈、宋与李雯（1609–1647）以诗词文章为人称道，被誉为"云间三子"。1644年7月，摄政王多尔衮致信弘光朝廷兵部尚书史可法，以正统自居，要求弘光帝削号归藩、官员俯首称臣。大明士绅痛恨清廷饮马江南的野心，却也承认此信笔力雄健。

这样的信，多尔衮当然写不出来，代笔者就是李雯。

李父李逢申为崇祯末年工部虞衡司郎中，明亡时被农民军严刑拷打后自尽。宋征舆后来为亡友写的传记讲述：当时李雯随父在京，已经断粮四五天，他哀号行乞，才求得一副棺材收殓父亲。待清军入都时，为父守灵、身无分文的他病饿交加，奄奄一息。御史曹秋岳看到后十分同情，对兵部侍郎金之俊说，这是松江才子李雯，若再不进食，很快就会饿死。众人赶紧给他喂粥，一两天后才复苏。他们向清廷推荐李雯，一经试用，果然学问深厚、文字精湛。

此后李雯起草了很多诏诰，甲申年（1644年）秋被授职中书舍人。曹、金都是龚芝麓的好友，后者上疏推荐李雯时也赞不绝口，说他文妙当世，学追古人，国士无双。

顺治三年（1646年），李雯请假回松江葬父，行前写了一首《东门行》寄给阔别三年的陈子龙，觉得自己与曾经抗清、此时隐居的好友已有云泥之别："君在高山头……余沉海水底。高山流云自卷舒，海水扬泥不可履。"所附短信也字字浸满羞惭："失身以来，不敢复通故人书札者，知大义之已绝于君子也。然而侧身思念，心绪百端，语及良朋，泪如波涌。"

从情感上看，父亲死于农民军，李雯对大顺的恨意远远超过大清，后者对他还有知遇之恩，但他的自责自愧，与龚芝麓如出一辙："难忘故国思，已食新君饵"，"名节一朝尽，何颜对君子"。说起来，李雯在晚明只是秀才，并未出仕，为何有如此沉重的道德负担？一来，云间三子当年名满江左，固然源于诗词才华耀眼，但他们同样留心经世济民之道，也以清誉相期许，同乡老友陈子龙、夏允彝还参与抗清；二来，代笔多尔衮的《致史可法书》太过著名，这道浓厚的污渍，无法擦拭，他写得越精彩，就越招人唾弃。

李雯自悲“失身”，与龚芝麓自伤“失路”，有相似的懊悔。

在秦淮河畔雅集时，龚芝麓和白梦鼐（仲调）的诗，同样嗟身世、叹国变：“途穷回首尽风波，此日临流足啸歌”，“乱后江声仍北固，座中人影半南冠”。辛弃疾曾经登临京口北固山怀古，痛惜中原沦丧：“何处望神州？满眼风光北固楼。千古兴亡多少事？悠悠！”这一声长叹，余音未绝。

龚诗中经常出现开元、天宝等字眼，兴亡之感，扑面袭来：“万斛寂寥天宝泪”，“开元人老落花诗”，“天宝事多宫监咽”，“开元白发镜中新，朱雀花寒梦后春”。《暮春集子唯园亭酬赠》其一云：“相逢何意落花边，不记曾经天宝年。江左衣冠同逝水，旧家亭沼尚平泉。”

有学者认为，龚芝麓脸皮太厚，在诗文中对自己降清从无自责。其实，他密集地表达着“失路”的惭愧，比如《赠歌者王郎南归，和牧斋宗伯韵》其八：“后庭花落肠应断，也是陈隋失路人。”《暮春集子唯园亭酬赠》其三：“河山已邈泪痕新，难忘新丰旧贱贫……失路感恩悲喜集，扁舟载得一心人。”《秋怀诗二十首，和李舒章韵》其四：“河山风雨后，万事悔差池。尘海馀蓬鬓，烟霞失劲姿……”

《初返居巢感怀》大量采用杜甫诗意：“失路人归故国秋，飘零不敢吊巢由”，“明月可怜销画角，花枝莫遣近高楼”。不过，即使他明确表示“不敢吊巢由”，依旧会被冷嘲：巢父、许由是隐居不仕的高人，就凭你一个贰臣，也好意思提起他们？

《赠丁野鹤》之三，龚芝麓在“江山如此恨人留，痛哭书焚向古丘”句后自注：“野鹤索余旧时疏草（奏章的草稿）出读，悲慨系之。”既有国破之悲，也有对崇祯末年政局的各种痛惜，更有难言的伤感——自己从当年的诤臣到后来的失路人，落差简直太大了。

龚芝麓为丁耀亢（野鹤）《逍遥游》所作序文中，又一次提到明末那段痛史：“辗转狱户，遭罹兵火”，投井被救，最终“飘零失志，为世唾人”，有负于良友。给同年任赤霞的信里，称对方“高枕烟霞，完节幽贞”，叹自身“觍颜窃禄”。他无数次抒写失路之愧，有时可能是面对遗民顺势而为的姿态，有时又夹杂着境遇不顺的消沉失意，但确实有不少由衷之语。

龚芝麓再三回溯甲申年那段投井的经历，给阎尔梅（古古）、卢德水等人讲述：自己被农民军抓捕后受尽凌辱，以为必死无疑，找到机会脱身后，与顾媚“携手赴义，几化为井中泥”，结果被救。随后与熊雪堂先生一起藏于荒野，想伺机逃往南京，但土贼横行，寸步难行。又得知被弘光朝的权臣列入黑名单，“欲杀而烹之”，故也不敢南奔，遂无路可归……最后就成了这般模样：觍颜忍耻，惭负良友。龚芝麓把自己骂得狗血淋头——“今不忠不孝，负终天大痛，行且待死草土，为沟壑中一不足怜齿之物。”承蒙老友或老师不弃，继续搭理自己，简直“感极涕零”：“坑堑惭人，辄藉芳兰以华败絮，心期尚在，感佩何穷？”

这些隐居不仕甚至秘密反清的故交，都是新朝代的边缘人，龚芝麓却如此在意其态度，部分源于他们在遗民中享有声望。从这些倾诉中，也能看出他珍视旧谊，深切自惭。

明清之际，舆论严苛，标准也黑白分明。个别官员从前为人为政缺陷不少，可一旦殉节，立即被尊为圣贤。那些仕清的大臣，则一概笼罩在偷生、失节的阴影中。不死与投降，成为贰臣的最大污点，被人鄙视，也自我鄙视，所以龚芝麓特别愿意提起崇祯末年自己以气节名满朝野并招致灾祸的往事，那是年轻时代最闪亮的日子。他更要喋喋不休地强调亡国时自尽未遂的经历，意在向世人求情：我也是曾经赴死的，只是没有死成。

读起来真是非常矛盾，但四处剖白心迹，用数年乃至数十年自谴自责，至少表明了他有清晰的价值判断。何况，龚芝麓在朝堂积极建言，兴利除弊，周急济贫，多多少少自赎了吧？所以他总算得到了知心朋友的体谅。杜濬择友甚严，以气节为人敬重，他认为君子出仕应当有益于民生，因而对龚芝麓有几分谅解：“出以为民者，当如合肥龚芝麓先生。”他的《哭龚孝升先生文》说：“如先生之怜才笃友，恐断断然不可再得也”，“先生勋业满世，而不自以为善；利济在人，而不自以为德”，往往“于酒阑烛灺、歌残舞罢之际”，与自己饮茶谈心，泫然流涕。龚芝麓向吴梅村表达过“堕坑落堑，为世惭人”的羞臊，面对杜濬，同样流泪愧悔。

也有旁观者对龚芝麓等投以宽容。复社骨干魏学濂是著名东林党人魏大中的次子。魏大中与杨涟、左光斗等并列“前六君子”，因弹劾魏忠贤而受构陷，受尽酷刑，天启五年（1625年）冤死狱中。长子魏学洢随父亲的牢车北上，四处求救，扶棺归乡后病故，年仅二十九岁。学洢的诗文颇受称道，有《茅檐集》八卷，今人耳熟能详的《核舟记》就是他的手笔。

崇祯登基后，魏大中被平反，谥“忠节”。崇祯十六年（1643年），魏学濂中进士，任庶吉士。他的绘画享有盛名，也悉心钻研地理、兵法、刑律等，希望在国家多事之秋能有贡献。计六奇的《明季北略》记载，崇祯皇帝上吊后，魏学濂在金水桥遇见方以智、陈名夏等，他们正商量着自尽以报答先帝，他赶紧阻拦：死很容易，但尚有大事可为，不能轻易抛弃有用之身。太子与永王、定王尚在，我联络的保定义师很快就能到京，“独不能少忍须臾待之耶？”后来听说太子与二王被捕、遇害，约定的义师也未能抵达，同事拉魏学濂前往南京，他流泪道：先前之所以不死，是期待有所作为。现在大势已去，不畏一死，父兄有知，会谈笑着在地下等我。如果我苟活于世，将来有什么脸面在家庙祭拜他们呢？遂写下两首绝命诗自缢，诗云“忠孝千古事，于我只家风。一死轻鸿毛，临难须从容……墓木有拱时，清韵入楸松”，十分从容、磊落。

而据《忠逆史》《北回目击定案》所述，魏学濂行径却显得猥琐：北京失陷后，曾经服侍过魏大中的老仆劝其尽忠，莫玷污忠节公的名节。他假意答应，随即借故遣老仆回乡，自己忙不迭跑去降闯，担任伪户政府司务。他骑一头毛驴，穿伪式黄袍，到草场指挥割草，一派得意。

在截然相反的叙述中，魏学濂的面貌一正一邪，历史学家计六奇不由得跌入浩瀚的历史虚无感：到底有没有信史呢？给人定评简直太难了，即便同时代人都难辨贤逆，何况传之千百年后？

计六奇最终认同《甲乙史》的评定（《明史》也采用此说）：魏学濂曾经降闯，但于四月三十日自缢。他“素负志节，一时堕误，知愧而死”，毕竟胜过那些觍颜求生者。估计是计六奇毕竟了解，魏学濂为人豁达，慷慨好义，疾恶如仇，对母亲无比孝顺，暑天无所畏避去慰问染疫者……依据一个人惯常的作风来下判断，距离真相会稍微近些。

据《睹记》讲述，嘉兴同乡听说魏学濂降闯，败坏家声，想毁掉魏家的“忠孝世家”牌坊，幸而有人劝解：他家仅此一人为逆贼，无关其父兄事。众人这才作罢。

嘉兴士绅曾义愤填膺地写下《公讨伪户政府司务檄》，对魏学濂等口诛笔伐：古来附逆者都没有好下场，即便把这些乱臣贼子扔给虎豹豺狼，也难平众怒。计六奇说，我收录此文，并非赞许其尖利，可取的是执笔者胸中有少许古书，

“所惜者，止欲自逞其笔锋，全不顾他人之死活也”。

还有一个情节让人特别揪心。嘉兴人听说魏学濂降贼，群情激愤要烧掉魏家。老夫人亲自出来给大家行礼：我儿子肯定会殉难的，你们姑且等待消息吧。三天后京师传来音讯，魏学濂缢死，魏家宅邸遂免于焚毁。这位七十岁的老太太二十年前丧夫、丧长子，现在幸存的儿子也离世，不知她的暮年该如何煎熬。

记录了魏学濂自尽前后的波折后，计六奇再次感慨：“论人于死生之际，亦难矣哉！”甲申之难，范景文等数位先生有心殉节并立刻赴死，固然名垂日月；而龚芝麓、方以智、熊雪堂、陈名夏等也曾自尽，属于求死而未能死者，“君子犹当谅其志焉”。

康熙十四年（1675年），老友顾玉书给冒辟疆写信说，有一件事情，留心世道之人不可不知，尤其应该据实记载下来：魏学濂不惜玷污声名而出任伪职，是因为与宣化、密云总兵唐通有约，他担任内应，起兵之日以草场点火为信号。他几次派人去落实，但唐通未能践约，魏学濂遂投缳而死。弘光朝群小当道，以魏学濂受伪职而定其罪，却没人推究他赴死的前因后果。魏学濂“一段报汉热肠，为邪党抹杀”，“此千古之恨事也”。

康熙十八年（1679年），年近七十的冒辟疆写下长文，讲述复社同仁明末与阮大铖的几次交锋，并侧重追忆“秀挺清奇，不可一世”的知己魏学濂。他特别提到，明亡后数年，《嘉兴府新志》的“殉难忠臣”一节有魏学濂传，他仔细阅读后者的绝命诗，才知道其降贼之苦心，感慨好友“不愧忠孝”。冒辟疆还说，顾玉书也已去世，我把他的信收入《同人集》刊印出来，“以识死生不负所讬”。

这是魏学濂的知交对他身后名声的守护，此时他已去世三十五年。

结交

龚芝麓与冒辟疆等坚守遗民身份的老友保持着亲密交往，在和冒辟疆的诗里，庆幸彼此虽遭逢大难却劫后余生，夸对方人品莹洁，辞藻清雅，是今生屈指可数的知交：“人同白雪丝难绣，诗就朱琴玉不如”，“生死论交有几人，喜多惊定传伤神”，“纪群更爱风流远，犀角龙文并绝伦”。顺治七年（1650年），两人同在扬州，饮酒斗诗，同聚四十多天。冒辟疆四十岁生日时，龚芝麓写长诗《金阊行为辟疆赋》、顾媚画《三湘九畹图》长卷为之贺寿。《金阊行》详述冒、董（小宛）情事，同时赞美老友隐居、隐德的高义。

过后几年，他们在扬州、金陵又多次促膝畅谈，情谊更厚。更多时间两人分处京师、如皋，书信往来。龚芝麓在《水绘庵诗文二集题词》中说：“十余年中幽忧患难，吾两人异地同之。”冒辟疆在家乡遭受许多折辱，“听天由命，忍辱忘怨”。龚芝麓忧心忡忡，专门给扬州知府和如皋知县写信，强调冒辟疆是自己的生死之交，冒家父子素来以德行为人敬重，再三请父母官对冒家多加照拂，说如此则等同于自己领受到好意。两人经常互赠礼物，有一次龚芝麓赠冒辟疆十二两银，供两个儿子赴考。

康熙九年（1670年）春，龚芝麓担任会试主考官。冒的六十岁生日将至，龚芝麓对冒禾书说：你父亲的贺寿文章必须由我来写，他才会觉得最合适。等我出闱后，一定要在海棠花下，记叙跟他这三十年的至交深情。果然，龚芝麓一出闱就挥毫书写，直至夜深，次日派飞骑与礼物一起送走。他说冒辟疆早年是姿神隽异、文辞精妙的贵公子，风流倾动，名公钜卿不顾辈分与之订交，登门拜访的才士摩肩接踵。他赞扬这位一直奉养母亲（不仕清）的老友历经艰难百折而葆其坚贞，不受恶劣环境左右，堪称盛世完人。

龚芝麓给阎古古等几位遗民的信里，也称对方“采薇种蕨，为世完人”，他作为贰臣，自觉残缺。

冒辟疆几次拒绝清廷征召，得以终老布衣，也得益于在朝高官龚芝麓等故交先后施以援手。龚芝麓去世后，冒辟疆追忆三十年间老友的“至情过情之事”，觉得“多古人所无，有传之后人不肯信者”。

龚芝麓也多次给其他地方官员写信，言语恳切，请求对顾景星、杜濬等德才卓越但生活困窘的遗民给予照应、帮助。

两位进士同年任赤霞、孙大宣隐居不仕，龚芝麓建议他们不妨与府、县官员稍稍交往，以此抵御势利小人的欺压。他说，我辈对进退出处，自有定见，这么做无损于做人的格调，却能得到一些度日的安稳。老友采纳后确实有效，龚芝麓的处世之道由此可见——他多了一些妥协、务实，当然也可以说不够纯粹。

龚芝麓与余澹心的友情也贯穿一生。龚芝麓在贺余五十岁生日的长诗里，称对方为金石之交，“我诚逊巨源，君亦薄嵇康”。感激隐居且任侠的老友不像嵇康待山巨源那般，决绝地跟自己断交。他惭愧于仕清，也流露了“饱历仕宦趣，涉险若探汤”的沉重。

姜埰（如农）是崇祯四年（1631年）进士，任礼科给事中，因抗疏得罪崇祯帝，在午门受杖一百，命悬一线，后被关押于刑部监狱。他获罪后，龚芝麓不怕批逆龙鳞，三次上书申救。姜埰遭遣戍宣州卫（今安徽宣城）戍所前夕，龚前往送别，写诗高调赞美他。明亡后姜埰、姜垓兄弟以遗民终老，清初龚芝麓与姜埰再聚，在《如农将返真州，以诗见贻，和答二首》中夸赞老友当年无所畏惧，盛名远播，也不禁想到自己——明末与姜埰当知县俱干练有为，任给事中又都因为直言上疏获牢狱之灾，两位难友还同时出狱，之后王朝倾覆，“一别河山事不同”。龚芝麓喟然叹息：“烽火忽成歧路客，冰霜翻羡贯城时。花迷故国愁难到，日落河梁怨自知。”贯城即刑部监狱，他也曾陷身冰窟般的监牢，但那时即便受苦受冻，与顾媚咫尺天涯，舆论却在推崇自己的刚直，心底是有几丝骄傲的。哪像现在呢？愁怨、难堪都只能暗自消化。

老友顾景星（赤方）在南明弘光朝短暂担任推官，入清后屡次推辞征召，两人的出处有很大分别。龚芝麓丁忧南归，在丹阳舟中与顾景星见面，当晚分别后他写下四首诗赠与后者。明清易代的战乱，带来多少家破人亡、音书隔绝：“兵戈憔悴空三户，音梦猜疑近十年。”对乱离世道的叹息经常出现在他那几年的诗中，然而，龚芝麓特别切肤的沉痛是这一层——他在“多难感君期我死”一句下面自注，“赤方集中有吊余与善持君殉难诗”，老友以为他与顾媚明亡时已经殉难，结果呢，自己不但幸存，还做了贰臣。羞耻难堪，不言而喻。

顾景星晚年读到龚芝麓的诗集《甲申存稿》，忍不住为老友的遭遇痛哭——龚芝麓投降大顺后，伤口稍好就设法逃脱，南行途中得知，已被弘光朝廷列入应该惩处的“附贼”名单，只得“哀感北奔”。

龚芝麓与反清复明的老友及其后人也有密切往来。杨龙友与孙临在南明隆武朝率军抗清，1646年牺牲于福建浦城，被当地老百姓埋葬。后来，孙临的侄儿孙韦（伯如）冒着风险寻访到埋骨处，将两人的遗骨（一说骨灰）带回桐城老家。龚芝麓写下《孙伯如自闽海负其叔骸归里，赋此志壮，并讬寄怀鲁山司马》《又感述四首》：“千载怒龈孤冢出，南家碧血一函藏。滔滔棕璧重茆土，谁信书生壮国殇。”在清初政治高压的背景下，这么不隐晦地赞美抗清义士，需要相当大的勇气。诗题中的“鲁山司马”指孙临的哥哥孙晋（号鲁山，明末兵部侍郎），他拒绝清廷征召，在家乡龙眠山率子弟读书。“万壑风雷名士骨，九天冠珮布衣身”这一联，便是推举孙临孙晋兄弟一殉国、一隐居的高义。而“方干诗句岭猿愁”系怀念曾参与抗清的老友，他在句下注解：当时听说密之（方以智，孙临的妻兄）辗转于两粤。

龚芝麓很牵挂老友。六首《怀方密之诗》写于顺治三年（1646年）之前，有很长的诗序，讲述与方家两代人的情谊：崇祯十一年（1638年）方以智之父方孔炤巡抚湖广时，十分赏识下属龚芝麓。方以智因此与他结识，彼此投缘，相互看重。连战连捷的方孔炤因香油坪一役失败被朝廷逮捕，龚芝麓尾随缇骑，“追送江皋，竟日呜咽不忍去”。后来龚芝麓、方以智在京成为同僚，交往频繁，常有文酒之聚。1644年李自成大军入城后，龚、方不约而同从藏匿处现身，到午门的崇祯灵柩前恸哭，很快被胁迫任职。

农民军从其寄居处搜捕到龚芝麓，其实是方以智被逼无奈指认的。龚芝麓以为自己必死无疑，方以智说：我与你同死，“今吾君臣、夫妇、朋友之道俱尽矣，安用生为？”因为他俩对清廷的态度截然不同，失节者龚芝麓曾被怀疑撒谎。后来有人当面询问方以智，证实了此事。龚芝麓回忆起当时的纷乱、惊恐和两人分别死里逃生的经历，依然视方以智为“始终交谊，患难不渝”的密友，认为他无负于友，无负于国。《怀方密之诗》语多褒扬：“一代异才争日月，两都亡命狎风烟”，“天下英雄今有几，此行磊落更何疑”。

龚芝麓后来还有《酬周农父过饮见赠之作，兼怀密之》：“转忆飘零词苑客，十年踪迹苦频更。”周歧（农父）是方以智的同乡、好友，龚芝麓与他喝酒时，不由自主怀念起长期在南方飘零的方以智。方以智之子、数学家方中通回忆，他去京城拜谒龚芝麓时，后者赠墨助其写作《数度衍》一书，还叮嘱守门人，若方中通来访要立即通报。

缘情

据《明季北略》记载，龚芝麓被弘光朝廷列入“从逆诸臣”名单，湖广巡按御史黄澍上疏道：龚芝麓降闯后经常对人说，“我原欲死，奈小妾不肯何！”那个名单上的其他人，都只有就任伪职的简单罪行，唯有龚芝麓一条，附加了这段生动、滑稽，还带点香艳的消息，传遍大江南北。

龚芝麓的诗文提到顾媚，皆称她善持君、善持夫人，或者称妻、内人、闺人，这在当时颇不寻常。大多数官绅、文人习惯以“姬”代指其姬妾。进入夫家的秦淮诸艳，柳如是、顾媚是少见的享有嫡妻待遇的两位，比较起来，董小宛在冒辟疆家中的处境，悬殊就大得多。龚芝麓写到顾媚的所有文字，或夸赞或抒情，总是有足够的尊重和爱意，从未称她小妾。可以肯定，“小妾不肯”是旁人的演绎。

顺治三年（1646年），父亲去世，龚芝麓替父亲申请诰封，居然被言官弹劾。工科给事中孙珀龄上疏说，龚芝麓本是“明朝罪人，流贼御史”，蒙当今朝廷起用后，并未夙夜在公，报答厚恩，反而“饮酒醉歌，俳优角逐”。以前他在江南“用千金置妓，名顾眉生，恋恋难割，多为奇宝异珍以悦其心。淫纵之状，哄笑长安，已置其父母妻孥于度外”，听闻父亲去世，依然歌饮流连。如此亏行灭伦，还期冀谋求非分之恩典，以夸耀乡里。

顾媚（眉生）的名字，竟然以这样荒诞的方式，被赫然写进通常一本正经的奏疏，而龚芝麓还真的由太常寺少卿被吏部议定降二级，随后“遇恩诏获免”。顾媚两次进入奏疏和史书，在历代名伎中也属罕见。无奈，两次她都被摁进这般不名誉的语境里。

龚芝麓给吏部尚书陈名夏的信里说：士人的职位升降不值得讨论，是非曲直却必须明辨。崇祯末年我作为言官得罪权臣那次，上疏驳斥孙之獬时就提到他的丑态——崇祯初年朝廷要焚毁魏忠贤主持编撰的《三朝要典》，孙之獬却抱书而哭，泪珠飞溅，被列为阉党余孽，至今京城人士说起此事，还为之齿冷。我对他的指斥举国皆知，此后又几次批驳其错误，如今他的儿子孙珀龄弹劾我，究竟是秉公之论还是挟仇报复呢？我斤斤自守，没有什么罪名可供罗织，为父亲请求恩典一事孙珀龄无以措辞，就硬将闺阁之谈牵扯进来。至于他指责我得到讣告后仍然宴饮，更是信笔空描。我与谁对饮？有何证据？他为何不能明确指陈？人非禽兽，岂能不分哀乐！三尺童子或愚昧者都看得出，这番指控十分乖谬。众所周知，我当时思亲成病，再三乞归。现在处分已定，似乎不必多言，我之所以要辩解，只是为了避免天下后世被流言所惑。

龚芝麓的书信、文字一向措辞委婉，彬彬有礼。这一次却少见的犀利刚硬。他对陈名夏说，孙珀龄是阁下的受业门人，孙之獬的为人，天下后世自有定论，“今阁下……忍捐千古之身名，以徇一日之私交”。龚芝麓直陈对方违背伦常、阿谀奸邪、邀功诿过等劣迹，笔下毫不留情，最后写道：我当年得罪权贵，陷身黑狱一百多天，自以为必死无疑。而那些贵官如今在哪里呢？“熏天炙手之势，既已化为冷烟；而鼎镬馀生，犹瞻天日。”

孙之獬是天启二年（1622年）进士，后担任翰林院侍讲。崇祯初年被削籍，在淄川（今山东淄博）老家闲居十几年，有教授子弟、捐资公益等善举。他仕清后很快升任礼部右侍郎。为博取主子欢心，孙之獬率领全家男女率先剃头发、着满装。上朝时他站在汉臣一列，大家不愿与之为伍；站在满臣一列，也遭排斥，相当狼狈，遂上书力请加速推行剃发令。清政府以武力勒令民众剃发，全国各地尤其是江南民众奋力反抗，招致残酷镇压。清初王家祯的《研堂见闻杂记》说："江南百万生灵，尽膏草野，皆之獬一言激之也。原其心，止起于贪慕富贵，一念无耻，遂酿荼毒无穷之祸。"

顺治三年（1646年）孙之獬招抚江西时，以"久任无功，市恩沽誉"被免职，次年在家乡被农民军杀死。孙珀龄是顺治三年进士，后任通政使司左通政，因牵涉顺治十四年（1657年）的顺天乡试科场案，次年遭流放尚阳堡。五年后，弟弟孙琰龄倾家荡产将其赎回。

龚芝麓元配童夫人于崇祯七年（1634年）生子士稹，顾媚却只有一女。女儿乳名哥儿，起初寄名尼姑庵，名隆印，后来被他们带去参拜过几位高僧，都有赐名。钱谦益见到孩子时，特别喜欢其聪颖，为她取表字月爱。月爱生于顺治十二年（1655年）八月廿六，顺治十五年（1658年）二月初八因病夭折，算来才两岁半。

顾媚夫妇始终千方百计求子，遍访古刹大庙礼佛，拜送子观音。龚芝麓还十分虔诚地写下《乞子疏》，请菩萨慈悲为怀，降下恩惠。他说：回想崇祯末年，顾媚长路经年，历尽艰辛抵京，我们正在欢庆团圆，我就得罪皇帝，她陷入穷愁孤单，却能淡定应对灾难。朔风紧雪，牢狱凄寒，她送来慰藉，慷慨之语让我备受鼓舞。此后国难天崩，我俩一道投井求死，顾媚并无任何犹豫。后来忍辱偷生，绝非初衷。失节令人伤心至痛，我们一直亲近佛法，希望能借此消业——

说不定龚芝麓暗自怀疑过，不曾守节与未能添子也许有某种因果关系。

两人携手二十年，相当称心如意。龚芝麓常对朋友说，明清易代那几年特别惨痛愁苦，善持君陪伴自己，堪称同心好友。他总是推崇顾媚的见识、才情，一再强调她是自己最默契的知己，秦淮背景也不曾减损龚芝麓对顾媚的高调夸赞。这在古时的确难得。

从政

龚芝麓丁忧后直到顺治九年（1652年）才复官，次年起先后担任刑部、户部侍郎，顺治十一年升任都察院左都御史，顺治十二年连续被狂贬。这年十月皇帝传谕：朕阅览司法奏章发现，每当案件涉及满人，龚鼎孳（芝麓）就同意维持重判的原议；若案件涉及汉人，他总要想方设法为之开脱。他蒙恩被提拔为总宪（左都御史），不思尽忠图报，却如此“偏执市恩”，居心何在？皇帝让吏部议罪，龚芝麓被降官八级，不久又奉旨再降三级。

次年，龚芝麓成为低品级的上林苑蕃育署署丞，蕃育署负责管理饲养供应皇家的禽畜。顺治十四年（1657年）为三年一次的京察（考核京城官吏），部议将他调往外地，后奉旨留京担任国子监助教。他当了七八年“闲署小臣”，直到康熙元年（1662年）重新被起用为侍郎，次年六月再任左都御史，康熙三年十一月任刑部尚书，康熙五年九月任兵部尚书并晋级一品。即便在受到重用的康熙年间，龚芝麓虽然屡屡被皇帝肯定“卿才品优长，正切倚任”，却也几次遭罚俸、降级，或吓得上疏自请罢斥。

宦海风波险恶，满汉之间隔阂很深，汉族官员内部矛盾也多，既想在朝堂有所作为，不至于尸位素餐，又要提防明枪暗箭，真是至危至惕，步步战栗。龚芝麓有时难免灰心：“向来一片任事热心，不觉灰冷。”如履薄冰之叹，伴随始终。被皇帝提拔时，他对两个弟弟一再强调：回首八九年来，风波忧患，时刻惊心，现在绝非得意快心之日，异己者肯定更会侧目而视。一定要教导子侄，万分谨饬，言语举动都得慎之又慎，还应劝诫亲族、约束童奴。

如果说，清初形势逼迫，龚芝麓确实无法辞职，后来他果真想要致仕，是找得到机会的，然而毕竟恋栈，他那些频繁提起的退隐之念，有时发自内心，有时也言不由衷。

龚芝麓于康熙八年任礼部尚书，连续两次成为会试主考官，还三次充任殿试读卷官，“清初名流，多出其门”，门生里后来不乏名家或重臣。也有许多博学才子科考不顺，穷愁贫困，他总是多方安慰。

很多遗民看重名节，但后来都非常支持自己的子侄通过科举入仕。首先，清廷已经稳坐江山，复明无望；其次，下一代基本上成长于清代，不存在历仕两朝的身份尴尬；加之年轻人必须顾及前程与生计，他们出入考场或顺利或失利，龚芝麓对这些后辈十分关切。

大多数遗民极度贫困，杜濬等老友往往衣食难以为继，龚芝麓、顾媚长期资助他们，不吝家财扶持才士、周济友人，佳话甚多。他们还在府中庇护过不少遗民，有的一住十年。

龚芝麓的家产并不丰厚，叹贫反而贯穿一生。当然，比起那些被他接济的遗民朋友，其“食贫度日”是相对而言。在蕲水当知县时，他给弟弟的信里经常发愁入不敷出，有时需要频繁接待亲友，就更加捉襟见肘。清初写给岳父、后期写给舅舅的信中，都多次提到经济窘迫或债台高筑。在京时曾经请三弟安排一二艘船，运送田庄的稻子入京，因为在家乡贱卖了太可惜，而长安米贵，借此正可以稍解贫乏，“平生自此数亩外别无寸产，而今日舍此外亦更无活计。吾弟骨肉相关，素为我忧贫者，必能留心料理”。

顺治十八年（1661年），有抚育之恩、感情深厚的继母去世，负债累累的龚芝麓找门生故旧借钱成礼。原计划立刻雇船奔丧，路费却无着落，愁得不行，“见在沿门托钵，且苦无钵可持”。还有一次为了还债，将皇帝赐的裘衣都送进当铺，觉得“仕宦之趣，索然尽矣”。龚芝麓晚年生病一年多，一旦劳累、劳神，就昏厥不省人事，过一阵才能苏醒，医生束手无策。皇帝开恩让他多休息，但身为正卿，过半时间不到衙门办公，于心难安，便再三上疏请求致仕。他对三弟说，自己涉事过早，忧虑过多，饮酒赋诗等事也耗费心力，所以衰病如此。虽然归心似箭，但历年累积的欠债未能偿还，只得逗留数月，打算变卖字画等藏品。

康熙十二年（1673年）九月，龚芝麓在京去世，赐谥“端毅”（乾隆朝被削谥）。债主纷纷登门，但他家四壁萧然，“售琴典鹤无遗策”。亲友资助办理了丧事，为龚家的窘况叹息。

吴梅村在《龚芝麓诗序》中说：“先生倾囊橐以恤穷交，出气力以援知己，其恻怛（悲苦忧伤）、真挚见之篇什者，百世而下，读之应为感动，而况于身受之者乎？”李渔也在挽歌中赞叹：龚芝麓庇尽寒士，身居要职却甘于清贫，在古今士大夫中都寥寥无几。

龚芝麓为兵部尚书王永吉（号铁山）的奏疏集所作序文写道：“论人于今日不难，救吾民则圣贤，虐吾民则寇盗，两言决耳”；我还有三言正告天下为官者，那就是良心、天理、王法。综合龚芝麓的从政作风来看，这段话不算虚言。

龚芝麓任刑部侍郎、尚书时，判案严谨又富于同情心，总是反复掂量案情，有丝毫疑窦都要重新审核。他要求大小案件都必须遵循法律条款，不能随意定罪；主张对死囚应慎之再慎，即使囚犯赴斩时喊冤，也应再次核查。

康熙五年任兵部尚书时，龚芝麓上《请宽奏销以广恩诏疏》，请求恢复“奏销案”中被降黜的江南士绅的功名爵禄。奏疏被朝廷采纳，江南士子受益者不下千人。

顺治、康熙年间，龚芝麓有许多奏疏，或请皇帝敕令督抚等完备救荒、赈灾、军屯等章程，体恤小民之困，以保全灾区的饥民；或请求广开言路，不因一言一事而处分忠直的言官，使民生利弊能够上达；江淮地区（包括他的家乡合肥）连年遭受旱灾蝗灾，赤地千里，飞蝗蔽野，百姓束手待毙，他建议蠲免灾区的赋税；山东流民在严冬里逃生无路，饥寒交迫，他上疏请皇帝令户部满汉诸臣尽快办理，“以急救今日民生为第一义”，让流离饥寒者有所归依。康熙元年（1662年）十二月二十三日，皇帝下旨户部等商议，对各地历年拖欠的钱粮，哪些应设法催缴，哪些可以蠲免。龚芝麓上《宽民力以裕赋税之源疏》，建议蠲免康熙元年以前的积欠，还引用《论语》的“百姓足，君孰与不足”来增加说服力。他还一再上疏，力陈滥刑之弊，提出重大案情应多方详讯，并报上级复审，不能仅凭刑讯逼供就草率了事。清廷以高压胁迫有声望的遗民出仕，后者欲“全节”则风险很高，龚芝麓的《条上吏治之要以备采择疏》竭力为之周旋，说朝廷不患无人当官，正恐无官以待人，建议士人的入仕、归隐任其自便，“使天下知朝廷所贵者，在乎廉静寡欲之士，而不在乎喜事躁进之人”。

这些作为，确实可圈可点。龚芝麓与曹秋岳等几位对文化、民生有所举动的贰臣，也因此得到舆论的一些谅解。

人生实苦，造化弄人，无论何去何从，怎样自处，最宜经心。

图书在版编目（CIP）数据

读库. 2205 / 张立宪主编. —— 北京：新星出版社, 2022.11
ISBN 978－7－5133－5056－3
Ⅰ. ①读… Ⅱ. ①张… Ⅲ. ①中国文学－当代文学－作品综合集
Ⅳ. ①I217.61
中国版本图书馆CIP数据核字(2022)第182828号

读库 2205

主　　编：张立宪
责任编辑：汪　欣
责任印制：李珊珊

出版发行：新星出版社
出 版 人：马汝军
社　　址：北京市西城区车公庄大街丙3号楼　100044
网　　址：www.newstarpress.com
电　　话：010-88310888
传　　真：010-65270449
法律顾问：北京市岳成律师事务所
经销电话：010-57268861
官方网站：www.duku.cn
邮购地址：北京市海淀区万寿路邮局67号信箱　100036
印　　刷：北京雅昌艺术印刷有限公司
开　　本：770mm × 1092mm　1/32
印　　张：11
字　　数：220千字
版　　次：2022年11月第一版　2022年11月第一次印刷
书　　号：ISBN 978－7－5133－5056－3
定　　价：42.00元